"Una novela que combina la investigación de archivo realizada por la escritora, junto con su experiencia como inmigrante, y que dan como resultado esta ficción que se apoya totalmente en su formación como Historiadora."

–Dra. Alma Montero
Doctora en Estudios Latinoamericanos, Miembro del Sistema Nacional de Investigadores Conacyt, Investigadora del Museo Nacional del Virreinato y autora, quien ha impartido conferencias y publicado numerosos libros y artículos.

"La sensibilidad de la autora nos lleva con la magia de sus palabras a la reflexión sobre nuestra Historia; a pensar nuestro actuar frente a los menos favorecidos. El encanto de su voz nos transporta a mirar lo que sucedió en nuestro amado México. Ver a través de sus ojos, sentir a través de su alma, es el hechizo que encierra este libro".

–Dra. Yolanda Montoya
Consejera Clínica Registrada y miembro de la
BC Association of Clinical Counsellors

"Una historia que incluye el crecimiento emocional de la autora a través de su propia experiencia. Un relato de gente común que demuestra cómo la aceptación da la bienvenida a la liberación y cómo la gracia no puede arribar hasta que la mente no se ha preparado a sí misma".

–Lic. Gerardo Flores Gil
Terapeuta

"La historia de la esclavitud en los Estados Unidos está bien documentada, con "Raíces" al frente de la marea de la conciencia cultural. Rosa Elena Rojas ha escrito una historia de esclavitud que afectó a México, que detalla qué parte de la historia de ese país se atribuye a personas que fueron robadas de sus países de origen y obligadas a reubicarse cruzando un océano. Me atrajo la humanidad de sus personajes y aprendí una gran cantidad de información sin siquiera darme cuenta".

–Gailyc Sonia Braunstein
Escritora y Editora

"SER DE AGUA"

TUS BATALLAS PERSONALES CONFORMAN LA ÉPICA DE UN REINO

ROSA ELENA ROJAS

AUTHOR ACADEMY elite

Este es un libro de ficción escrito en narrativa. Todos los personajes, organizaciones y eventos retratados en este libro son producto de la imaginación del autor o se utilizan de manera ficticia

Copyright © 2018 Rosa Elena Rojas
Todos los derechos reservados.

Impreso en los Estados Unidos de América

Publicado por Author Academy Elite
P.O. Box 43, Powell, OH 43035
United States

www.AuthorAcademyElite.com

Todos los derechos reservados. Ninguna parte de esta publicación puede ser reproducida, almacenada en un sistema de recuperación o transmitida de ninguna forma, ni por ningún medio -por ejemplo, electrónico, fotocopia, grabación- sin el permiso previo por escrito del editor. La única excepción son breves citas en revisiones escritas.

El poema de Langston Hughes. *The Negro speaks of Rivers* ha sido traducido al español por la autora. El texto en inglés está disponible en línea a través de una licencia de Creative Commons Attribution-ShareAlike License y se ha solicitado permiso adicional para incluirlo aquí a *The Estate of Langston Hughes*.

Los mapas son una composición de la autora y se basan en información de Candiani, Vera, *Dreaming of Dry Land: Environmental Transformation in Colonial Mexico City*, Stanford University Press, 2014 y de Filsinger, Tomás / Aguirre Botello, Manuel, sitio URL <http://www.mexicomaxico.org>, [Julio 2018]. Se ha obtenido permiso por escrito de los autores para utilizar la información.

Paperback: 978-1-64085-385-0
Hardback: 978-1-64085-386-7
Ebook: 978-1-64085-387-4

Library of Congress Control Number (LCCN): 2018953202

Los míos, como tú, son de agua.
De ríos antiguos, de lagos y de océanos trasatlánticos.
Los míos, como tú, eligieron trazar un nuevo camino.

A ellos dedico este libro.

A ellos y a todo aquel que se invita o se fuerza
a una travesía
y consigue llegar a puerto firme.

Y a aquél que se encuentra en el muelle,
a punto de emprender el viaje,
deseo que sean muchas las mañanas de verano
en que llegues - ¡con qué placer y alegría! -
a puertos nunca antes vistos.

Debes saber que, aunque parezca imposible ahora,
conseguirás derrotar a cada uno de los monstruos coléricos
que atraviesen tu camino.

No tengo duda.

Llegar es tu destino.

Rosa Elena

ÍNDICE

Mapa 1. "Los Lugares, las Travesías 1629-1634" xi
Mapa 2. "El Desagüe de Huehuetoca" xii

Prefacio..xiii

PARTE I. LA TRAVESÍA

Capítulo 1.　La Conjura. 1612..................... 3
Capítulo 2.　Ser Negros del Hundimiento. 1629 13
Capítulo 3.　Ser Negros de la Villa
　　　　　　 de Santa María. 1629................. 41
Capítulo 4.　Ser de los Ríos de España. 1629......... 75
Capítulo 5.　Ser India de las Afueras. 1629 113
Capítulo 6.　Ser Chino de las Indias Orientales. 1629... 141

PARTE II. LA TORMENTA

Capítulo 7.　Ser de Agua. 1629 177

PARTE III. LA TRANQUILIDAD

Capítulo 8.   Ser Agua del Kwara,
                  del Tajo y de Acalan. 1634.............. 227

Capítulo 9.   Ser Agua del Níger
                  y del Guadalquivir. 1634............... 239

Capítulo 10. Ser Agua del Tagarete o del Río
                  de Camarones . 1634 251

Capítulo 11. Ser Agua del Lago Dulce. 1634 263

Capítulo 12. Ser Agua de los Mares del Sur. 1634 271

Epílogo 279
Nota Final 285
Sobre la autora 289

He conocido ríos:
he conocido ríos tan antiguos como el mundo
y más remotos que el fluir de la sangre en las venas humanas.

Mi alma se ha vuelto tan profunda como los ríos.

Me bañé en el Éufrates, cuando aún eran jóvenes los amaneceres.
Construí mi choza junto al Congo y me arrulló.
Miré el Nilo y construí pirámides por encima de él.
Escuché la canción del Mississippi
cuando Abe Lincoln bajó a Nueva Orleans y he visto
su seno fangoso tornarse en oro con el atardecer.

He conocido ríos:
viejos, brumosos ríos.

Mi alma se ha vuelto tan profunda como ellos.

El Negro habla de Ríos
Langston Hughes (1901-1967)

Escrito a los 19 años, en un tren, viajando desde Ohio
hacia México, donde el padre de Hughes, hijo de un esclavo, residía.
Hughes visitó Toluca, México en 1907, 1919, 1920 y 1921

LOS LUGARES, LAS

Mapa elaboración del autor, basada en información del dominio público.
Más información, incluyendo un mapa interactivo del México Post-Conquista en Agui
URL <http://mexicomaxico.org/introTenoch.htm>, Aguirre, [Julio 2018], Arte: Paulina

TRAVESÍAS 1629 - 1634

Océano Pacífico

Ruta de la Nao de China

Corriente Kuro-Shio
el Pacífico Norte / Corriente de California
(Tornaviaje de la Nao de China)

Océano Atlántico

Ruta de la Flota de Indias

Nueva España (México)

Florida

Veracruz
La Habana
Kaan Pech
Laguna Términos
Territorio Chontal

Michoacán
Acapulco

Ruta de la Nao de China

— Calzada
▒ Agua dulce
▓ Agua salada
▨ Marisma
═ Albarradón
(16 km x 18 mts)

*En sus niveles más altos.

Lago de Zumpango

Lago de Texcoco

Tenayuca
Tepeyac
Tlatelolco
NOBLE CIUDAD DE MÉXICO

Lago de México

Iztacalco
Coyoacán
Culhuacán
Iztapalapa

Lago de Xochimilco
Ceremonia Fuego Nuevo
Lago de Chalco

LAGOS DE LA CUENCA DE MÉXICO,
VIRREINATO DE LA NUEVA ESPAÑA

rre, M. / Filsinger, T.
Rojas.

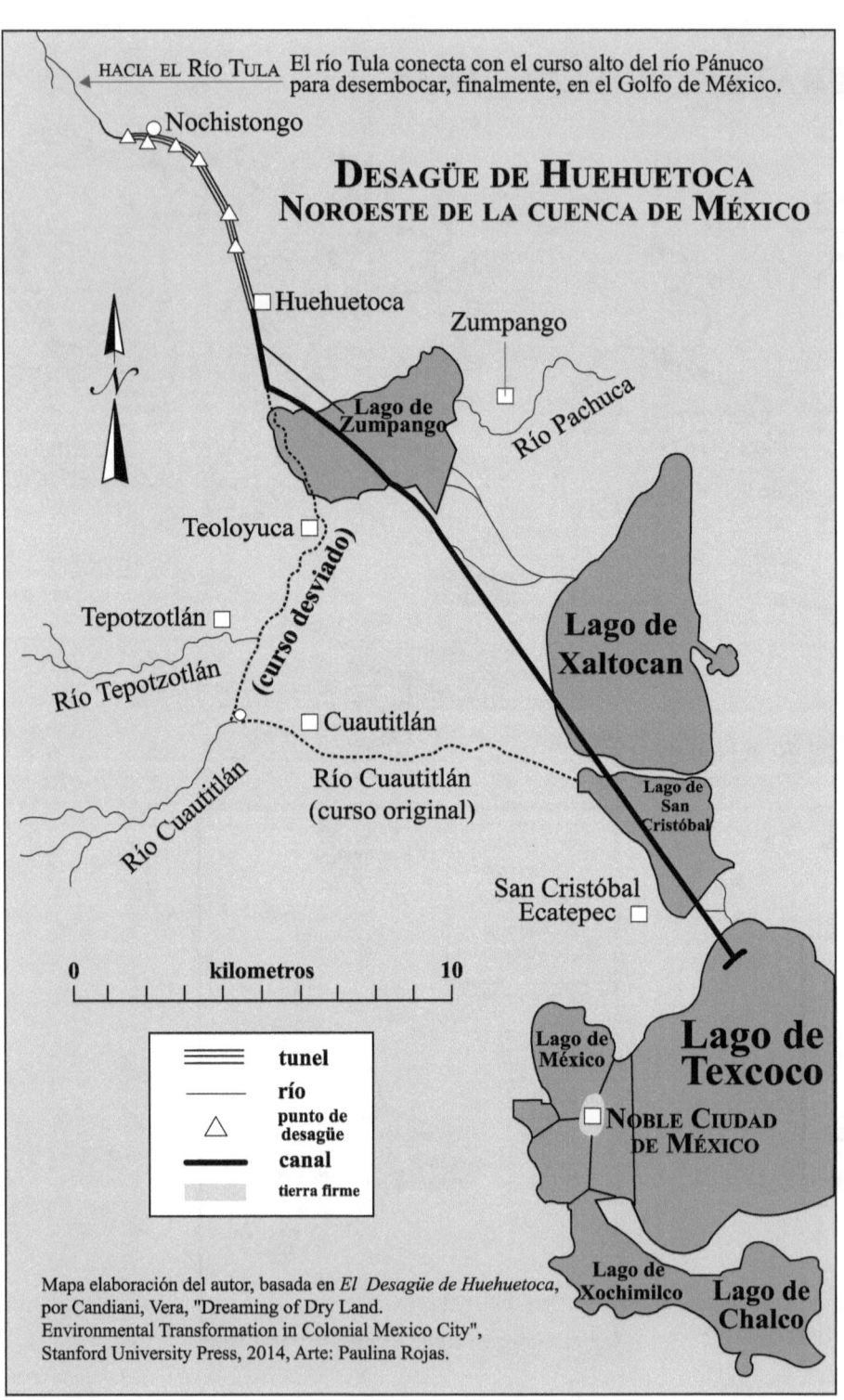

PREFACIO

Éste es un libro mágico, como todos los libros. La inquietud por escribirlo comenzó con una hermosa pintura del siglo XVIII, el "Diseño de Mulata" del pintor novohispano Manuel Arellano, ordenada por el Excelentísimo Fernando de Alencastre, Duque de Linares, 35o. Virrey de México.

Observando por horas a la doncella, retratada en brocado y encajes, me di cuenta que aquellos fieles negros, mulatos y mestizos, que decidieron establecer una cofradía en Coyoacán, una mañana de marzo de 1638, clamaban por tener un cuerpo físico. Su Libro de Registros fue un hallazgo memorable que realicé en el Archivo General de la Nación de México, de donde logré que fuera extraído, así como estaba, extraviado y olvidado en la bóveda de restauración en la que había dormido por décadas.

Las cofradías son asociaciones de civiles, adscritas a una parroquia o convento, debidamente autorizadas por las autoridades religiosas, que otorgan ayuda a sus miembros para asegurar la confesión y una buena muerte. A través de sus limosnas llevan a cabo también una serie de actividades que apoyan a la parroquia y a la comunidad de una manera única, en la medida de sus necesidades. Utilicé este documento para elaborar mi tesis de Maestría en Historia de México y trabajé en el documento por meses, en la entrañable Galería 4. Por entonces, la mulata de Arellano apareció en una mis fuentes primarias y llegó para quedarse. Una reproducción del cuadro ahora preside el lugar en el que escribo.

Terminé aquella tesis en el 2008, ya viviendo en Canadá, y regresé a México a defenderla un año después. El libro de registros de la cofradía y sus fieles llegaron en una caja, desnudos, y se cobijaron la biblioteca de la Universidad Simon Fraser, en donde terminé de escribir mi disertación, en medio de uno de los peores inviernos de la Provincia.

Muriendo de frío yo misma, trabajando en un lugar que brillaba como una perla en medio de la nieve, esclavos y libres me fueron enseñando cuánto consuelo trajo para ellos la devoción.

Debo decir que antes de partir, la querida Doctora Alicia Bazarte, pionera en el estudio de Cofradías en México, había conocido mi investigación y por su invitación pude presentarla en el Congreso Internacional de Americanistas de 2009. Ella preparaba un artículo sobre un *Jesús Nazareno de la Primera Caída*, que debió su hechura al escultor y dorador mulato Lorenzo de Palacios. El mulato Palacios pidió enterrarse en el espacio de la cofradía en la *Iglesia de la Santísima*, pagando con su escultura y hasta allá me llevó Alicia.

Torturada, sangrante, en pedazos, la figura del Cristo, que yacía recostada en una mesa, intervenida por el restaurador, era la metáfora más cercana para entender lo que habían sufrido los esclavos de África en carne propia.

Una petición en voz baja hecha por Alicia, con el respeto que inspira una talla que ha sobrevivido siglos, bendijo pródigamente mi salida a Canadá. La historia del mulato tocó mi corazón, en el olvido que durmió también durante décadas.

Aquel Nazareno viene a mí constantemente y como Alicia, me propuse yo también sacar de la oscuridad a los hermanos de la cofradía que estudié y convertirlos en personajes.

Yo, como ellos, soy una inmigrante, con todo lo que esto conlleva, y recordar el proceso de adaptación, todavía hoy, a diez años de distancia, me provoca un llanto discreto, que solo el que se fue conoce. Cuando elegimos Canadá, jamás contemplamos, ni por asomo, lo devastadora que puede ser emocionalmente esta decisión.

Me pregunté ¿cuánto más habrían sufrido los fieles de mi Cofradía? ¿Cuánto, todos aquellos que dejaron su patria por perseguir el espejismo del Nuevo Mundo? Además de las penurias por adaptarse, en una decisión tomada por la fuerza o con plena voluntad, están las dificultades inevitables de la vida cotidiana y de nada de ello podemos librarnos.

Por eso escribí esta obra. Porque mis personajes se habrían quedado solamente en el ámbito académico, sin todas las emociones y sentimientos de los que ninguna disertación habla, y que como inmigrante yo misma les imprimí.

Ha querido el destino -que no es otro que el que uno mismo va forjando- que me encuentre ahora trabajando con inmigrantes, primero en un voluntariado y después en el Distrito Escolar 43 de Coquitlam, B.C. He sentido mías sus batallas con el idioma, en un país nuevo, con la nostalgia de abandonar el lugar donde nacieron. Su alegría por alcanzar una meta, conseguir un empleo, graduarse o recibir un reconocimiento, han enriquecido definitivamente mis líneas.

No me siento autorizada plenamente para hablar de los hechos que los hermanos de la cofradía sufrieron a partir de su situación y del color de su piel, pero sí puedo decir que los acontecimientos que narro trascienden esas fronteras y en ese espejo queda, simplemente, lo que nos hace humanos, sin distinción.

Toda la belleza de las artes aplicadas, la platería, pintura, escultura, enconchados y porcelana que incluí son fruto de mi trabajo con la amable y sabia Doctora Alma Montero, que encabeza el área de Investigación del Museo Nacional del Virreinato. Su visita a ésta, mi amada patria adoptada, hace unos meses, fue un bálsamo y nuestra conversación en la autopista, de cara al mar y a las islas, me dio la confianza que necesitaba para seguir.

Hay una lista larga de obras que consulté con el mismo rigor que usé para mi trabajo de tesis, que a veces quedaron transformadas en un breve párrafo o una línea. Sin ellas, no habría escenario.

Leí exhaustivamente a Vera Candiani, Salvador Guilliem, Eduardo Báez, Rebecca Horn, Martha Fernández, Angel Muñoz García, Lutgardo García, Eulalia Ribera, Idalia García, Josep Maria Estanyol, María Elena Ota Mishima, Edward Slack, Javier Villaflores, Richard Salvucci, Diana Magaloni, Edmundo O'Gorman, José Manuel Flores, Guillermina del Valle, Alberto Carrillo, Agustín Grajales, Mario Ruz, Marcela Montellano, Manuel Toussaint, France V. Scholes, David Marley, Leonardo López Luján, Alfredo López Austin, Eduardo Matos, Pilar Gonzalbo, Rafael Castañeda y a muchos más, todos investigadores; todos, eminencias en sus campos de estudio.

Consecuentemente, los hechos que relato son parte de la realidad histórica que ellos y toda la lista de autores en los que apoyé mi trabajo de tesis documentaron.

La dramatización es toda mía.

Paseé con los mapas y recreaciones de Tomas Filsinger, Manuel Aguirre Botello y Luis González Aparicio, y volví a visitar a los cronistas de las órdenes religiosas, la obra del Doctor Miguel León Portilla y la de innumerables historiadores mexicanos y extranjeros. Recorrí el *Museo de las Civilizaciones de Asia*, en Singapur, y la colección de *The Getty*, a quienes les debo tanto como a la isla de Java, a los Conventos de Culhuacán, Coyoacán y del Carmen y a los puertos de Campeche, Veracruz y Acapulco.

Elegí gente real, hallada en los archivos históricos. Son ellos personajes que honro, provenientes de las esquinas más lejanas del mundo, con el único fin de resaltar que nuestras diferencias en realidad no existen. Nuestro fenotipo ha cambiado a través de miles de años para adaptarse al medio y estas absurdas clasificaciones que nos hemos inventado son una construcción que sólo divide y separa.

Bajo su piel, que a algunos tanto importa, cada uno de los personajes es una remembranza de lo que añoramos cuando nos vamos y en el fondo muestra que todos, incluso aquellos más desafortunados, han salido adelante a partir de la aceptación y en ésta construyen sus nuevas circunstancias.

Su fe y su fuerza de voluntad, unidas, escriben la épica de su tiempo y siendo escritores de la historia del Reino de España, somos el tejido continuo que llena las páginas de la Historia. De ella, de su resultado, todos y cada uno nos hacemos cargo.

Agradezco que mis dificultades emocionales hayan sido amorosamente atendidas por Yolanda Montoya y Gerardo Gil.

También, el apoyo de *Cultura Santa Rosa*, que fue decisivo para culminar el proyecto; sin su financiamiento hubiera sido imposible.

Debo decir que este libro no habría surgido nunca sin las conjeturas que hice con la Doctora Bazarte con respecto a la Cofradía, aquella mañana en *Los Azulejos*, cuando aventuramos si los hermanos de Coyoacán imitaban o eran, ellos mismos, quienes emigraron a tierra seca después de la gran inundación. Sarita Murillo nos presentó felizmente un día, en una coincidencia que suena a predestinación. Sigo los pasos de Alicia fielmente y sus investigaciones en torno a los chinos barberos, que ella ha estudiado ampliamente, generaron incluso un personaje en sí mismo.

En mi *Centro Universitario de Integración Humanística*, que llevo en el alma, comenzó este romance con la Historia. Su Rectora, Maestra María del Pilar Galindo, tiene mi admiración y mi respeto.

El eje celeste de la historia se originó por tres estrellas que se alinearon en mi vida, Mary Moirón, Mary Piedras y Maribel Alemán. Todas con eme, como majestad hay en lo suyo.

Mi Círculo de Lectura y mis alumnos de Español Avanzado han sido apoyo, aliento y un amuleto poderoso, como colmillo de marfil y collar de conchas iridiscentes, que me animó siempre.

Kary Oberbrunner y *La Tribu*, toda, merecen los hilos de seda más finos de esta tela por darle alas e impulso a este proyecto. ¡Gracias, *Author Academy Elite*! Gailyc Sonia Braunstein, de *The Guild*, hizo un trabajo espectacular, invaluable, con la versión en inglés y son, todos, la llave que atesoro y que abrió una puerta para mí en el exilio. Les estaré por siempre agradecida.

Mi familia increíble, los cuatro, mis niñas hermosas, Rosy, Andrea y Susana, siguieron todos y cada uno de mis pasos, arroparon mis días de duda, abrumada por la traducción al inglés o la resolución de un hilo de la trama. Opinaron, desafiaron, discutieron y aportaron amorosamente, incansablemente. Carlos fue siempre brisa y sostén en cada acantilado y junto a él, las olas pueden sortearse más fácilmente. Son, ellos lo saben bien, el rico tejido labrado de mil colores y motivos, fuerte y fino, que arropa y guarda todo lo que amo, como un envoltorio de grandeza que me acompaña siempre.

Finalmente, mis padres lo saben, todo el libro en sí ha sido una plegaria colectiva y se eleva ante ustedes como una oración de mi corazón.

PARTE I
LA TRAVESÍA

CAPÍTULO 1
LA CONJURA
1612

La mañana azul saludó sus pasos, que saltaban de dos en dos las baldosas empapadas por el rocío de la noche. La brisa anunciaba la nueva estación. Las calles líquidas, a escasos metros de distancia, confundían los rumores del agua chocando con la orilla con el canto de pájaros que anunciaba un nuevo día. La bruma se extendía más allá de la ribera del Gran Lago y flotaba, etérea, cubriéndolo todo. Era una mañana tibia y húmeda, como la esperanza que albergaba en su corazón.

El esclavo se estremeció. Era apenas un niño. Sus escasas ropas cubrían lo indispensable para aguantar el calor de la faena diaria del obraje, el trajín entre las ollas de teñir las telas y las horas interminables con las piernas sumergidas en el río remojando y enjuagando, hasta el entumecimiento. Su otra única muda seguía pendiendo de la higuera, allá en los patios del taller, secándose.

Había que vestir ligero para lidiar con las cargas interminables de lana en bruto, limpiarlas de los espinos y ramas enquistadas, una a una, hasta acabar con los ojos anegados en lágrimas de tanto hurgar en las fibras, carga tras carga, arroba tras arroba por días, semanas, meses.

El lamento por la libertad arrebatada llenaba también su mirada mientras la esperanza se evaporaba entre el azul añil y el carmesí de las mantas de a dos reales.

Las noticias de la conjura de negros ocurrida en el centro de la Ciudad habían llegado hasta la Villa de Coyoacán por boca de los comerciantes que iban y venían al obraje de paños de don Tomás de Contreras. No era la primera vez, ni sería la última. El siglo anterior, la Provincia de la Plata, que alcanzaba hasta el Real de Minas de Taxco, había abusado de la importación de esclavos y ya los superaban hasta diez veces en número.

Los doscientos españoles mineros que explotaban las vetas vivían temiendo que algunos de los miles de negros que reptaban por las entrañas de tierra se alzaran en su contra. El Virrey había promulgado un código contra fugitivos y el Obispo sopesaba cómo influiría para lograr la prohibición de expedir más licencias de importación a los negreros. El encierro, las cadenas, el cepo y la prohibición de llevar trato con los indios eran la muestra del temor creciente de sus amos.

Amaltepec ya había sufrido los estragos de los alzamientos. Desde el siglo anterior, gavillas de negros en contubernio con la república de indios habían pagado a latigazos su osadía. Pero eran tan grande en número que al terminar la rebelión muchos lograron huir hacia los montes, generando castigos aún más brutales por causar a la Corona tantos inconvenientes. Su modo de vida a partir de la fuga producía salteadores de caminos que atacaban con furia las caravanas de comerciantes; negro huido era preso y capado, sin más averiguación de más delitos.

Por todo ello, el nuevo siglo había amanecido con rumores de conspiraciones, cuyo escarmiento incluiría el descuartizamiento y salamiento de la piel de los rebeldes. Relatos y recuentos de ejecuciones públicas se repetían entre el vulgo, una y otra vez, en voz baja, y llegaban hasta los talleres que alcanzaban esta orilla del lago.

Los hilos que tramaban las gruesas telas que aquí se producían, manta ancha y angosta trabajada por las manos de indios, mestizos y negros, hilaban historias que muchos temían, encerrados en las galeras. El obraje de Contreras recibía a los arrieros y a sus narraciones de persecución y sangrienta advertencia a orillas del río Magdalena. Ahí se habían establecido algunos talleres para aprovechar la fuerza hidráulica que movía la gran rueda del batán, que a golpes de madera apretaba el entramado de los tejidos.

Manos encarceladas en el taller cardaban, hilaban y enmadejaban la lana hasta que la noche caía, y sólo entonces unos cuantos, los libres, salían al toque de Ánimas para pasar la noche en sus covachas, en los pueblos cercanos de San Jacinto, San Jerónimo, San Nicolás y Santa Rosa.

Los que pertenecían al patrón, los sujetos, se dejaban caer exhaustos en cualquier rincón del taller, amontonados sobre los jergones en cuanto apagaban las lámparas de aceite y, junto con los niños nacidos en el encierro, pasaban la noche, murmurando y procreando con el rumor del río ocupándolo todo.

El mulatillo se había levantado al alba. Brincó uno a uno los cuerpos en ovillo que, aprovechando el espacio que él había dejado libre, al fin pudieron desperezar su humanidad un poco más, tirados junto a montones de lana burda, sin cardar, y salió sigiloso del obraje. Los rayos del sol estaban a punto de reventar y estaría en el camino polvoso justo a tiempo para esperar a la arriería, que vendría como siempre con noticias de México por la calzada que unía a la capital de la Nueva España con la Villa de Coyoacán.

El estío erizó su negra piel. El peligro de los azotes al hallarlo afuera, eran lo de menos, ante la imperiosa curiosidad por escuchar las noticias.

Se hablaba de una revuelta, allá en el corazón de los poderes virreinales, que los liberaría a todos. A todos. Su rostro no había visto nunca más territorio que la ribera del lago. ¡Eran tantos los grilletes que lo ataban al obraje, desde su nacimiento!, así que cualquier noticia que llegara de aquel lugar fantástico, lleno de palacios, crecía en su imaginación. Además, todos esperaban que su astucia trajera noticias verdaderas, que les dieran ánimo.

Allá en el taller alguien cubriría su ausencia; la amenaza de azotes bien valía la pena si buenas eran las noticias.

> ¡Eran tantos los grilletes que lo ataban desde su nacimiento!

Debía darse prisa. La polvareda del camino que las mulas levantaban, llegando al islote en el punto donde el camino se bifurcaba, anunciaría a los compradores a lo lejos. Jergas y bayetas atadas en fardos estaban listas para cargarse en el obraje y los arrieros, con sus sirvientes, cansados por la media noche de camino, descansarían antes de cargar y colocar en truque las mercaderías que traían del centro.

Pero en cuanto tocaran la orilla, en tierra firme, y se detuvieran a que las bestias abrevaran, ahí se enteraría. Los cargadores contarían lo ocurrido a detalle, aunque en voz baja y a retazos.

Sí, había ocurrido la revuelta de los suyos que, llenos de valor, se habían armado de dagas para acabar con la condición de prisioneros que los había traído a todos, príncipes y plebeyos, desde sus tribus hasta estas tierras. Habían sido obligados a adorar con fasto y devoción al Crucificado, de llagas sangrantes, el castigo favorito que tan bien comprendían sus propios cuerpos.

Sus conversaciones hablarían del valor de los líderes y su arrojo, mientras se arrimaban a la ribera para acicalar a las bestias. Mientras, los patrones, soñolientos, se tumbarían entre los arbustos, los rayos del sol dorando el gran espejo de agua.

-"Ya uste' lo ve, que dice la Iglesia que no es bien se permita que el amo le abuse. Y ahí le van esos mil morenos de la hermandá' de la Mercé' enterrándole a la negra, su reina, en sus funerales, todos devotos. Iban en fila, llorando y desgarrándose la blusa, cuando en de repente salieron a relucir los cuchillos"- dijo uno de los ayudantes, negro como la noche.

-"Tiernitos, tiernitos, pero todos esos congos engreídos sí que traían el metal escondido. Se sabían más, muchos más que los amos".- continuó la voz.

-"Mas viérais cómo la turba volteó los cajones y puestos. La fruta rodaba y los lisiados se arrastraban por las calles con la ropa hecha jirones. La turba desgarraba los sacos de carbón que habían robado de la plaza y reventaban atados de leña para correr con cuanto podían sujetar con ambos brazos. ¡Hasta el Baratillo sufrió el destrozo! La codicia llegó hasta disputarse las baratijas de calidad despreciable, todo lo de segunda mano, y allá corrían, huyendo por la calle de la Canoa." dijo uno de los criados, español para más señas.

-"Derribaron la puerta del Estanco de los Donceles, allá donde compran y venden a los esclavos varones jóvenes, y los liberaron a todos, hasta a los muchachitos más tiernos, ¡unos niños!, mulecones, que les llaman, y todos corrían, despavoridos, locos de libertad como los perros enfermos de rabia. En la esquina, en cuanto alcanzaban a divisar la casa del factor Cervantes Casasús daban vuelta y ya no se les volvía a ver nunca".-, dijo uno de lo arrieros; claramente un mestizo por el suave tono tostado de su tez.

Todo esto relataban entre dientes mulatos e indios y españolitos ayudantes de arrieros y comerciantes, tratando de dar cuenta y opinión de los sucesos.

-"Los que no caían por mosquete, resbalaban en el fango de tierra, sangre, heces y legumbres aplastadas que embadurnaba la calle"-, completó el español, sonriendo entre dientes.

-"Otros, con las piernas rotas por la plebe que les pasaba encima, se arrastraban buscando un rincón, sollozando en sus idiomas: ¡Enyemaka, taimako, msaada!, ¡Ayuda, a Dios rogamos"-, pronunció un negro, sin huella de acento.

-"¡Ah, vive Dios que fue así. ¡Vosotros, pardos, siempre que tenéis reparos habláis y volvéis a vuestras lenguas! ¡Nunca olvidáis! Nzambi a Mpungu, llorábais a gritos, que es como decir ¡ruega por nosotros!"-, tronó el portugués.

-"Decían que matarían a todos los varones. Y a todas las mujeres que podrían preñar, las más hermosas, las perdonarían, pues tendrían el privilegio de tomarlas como esposas. ¡Bastardos! Iban a aniquilar a todos los hombres, viejos y niños, todos los hijos de los amos para acabar su estirpe. No querían que nadie creciera, recordara y buscara venganzas. Matarían hasta a los frailes, a todos, menos a los jesuitas, que convertirían en sus maestros, marcándoles la boca a fuego primero para someterlos"-, escupió el español nuevamente.

-"Y tambié' sabemo' que cuando todo calmó, fueron treinta y cinco almas las de los ejecutados. Nada quedó. De la' historia' del negro Nyanga, que hasta la Villa habían llegado, ese de sangre real y heredero de trono en mi África, nada. Esa noche todo´ olvidaron la turba que allá en Veracru' saqueaba hacienda' y finca'. Se olvidó el negro de Córdoba, o más mejor, el de Orizaba. El Yanga que inspiró a los negrito' del centro", intervino un mulato, callado hasta entonces.

Los murmullos de todos cesaron en cuanto los patrones volvieron de entre las matas, limpiando el lodo de las hebillas en sus botas con puños de zacate. Por semanas, otros rumores se esparcieron por la comarca. Culpaban a aquellas benditas reuniones de sus cofradías. Decían que los negros y mulatos de Nuestra Señora de la Merced habían producido todo el alboroto, llorando la muerte de uno de sus miembros.

No estaba claro si era la negra, esclava de don Salvador Monroy, que había fallecido a manos de su amo, después de una golpiza, la que lloraban sus hermanos. Para la procesión fúnebre habían embalsamado con cuidado su cuerpo, molido a golpes, resguardándolo unos días a pesar del hedor, hasta que les fue permitido enterrarlo. La cofradía había ayudado en los gastos del cortejo, que avanzaba en silencio, formando el paso de luto, todo y todos negros, como ella.

Contaban que de pronto, a una señal, la multitud orante devino en furia y cifró en el cuerpo inerte de la negra el sufrimiento que cada uno llevaba clavado en el alma por años. La captura, atravesando la selva en grilletes, los meses de infierno en la factoría de San Pablo de Loanda, en Angola, esperando el galeón, la marca a fuego cruzándoles el pecho y reclamándolos como posesión de los portugueses. La travesía infecta, encadenados a literas, casi inmóviles, cruzando el océano por ocho semanas o más, dependiendo del capricho del clima. Los muertos por la disentería, el hambre y los azotes eran arrojados al mar.

Todo lo habían soportado, pero nada como la humillación de su exhibición:

-"Dientes sin mancha, ¿lo ve?, genitales perfectos, músculos algo debilitados, que así sucede siempre con el viaje, pero es garantía, le juro patrón, que siempre se reponen con los buenos aires de estas tierras".

Brillantes, untados en aceite, apretaban los labios, en cuanto sentían las manos que revisaban con escrúpulo cada orificio, impotentes. Fueron precisamente la humillación y el abuso lo que gestó esta rebelión, que no era ni la primera ni la última.

En cuanto a las autoridades, nadie como los esclavos estaban fuera de toda petición de trato justo. Nadie abogaba por ellos; no había frailes reformadores que escribieran Memoriales de Remedios y el evangelio apenas volteaba la vista para alumbrar como la luna su noche oscura de maltrato y abuso.

El nuevo Virrey sustituto había durado sólo unos meses, muerto intempestivamente de una caída, y la Audiencia Provisional gobernaba ahora esta minoría de españoles peninsulares, unos diez mil tan solo en el obispado de México, dueño de un número de esclavos que los duplicaba.

La amistad y el calor de las sábanas indígenas habían reproducido diez veces su número y cien mil afromestizos, al lado de un millón de naturales de esta tierra, producían un temor de escalofrío ante la posibilidad de levantamientos. ¡Hasta el chillido de las piaras de cerdos que entraban a la ciudad por la garita, sonaban a aullido de negros sublevados en sus oídos!

Pero pocas revueltas tan organizadas y atrevidas como ésta, que se había producido en el mismísimo corazón del reino. ¡Un escándalo! Por eso había tantas versiones con respecto al momento en que la furia se desató.

Lo cierto era que la mañana de las exequias, el agitamiento comenzó cuando sacaron el cuerpo embalsamado de la caja de madera burda. Sosteniendo en alto la mortaja, fue paseado en vilo por brazos negros que ocupaban la calzada, avanzando hasta que quedar frente al Palacio del Virrey.

Los gritos salvajes de reclamo eran una mezcla de castellano quebrado, hausa, igbo, congo, angola y una docena de lenguas más. Tal era la Babel que, como en las Escrituras, operaba en estas tierras, para confusión y desconsuelo de sus hablantes.

–"En la muerte de ella, todos morimos".

El diablo está en los detalles. La negra había sido molida a palos por los celos enfermos de su amo y había detonado el pronunciamiento. En todos los corrillos que daban cuenta de la conjura, en los relatos que después escribieron frailes y cronistas indígenas, las noticias terminaban por confundirlo todo. La negra en cuestión había sido en realidad un negro, decían algunos, un maestro de calderas, acusado de robo por su amo. La procesión escondía en el féretro a un negro feroz que a una señal había saltado con una daga entre los dientes en grito de guerra, mientras todos seguían el plan de ataque convenido.

Jamás se sabría la verdad. Las revueltas se sucedían y cada vez más morenos eran enviados a las minas, haciendas, obrajes y construcción. Eran la sombra negra que acechaba a diario sus blancas conciencias.

La revuelta terminó cuando arcabuces, espadas y ballestas repartieron estocadas mortales de pánico y rencor mutuo. La plebe, que amenazaba con salirse de control casi todos los días, ahogó su grito entre sangre y humo una vez más.

La bruma que cubría el lago se había disipado. El descanso había terminado y las bestias comenzaron a ponerse en marcha, lentamente. Unos enfilaron hacia Huitzilopochco y otros siguieron a la principalísima Villa de Coyoacán.

El pequeño esclavo seguía a saltos la comitiva, escuchando los últimos retazos de las historias. En su mente, una frase dominaba el desenlace de todos los posibles escenarios.

Nada quedó. Todo siguió como antes.

Por enésima vez, negros diestros en dagas y puñales vieron superadas sus destrezas por las armas de fuego, la horca y la picota.

Un nuevo Virrey, de mano dura, asumiría la autoridad del Reino y legislaría nuevamente sobre las formas de controlar a negros, pardos y mulatos.

La rutina de la vida diaria regresó. Poco a poco, en todas las cofradías de negros continuaron reuniéndose fondos ínfimos para pagar misas de difuntos y peticiones de socorro: Antonio, negro de la tribu Bran, enfermo, recibiría visita de la Madre Mayor los viernes. Julia, mulata libre, convaleciente, dos gallinas de la tierra para su sustento y Matías, mandinga esclavo de las ladrilleras, donaría el trabajo de sus manos para confeccionar el nuevo dosel de la Virgen.

Las juntas de cabildo de cada hermandad volvieron a tener permiso para compartir los alimentos al término de la sesión vespertina y cuando el sol se ocultaba, alumbrando su mesa frugal con la cera rescatada de un trozo de cirio Pascual. La cena terminaba y alguien comenzaba a palmear las piernas, otro más a silbar bajito una flauta de barro de los indios, cuidando de no abusar del ceño fruncido del fraile que presidía la reunión.

Si todo iba bien, algún atrevido volteaba el cacharro de la sopa para convertirlo en percusión y entonces la alegría se desataba.

Las mujeres cantaban a cinco o seis voces y su entonación tocaba los corazones de los frailes, que entonces ya no objetaban el volumen. Su rostro adusto, en penitencia, trataba de disimular las emociones desatadas en su seno por el timbre y el valor de las notas más altas. ¡Nadie como los guineos para armonizar las voces, alinear sus dientes de perla y dirigir el canto!

-"Tumbucutu cutu cutu"

-"Teque, leque-leque leque-leque, leque-leque"

-"Antonya, Thomé, hagámole"

-"Sansabé, sansabé"

Los de zapatones, golpeaban el piso para hacer cantar también a la madera, hasta que las astillas liberaban los recuerdos contenidos en sus canciones de infancia, arrullos lucumíes, coros wolofes y del Congo, que a la luz de las velas canturreaban en voz baja, tomando turnos, entremezclando versos sacros que impostaban sobre las viejas letras, cuando la simple mirada del Prior reprobaba el entusiasmo y arrebato.

Siempre venían a la mesa las palabras en lenguas olvidadas y los aromas de la memoria y aunque les era prohibido, pronunciaban en voz tenue una frase rápida que su cómplice de lengua más cercano celebraba con una enorme sonrisa.

Entonces los recuerdos organizaban por su cuenta otra reunión, secreta y alborozada, que tácitamente todos compartían, usando el poder de su imaginación. Y en la noche cerrada, resistiendo el deseo de saltar, de golpearse el pecho al sentir en el cuerpo las percusiones improvisadas, los ojos de todos entraban en acuerdo. La algarabía batía las palmas mientras la vista distraída del Prior ignoraba los signos sutiles de los dedos de las manos. ¿Cuándo sería la próxima conjura? ¿Quién sería el valiente que encabezaría el plan, aún a costa de su vida? Las cabezas, meciéndose al compás, asentían con cada señal, con cada guiño.

Nada quedó.

Treinta y cinco negros, entre ellos siete mujeres, fueron ahorcados en la Plaza Mayor una mañana de mayo de 1612. Los cuerpos de los sentenciados fueron desmembrados y sus cabezas, clavadas en la picota, se exhibieron en la plaza por días, a modo de advertencia para quien quisiera atreverse nuevamente.

Docenas más recibieron nuevas marcas en la espalda, ya de por sí bordada en azotes, curtida siempre por los amos.

Nueve horcas levantadas frente a las Casas de Cabildo habían recibido a los culpables, atados de pies y manos, tras recorrer con vergüenza y a lomo de mula las calles más céntricas.

Nada quedó. Así lo había entendido por fin el muchacho.

En el puente del Altillo, que cruzaba el caudal del Magdalena, los ayudantes hablaban ya de la represión en voz alta. Las nubes de moscas devoraron por días la carne agusanada de los insurrectos, saludando con su mueca a los compradores de hortalizas que atravesaban agitados la aseada Plaza Mayor, unos días después, como si nada hubiera pasado.

> **Nada quedó. Así lo había entendido por fin.**

Los reparados cajones del mercado de bastimentos compartieron la plaga de bichos con los descabezados y unas semanas después, sobre el agua de la Acequia Real, flotaban todavía restos de las nubes de insectos que las mujeres apartaban de sus cántaros con disgusto.

Nada quedó.

La esperanza flotaba ahora vana, como el organdí de seda que debió envolver el cuerpo adolescente de la esclava muerta.

Esperar, de nuevo esperar. ¿Cuánto? Nadie sabe nunca cuánto.

CAPÍTULO 2
SER NEGROS DEL HUNDIMIENTO
1629

Veintitrés esclavos, conducidos por Sa Loné, arrastraban en la arena su hambre y su sed. El calor de la selva de Kaan Pech era rabioso, ¡tan parecido a aquél del encierro, en la fortaleza portuguesa de São Jorge da Mina, Elmina, como era conocida por todos, la principal del Reino de Portugal. Aquel infierno de la Costa de Oro, en el Golfo de Guinea, era un tizón en sus recuerdos. Las celdas eran una serie de cuevas candentes y oscuras que sólo refrescaban por la noche, cuando el fragor de las tormentas alzaba las olas embravecidas.

-"¿Escuchaste a los lebreles allá arriba? ¡No soporto más los ladridos! ¡Están subiendo, Binata! ¿Los oyes?

-"¡Ayuda, señor, piedad! ¡Arrancaron un jirón de piel del costado de Bioka! ¡La sangre, por piedad, tanta sangre!"

-"¿Escuchas el ulular del viento? Desde que llegaron todos, yo ya se los había advertido. Viene el castigo grande".

-"¡Atrás os digo. ¡Apretad el paso, negrillos, o caeréis por el puente para ser bocado de tiburones! ¡Pronto a trabajar escravos, pretos cambujos!"

En sus cabezas resonaban todas esas frases incomprensibles, en tantos idiomas. Iban aturdidos por tantas horas bajo el sol y la borrachera de agua salada seguía cortando como daga sus gargantas.

Temían seguir bordeando la costa apacible de mar turquesa, pero recelaban de las sombras que la arboleda proyectaba sobre la arena. Morían un poco ante el temor de avistar en cualquier momento la silueta lúgubre de los muros de la fortaleza, que sólo vieron al subir el puente y embarcarse, pero que jamás olvidarían mientras tuvieran vida.

Elmina era un castillo de muros ennegrecidos por el moho, que encerraba lamentos de dos siglos, desde que el comercio de esclavos comenzó a llenar las arcas portuguesas, antes que las de cualquier otra corona europea. Sus puertas eran la boca que había expulsado a miles de esclavos, habitantes de los reinos de Kanem y Bornu, de Benín, de Ngabou y Senegambia.

Sa Loné y los otros caminaban, adentrándose a ratos en la selva desconocida, pero temiendo alejarse de la orilla. Los varones habían sido entrenados desde niños para distinguir los sonidos del agua y la espesura, pero no lograban encontrar aquí ni un solo grito de las aves que conocían. Hasta el viento olía distinto. El mareo del viaje había confundido su cuenta de las lunaciones y no se olía a la lluvia por ningún lado. Andaban, extraviados, sin siquiera adivinar que habían cruzado un continente.

Con el ruido de una parvada, corrieron a agazaparse. Hablaban bajo y también en distintas lenguas. El naufragio había mezclado sus etnias y a señas convinieron en que debían penetrar la selva desconocida sin remedio, pues la tarde traería el fulgor de las antorchas que iluminaban Elmina y ya nada podrían hacer entonces por ocultarse a los vigías.

La brisa en contacto con el suelo tórrido traía como un espejismo la violencia de la captura. Sintiendo las ataduras en pies y manos, recordaban la loza del espanto oprimiéndoles el pecho. Pero, así lo había querido el poder de los espíritus. Así versaban los relatos de los ancianos. Los emisarios del mundo de las ánimas, que configuran el rayo y la sequía, se habían transformado en hombres, enviados a las aldeas para recoger a quienes debían expiar sus culpas en el Lugar Desconocido.

Las sartas de caracolas al cuello no habían servido de nada. Su protección no evitó las mazmorras, donde todo era llanto y afuera, los espíritus exigían traerlos cuanto antes a su encuentro con gritos de viento.

Habían llegado a este enclave procedentes de todos los rincones. Más allá, había todavía tantos pueblos de los cuales echar mano. Los captores de carne y de huesos seleccionaban a cada individuo para su venta y luego caminaban atados en fila por días, envueltos en el sopor, reprimiendo los sollozos. La vista de la imponente fortaleza avisaba del destino. Ahí en el litoral, la factoría era mercado, almacén y aduana a un tiempo.

El botín humano se despachaba a Europa y América, mientras el rumor del mar configuraba a los dioses, esos que adoraban desde el inicio de los tiempos, con todos sus premios y todos sus castigos. Su voz era interpretada por los ancianos que habían presidido todos los Consejos, en todos los tiempos. Su sabiduría mantenía a raya a los posibles transgresores, que enfrentaban el dictamen de su vara de justicia.

Las arengas de los viejos en torno al fuego eran preventivas. Todo comportamiento que pusiera en peligro la estabilidad de la tribu, tarde o temprano encontraría escarmiento: los que robaban mujer, los homicidas o los que herían de muerte. Siempre los dioses alcanzaban al culpable y sus enviados avisaban, transformados en animales o elementos, su paradero.

Por eso, allá en la celda, ahora cada uno hacía un examen de conciencia, llorando amargamente. Muchos, confundidos, no encontraban falta suficiente. Los dioses serían clementes, quizá. Pero las historias en torno al fuego hablaban de vientos atrevidos y corrientes desconocidas y de un océano infinito habitado por los dioses, que devoraba a quienes se iban, castigo último, para no volver jamás.

A veces los captores arrasaban las aldeas por las noches, logrando una yunta humana numerosa, que sujetaban con cuerdas y cepos. Otras, esperaban a la vera del camino a los jóvenes o asaltaban a las doncellas en la ribera del río. Algunas incursiones eran pactadas previamente, el jefe de la tribu recibía la paga correspondiente al trueque secreto y luego se atribuía la redada a la furia de los dioses, de detalles espeluznantes que abonaba su imaginación.

De los desaparecidos, no había nadie que hubiese vuelto al caserío, que se iba vaciando uno a uno de sus mejores hombres y mujeres, año tras año, siglo tras siglo.

La realidad era que acababan desfilando resignados por el puente que habría de conducirlos al barco negrero y de ahí, seguramente al corazón del océano. Mas, si habían temido que el mar los devorara en tormentos, ya en el barco, comenzaba el verdadero purgatorio, con rumbo interminable y desconocido.

Se amontonaban en estrechos tablones horizontales respirando con dificultad el aire salado y caliente que apenas si entraba por la negra boca que conducía a las bodegas de la nave. Sus cuerpos, azotados por el vaivén, se vaciaban en arcadas cada vez que el espíritu de las aguas amenazaba con extender su brazo eterno de espuma, golpeando el casco en espantosos crujidos.

Sa Loné y los otros cuatrocientos yacían tendidos por más de cincuenta días en el buque que los llevaría a los mercados americanos. Habían perdido casi la mitad de su peso original, hasta clamar inútilmente que los espíritus partieran el barco en dos para devorarlos por fin en sus entrañas azules y acabar con el suplicio.

Pero el castigo no llegaba. En cambio, con espacio apenas suficiente para girar hacia un costado, mujeres y niños separados de los hombres, fueron aderezando una mezcla de desechos inmunda y maloliente que escurría por entre los tablones que hacían las veces de litera, hasta cubrir sus cuerpos, alcanzar el piso y acumularse en la sentina.

Tenían que luchar por apartar el único cuenco diario de alimento de los escurrimientos de los más enfermos formando una costra que se enredaba porfiada en sus cabellos ensortijados y mataba como sarna el espléndido brillo de su piel. Habían embarcado a los mejores, a los más fuertes, los jóvenes que estaban en edad de darles hijos y que hoy eran una sombra que se revolcaba dormitando en pesadillas.

Sí, las rencillas que existían entre sus tribus también habían producido negreros de entre los suyos. Esa era su profesión. Orquestaban emboscadas contra los pueblos enemigos y cambiaban a sus víctimas en la factoría por sal, harina, caballos, alfombras, arcabuces y espadas para seguir haciendo la guerra.

El precio puesto a cada vida iniciaba con el pago recibido por su captura y se iba incrementando de mano en mano hasta alcanzar los mercados de esclavos en América, su destino final. Las Indias comenzaban a llenarse de ellos. El Tratado de Tordesillas había partido en dos la soberanía sobre el joven Nuevo Mundo y el Papa español, Alejandro VI, la otorgó a las potencias navieras, unidas por entonces, España y Portugal:

—"Que se haga y asigne por el dicho mar océano una línea del Polo Ártico al Antártico, que es de norte a sur, a trescientas setenta leguas de las Islas de Cabo Verde. Que, yendo de la dicha raya por la parte del Levante, pertenezca al dicho señor Rey de Portugal y sus sucesores para siempre jamás. Y que todo lo otro después de esta línea, así islas como tierra firme, hallada y por hallar, a los dichos señores, rey y reina, de Castilla y de Aragón."

Cabo Verde era un archipiélago volcánico deshabitado y misterioso, frente a la costa senegalesa, que los portugueses habían descubierto en África. Desde ahí penetraron hasta aquel territorio que los latinos llamaban *Afri*, al sur del Mediterráneo, el *Africa Proconsularis* de los romanos, en la antigua Libia.

El continente, irreconocible en sus dimensiones y apenas explorado, constituía la patria genérica que compartían miles de tribus con miles de costumbres y singulares modos de comprender la vida. Era *Afri* o *Afar*, la "tierra del polvo" de los fenicios, la "tierra de los hombres que viven en las cuevas", que en bantú explicaba el desdén que los europeos sentían hacia aquellos hombres que identificaban como salvajes, presumiendo que cuanto más se adentraran en el continente, encontrarían cuevas y a sus habitantes, viviendo en su estado más primitivo

Los portugueses se habían aventurado a circunnavegar este continente que resultó más grande que sus más afiebradas estimaciones y ya en el año de Nuestro Señor de 1494, la cristiana corona portuguesa comenzó a surtir a Europa de esclavos oriundos de estas tierras.

El comercio africano fue en un principio exclusivo de los portugueses por estar dentro de la línea de sus posesiones. El endoso del Papa los había hecho dueños de esta parte de la Tierra. Secuestraban en suficiencia mano de obra, pero la demanda desbordada surgió realmente en cuanto se descubrió el Nuevo Mundo y crecieron en extensión los imperios y sus empresas coloniales.

El reino portugués había iniciado plantaciones azucareras y de maderas preciosas en el Brasil y de sus *faitorías* en Guinea, corrupción de Ghana, recibía sus esclavos. Quiso la Divina Providencia, y la amistad Papal con la familia Borja de Aragón, que la línea de demarcación, que había partido en dos las tierras nuevas, otorgara a España el resto de la América, un continente entero, insospechado, que con los años fue revelando una extensión interminable de riquezas. La castellanizada casa ítalo-valenciana de Borgia continuó dominando así la política y la economía de su siglo.

A partir de entonces, España, siempre fiel a la Bula Papal, avanzó en todas direcciones, alcanzó los confines del nuevo continente, conoció los mares, que eran suyos y estableció por toda la costa oeste puestos de avanzada, alcanzando sitios tan remotos como Nootka, una isla a latitud 49 grados norte que bañan las aguas del Ártico, reclamada como posesión británica por el Capitán George Vancouver un siglo después.

-"¡Itchme nutka, itchme nutka!"-, gritaban los nativos a los primeros descubridores españoles. -"¡Den la vuelta!"; ¡Regresen por donde han venido!

> "¡Den la vuelta!"; ¡Regresen por donde han venido!

Pronto, se establecieron misiones de evangelización por toda la California y entonces llegó el momento de aventurarse al este del Pacífico, hasta alcanzar las islas de Asia. En honor a su emperador, Felipe II, se bautizó al primer archipiélago hallado como las islas Filipinas y así, la Nueva España se convirtió en el puente que conectaría dos continentes, dos océanos, el hambre y el banquete.

Se estableció una ruta que navegaba el Galeón rumbo a Manila dos veces al año y recibía en el puerto de Acapulco buques llenos de porcelanas, marfiles, sedas y gemas que ocupaban un sitio especial en la Flota de Indias, camino a España, y a una Europa hambrienta de adorno y exotismo.

Todos estos empeños exigían manos fuertes, para cargar, labrar, vigilar y castigar. Necesitaban mano de obra; necesitaban esclavos.

La zona costera occidental africana comenzó a despoblarse con los portugueses al frente del comercio esclavo y no había capturas suficientes para continuar sosteniendo el apetito de mano de obra para las colonias en el Nuevo Mundo.

La mortandad de indígenas americanos a causa de las epidemias estaba vaciando campos y minas y los esclavistas se internaban cada vez más en el corazón africano. Con cada década arrasaron pueblos y villas, hasta alcanzar el extremo del Océano Índico, recaudando manos y espaldas para extraer plata, especias, maderas, grana cochinilla, índigo, azúcar y tabaco de América.

Los primeros esclavos habían llegado con Colón. "La Niña", a cargo del mulato Alonso Prieto, atracó en playas americanas, mientras Dieguillo, esclavo de sus confianzas, administraba la venta de mercancías, propiedad del descubridor, en La Española. Prietos, pardos y morenos conservaban su apelativo de color y luego, si la fortuna les sonreía y la naturaleza de su amo lo permitía, pagaban su libertad con el ahorro de años, haciendo trabajos menores. Usaban su color como apellido, convirtiéndose en Pedro Prieto o Hernando Moreno. No podían evitar el nombre de su dueño, pues lo llevaban herrado a fuego en el pecho.

Reemplazaron a los indios, los pobrecitos de Dios, esas ánimas racionales, propietarias de un alma que necesitaba la salvación, pero con una alimentación paupérrima, que los llevaba a la muerte a centenas, totalmente indefensos ante las nuevas enfermedades. Situados en congregaciones remotas, trabajando las parcelas, lejos de sus lugares de origen y sin conocer mujer, redujeron su número alarmantemente desde el primer siglo.

Así que los caminos de mar y de tierra llevaron esclavos por todos los rincones. Adquiridos en las Canarias o comprados en la Península, a subasta en los mercados de Cádiz o Coimbra, se embarcaban documentados con Carta de Propiedad, como toda mercancía, enterando impuestos debidamente, o como contrabando, para evitar el pago de la alcabala obligada a la Corona y engrosando una lista anónima de siglos, de cuyo número ningún censo o archivo registró.

Sus dueños llevaron sus pieles desde luego a Europa, para emplearlos en los boyantes muelles de los Países Bajos, que hasta el XVII fueron posesión española. O en Génova, aderezando la cama y las habitaciones privadas de mercaderes, frailes y obispos. Otros cruzarían el Atlántico terminando sus días en alguna mina de la Nueva España, una opulenta casa en la Nueva Granada o sirviendo en algún taller gremial en el Río de la Plata, dependiendo de la diversidad de los negocios y la fortuna de sus amos. Después de una vida de explotación acabarían en los arrabales, inútiles ya por su avanzada edad o una mala enfermedad, arrojados por el amo a las calles, apropiándose antes de su descendencia.

Los caminos del mar llevaban y traían multitudes.

Todo esto ignoraban Sa Loné y los demás sobrevivientes. Habían viajado justo bajo cubierta y ni siquiera se habían visto las caras, pues cualquier intento de contacto, cualquier desobediencia, los arriesgaba a encontrarse con el látigo. Los reclamos de una bandada de guacamayas y la fresca sombra de la selva recibieron sus corazones fugitivos, que no se atrevían todavía a hablar en voz franca.

-"¡Aquí van los últimos sacos! Los yacimientos de oro de Ashanti han sido pródigos esta vez. ¡Ahora a las Indias, negros, para comprar las especias, que Braganza y Oporto estarán esperando!"

-"¡A arrear a los prietos, que los barriles y fardos ya están en su sitio! ¡Acostumbraos al grillete, que ese perno no dejará la madera hasta que hayamos llegado!"

La madera en forma de ocho les sujetaba los tobillos e imposibilitaba dar un paso largo. Producía llagas supurantes que más tarde los marinos de menor categoría habrían de curar a toda prisa, una vez avistando tierra, para prepararlos para la subasta. Las desapariciones, que los ancianos de cada aldea atribuían al designio de los dioses, eran en realidad un viaje de intereses terrenales, sin retorno, en el que agonizaban por semanas.

Éste, el galeón de los esclavos, izó la última vela para abandonar Elmina encabezando la escuadra. La Unión Ibérica había atado a España y Portugal desde 1580, pero solo la corona portuguesa detentaba celosamente el control de sus factorías. Eran en realidad dos reinos, dos coronas separadas, gobernados por un mismo rey.

Una tormenta inesperada había retrasado cauta la salida y el océano sin fin ocupaba totalmente la imaginación de los cautivos. Tras la captura, su primer temor era éste, el hogar de los espíritus que comandan las aguas. Todo era llanto y crujir de dientes, pues venían de las entrañas de la selva y la sabana, donde los espíritus habitan la naturaleza de las cosas y el océano era la encarnación máxima de su grandeza. En el encierro, descifraban el ruido de la tormenta que ocultaba en su fragor la voz de los *nkisi* y los *bakisi*, los portadores del inframundo que traían los lamentos de los muertos.

Habían escondido inútilmente en sus techos o enterradas en el umbral de las puertas figurillas talladas en madera de estos mensajeros del otro mundo, para salvarlos de la captura. En la zona de las mujeres, allá en el calabozo de Elmina, las adivinadoras afirmaban haber entendido los mensajes que soplaba el viento. Decían a media voz que eran las mismas amenazas anunciadas por las caracolas que llegaban en trueque a las aldeas. Procurando no hacer ruido, lloraban ante la revelación de mil castigos, enfermedades y maleficios que no había conjurado el sanador de la aldea. Sus faldas de conchas, de nácar irisado, eran mágicas y poderosas y estaban seguras de que su cascabeleo siempre lograba, al final, convocar sus favores.

Los *malungus*, la gente blanca, eran la encarnación del castigo, la inquietud crecía y el miedo levantaba sus lamentos hasta que el capataz acudía azotando una barra de hierro contra las bases de los cañones vociferando:

—¡Gelofes, mandingas, todos los de esas tribus!. ¡A callar, que desde ahora les está prohibido hablar en guineo, esa lengua de ustedes, lengua de prietos! ¡Ya baja el látigo a imponer silencio!

Allá en la aldea, con el auspicio del viento, la espiral hueca del molusco lo había dicho todo. Expresaba deseos, exigía rituales. Su aderezo con metales preciosos era amuleto que procuraba buenas presas y abundantes frutos, una familia numerosa y una buena vida, pero iban ahora a enfrentar a las entrañas marinas y también debían estar atentos a lo que sucedía allá arriba.

Las tres naves de la flota cursaron los primeros días en calma, preocupadas solo por remontar el Golfo de Guinea y los días nublados. La constante estela de espuma daba certeza del avance y a veinte kilómetros por hora, diez nudos, la mancha de sargazos se iba quedando en la costa. En cubierta, bastaba intercambiar una mirada entre soga y amarre con más frecuencia para comprender que entrarían al punto en que las corrientes y los alisios advertían a los marinos como clamor de sirenas que se acercaban a la zona de asaltos.

Avistaron la nave enemiga y a sus dos hijas más pequeñas al sexto día de camino, el número maldito. Su insignia era una Estrella de David flameando en la bandera colgada al mástil principal, delineada por una frase familiar, no del todo comprensible. "Mazel Tov", –buen augurio–. Punzado en la madera de la proa, el nombre de la embarcación borraba cualquier duda: "Escudo de Abraham". Era la carraca del judío pirata, el portugués Moisés Cohen Henríques. Llevaba el mismo nombre que su Dignidad, el Padre de Muchos Pueblos, Patriarca de los judíos. Escoltada por otra nave señera de menor tamaño era la peor aparición que podía esperar una flota comerciante.

El ataque ocurrió en unos minutos. Aunque el puntero portugués era un veterano, la artillería de la estrella había realizado un primer disparo, hiriéndolo estratégicamente. De calado mayor y dispuesta a perderlo o ganarlo todo, el "Escudo de Abraham" arremetía con la convicción de que el Dios de los Ejércitos cubriría de gloria y riquezas a sus tripulantes.

Sus marinos habían sido reclutados casi todos en Ámsterdam. Patria adoptiva de Henríques, estaba compuesta en su mayoría por hombres recios que cruzarían el océano por primera vez, para buscar la derrama de fortuna que venía del Nuevo Mundo. Algunos otros, experimentados en el Báltico o el Mediterráneo, eran hombres venidos a menos en brazos de la bebida. Para ellos, la costa occidental africana representaba el golpe de suerte que les devolvería la fortuna.

No compartían las motivaciones de su Capitán, el pirata judío-portugués Henríques, educado en la infantería de Lisboa y Sevilla y buen mozo emigrado contra su voluntad a Ámsterdam, curtido de historias agridulces en torno al exilio hebreo del siglo anterior, producto del Edicto de Expulsión originado en España. 1497 había cifrado también el destino de los judíos en Lisboa y, como los Henríques, miles debieron abandonar el Sefarad, que habían ocupado por siglos. Así habían llamado a la Hispania por siglos. El reino unido por los Austria era un concepto sin fronteras, que abarcaba por entero la Península Ibérica.

El Edicto de Expulsión de Granada los forzaba a convertirse al cristianismo o a marchar fuera del territorio, al exilio.

Para muchos, la fidelidad a su fe era primero y buscar asentarse en otras latitudes, la única salida. El norte de África, los reinos de Italia o el Este de Europa y los Países Bajos recibieron a los suyos, provenientes de Sefarad, en sus comunidades: familias enteras, funcionarios, agricultores, artesanos y comerciantes con un legendario sentido de comunidad, autónoma y sumamente próspera, que les permitió soportar el exilio.

A esa estirpe pertenecía el pirata Henríques. De ella abrevó las historias de paz, liras y cítaras en las aljamas de su barrio, aquellas comunidades autónomas de moros y judíos que vivían bajo el dominio del reino ibérico cristiano, donde se hacía poesía en la lengua de la Torah. En Sefarad quedaron los conversos, los que no quisieron irse, cristianos nuevos, que siempre guardaron en el corazón el orgullo de pertenecer al ancestral linaje al que había pertenecido Cristo.

Los ancianos contaban que la fecha límite para bautizarse o abandonar las tierras llegó con los disturbios en los que el fanatismo cristiano reinó. En la fecha fatídica las puertas fueron forzadas, sus archivos incendiados y quedó vacío el torreón que avisaba de novedades y peligros a la comunidad amurallada.

-¡Saquearon las juderías!

Cristianos campesinos y gente baja arremetieron contra sus posesiones con furia santa, llevándose todo. Los que habían elegido quedarse, optaron por la muerte esa noche, arrojándose desde las almenas, sus cuerpos inertes y su alma quedarían así por siempre en Sefarad. Los que se fueron, salieron en caravana, acompañados del triste llanto de sus laúdes. Las flautas se rompieron, en una batalla desesperada entre su conciencia y su corazón, ardiente por la tierra que los vio nacer.

> **Los que se fueron, salieron en caravana, acompañados del triste llanto de sus laúdes.**

Por toda España se escuchó el lamento del exilio. Salieron a pie, en asnos y en carretas, azuzados por cristianos que en el camino gritaban -"¡Bautismo!", manchando el sacramento con la espuma de furia de su boca.

Tañéndole panderos al destino, los que emigraron a los Países Bajos, mucho más tolerantes y liberales, trataron de olvidar en cada verso las acusaciones que los hacían responsables de todas las calamidades. Dejaron a la vera de caminos polvorosos la persecución, la denuncia y el escrutinio público, encomendando su largo viaje al patriarca Abraham, el glorioso caudillo de tantas hazañas, que también salió un día de la Mesopotamia "a esa tierra que Yo, tu Dios, te indicaré".

La errancia estaba en la sangre de Henríquez. Sabía de los tornadizos, los que no pudieron soportar el destierro y regresaron a la Península, *anusim*, cristianos nuevos, judíos conversos. Dejar

Sefarad era un heroísmo y una herida que llevarían consigo por años, transmitida a sus hijos, y a los hijos de sus hijos.

Cuando inició su carrera marítima, Moisés Cohen Henríques dirigió la vista hacia el Levante, acariciando la llave de hierro que abriría la puerta principal de la casa abandonada un día por sus ancestros, la casa de su familia, allá en Sefarad. No descansaría hasta que al fin girara de vuelta en su cerradura. Sólo entonces se cerraría su memoria y toda fatalidad se habría conjurado.

Dos generaciones precedentes de Henríques ya habían hecho fortuna en la poderosa Ámsterdam, apreciaban como un diamante su libertad y en los Países Bajos decidieron agregarse el nombre que los identificaba como descendientes del linaje de los *conahim*, los sumos sacerdotes hebreos encargados de la ritualidad del Templo. Serían Cohen Henríques para mostrar con orgullo la alianza de sal que habían establecido con su Dios Omnipotente.

En esta primera década del XVII no había ciudad de tanto y tan poderoso comercio y contrabando y la añoranza traducía las comedias de los españoles Quevedo y Calderón de la Barca para un público entusiasta holandés.

Las primeras incursiones del marino Henríques fueron desde luego a Lisboa y sus ojos niños la vieron de lejos, fregando cacharros en las cocinas. Las puertas del mar tocaron su espíritu, llamándolo a la aventura de las aguas y el mismo día que le fue permitido desembarcar en el muelle logró sustraer una carta de navegación. No aquilató de inmediato el robo en toda su valía, pero ya sus oídos habían escuchado el llamado. En adelante, dedicaría la vida a descifrar coordenadas, líneas y bordes. Sus manos sintieron la emoción de doblar contornos costeros dibujados en el papel del portulano y desarrolló un olfato para las recompensas rápidas. Fue así como hizo suyo el oficio de matricular naves de asalto. La añoranza aprendida buscaba vengar la expulsión de los suyos arrebatando las fortunas de los cristianos, españoles y portugueses, en el Nuevo Mundo.

Los inversionistas de Amsterdam, la mayoría pertenecientes a una comunidad ortodoxa vigilada celosamente por rabinos de gran virtud, gustaban de escuchar ofertas para financiar naves piratas. Burlando a las autoridades y la obligación de rendir impuestos, negociaban un jugoso porcentaje de ganancia sobre el botín. Durante el día supervisaban sus negocios legales y por las tardes, casi como un pasatiempo, daban un vistazo al armado de la nave que financiaban, de cuyo contrato también recibían una comisión del armador, en el astillero. Jamás interferirían en la planeación de una travesía y cuando la embarcación era botada al agua, sólo quedaba confiar y esperar.

En la piratería, la suerte decide el destino. Prebendas reales y títulos vienen con ella o la muerte en brazos de una ola, a merced del vasto océano.

Moisés se jugaba en este viaje clandestino su futuro como asaltante y contrabandista. Un grupo de ricos judíos había financiado el *Escudo de Abraham*, basados sólo en la garantía de aquella carta de navegación portuguesa que Henríques guardaba con celo en el pecho. La carta detallaba las corrientes, la posición de las factorías principales en la orilla africana e iba más allá, hasta tierras ignotas, señalando en la nomenclatura con letra pequeña y apretada los lugares de aprovisionamiento, los peligros, las corrientes y los vientos. La travesía de altura encontraba en la carta información de oro que les daría acceso a otros mercados, que ni él ni sus financiadores habían tocado nunca.

Así que, en medio del mar de Guinea, a leguas ya de Elmina, un disparo certero bastó para informar a la tripulación portuguesa las intenciones del pirata. Los portugueses habían desplazado parte de la artillería de defensa a los rincones, aumentando el peso excesivamente, lo cual hacía torpe su maniobrabilidad y cualquier intento de huida. Sabían que su superioridad en número frente a la nave pirata y su acompañante les daría ventaja en una posible lucha cuerpo a cuerpo, pero antes de atacar esperarían. La nave de mayor calado era el despiste y al frente protegía el cargamento de las dos naves menores.

El *Escudo* viajaba ligero, semivacío. Henríques trajinaba entre la nave mayor y la escolta, indistintamente, experto en el abordaje entre escalas y puentes y en este viaje, con velas y aparejos que estrenaban el agua y su maestría navegante al mando, había planeado un ataque de advertencia fulminante, seguido de una operación de trueque rápida.

El disparo, que rozó un costado del buque dedicado a São Pantaleão mártir, cimbró y partió algunas maderas, evocando en la tripulación el sufrimiento del santo, un rico médico pagano convertido al cristianismo en el siglo III, al que trataron de matar de seis maneras, una de ellas ahogándole. Ileso, con la ayuda del Señor, era el patrono elegido de su nave. La lógica mercader portuguesa decidió proteger las dos fragatas pequeñas, que simulaban ser las de los bastimentos y ceder el contenido de la nave mayor, herida, la de los esclavos.

La carne ahumada y los toneles de aceite ocultaban en las naves menores un botín de oro y gemas obtenido en Ashanti, y a través con los mercaderes del Sahel. A ellas debía procurarse la salvación.

En este trueque, la juventud de Henríques se estaba probando a sí misma. Si lograba recuperar la inversión y devolver a sus financiadores un porcentaje mayor al de las rentas pactadas, ganaría en fama y valor. Las puertas a operaciones mayores se abrirían para él y para sus marinos más fieles y entonces las cítaras cantarían su gloria en cada muelle europeo.

Por fin quedaron frente a frente. Negociaron en el *portyghee* de Henríques, la lengua de sus abuelos, la que había usado en su adolescencia para amar, cantar y navegar, la carga completa de esclavos y la especiería. Ambas banderas sabían que continuar los disparos sería fatal: cuatro mástiles, veintiséis cañones apuntando y su principal galeón dañado, el más grande, persuadieron a los esclavistas portugueses de oponer mayor resistencia.

El acuerdo produjo un trajín de cabras, cerdos y lebreles y que, maldiciendo su negra suerte, también cedieron. Los escuderos de Cohen inventariaron diligentes cada pieza, anotando mentalmente con cada asiento sus propias ganancias. Recibieron primero a los esclavos, que permanecieron en cubierta, tratando de ignorar la seducción de una muerte rápida, arrojándose a los brazos del espíritu de las aguas, mientras la especiería terminaba de sacarse, al fondo.

La brisa se llenó de aromas a pimienta, canela, clavo y anís, y su perfume disipó el tufo a letrina por unos instantes. A una semana de camino los esclavos todavía tenían regular semblante, a pesar de las mazmorras en el Fuerte. Cuando tocó su turno, el polvo de cúrcuma de la India de un saco reventado marcó sus huellas y por un instante, divertidos, tiñó de amarillo las plantas de sus negros pies, en descenso hacia una nueva oscuridad.

Al atardecer, carga y satisfacción plenas, Moisés Cohen comprobó su posición en su precioso astrolabio. Pronto se dejarían ver las estrellas y mientras contemplaba el horizonte, sin ocultar la sonrisa, supo que el éxito de esta misión abriría su destino a empresas fabulosas, todavía por venir. Verificó sus coordenadas para alcanzar la corriente ecuatorial. Disponía de un año para entregar los réditos y ya en el Nuevo Mundo, el contenido del arcón que resguardaba en las sencillas habitaciones del *Escudo* crecería grandemente, en cuanto completara el negocio. Buscarían atracar en la isla de Cuba, para negociar la colocación de los cautivos de contrabando. Sin intermediarios, aumentarían las ganancias de todos.

De madera embutida y guarniciones de plata, Cohen abrió lentamente el cofre que guardaba todas sus añoranzas. Un rizo, una carta y la llave del hogar añorado, envuelta en seda turquesa con bordes en oro. Cada hilo tejía los deseos de su alma y hoy más que nunca estaba seguro de que algún día volvería a estar frente a esa puerta, giraría la cerradura y reclamaría la propiedad que era suya y de sus antepasados. La casa de las historias de su infancia, allá en Sefarad.

Los *malungu* portugueses, los blancos, aguantando las lágrimas de rabia por la injuria, se deshacían en oraciones de agradecimiento al Santo por salvar la vida. Ya pagarían un nuevo relicario en el convento para agradecer su intercesión y, disponiéndose a reparar el *São Pantaleão*, juraron vengar algún día esta afrenta. La Junta de Negros recibía 140 mil ducados anuales por la licencia otorgada a Joao Coutiño para introducir esclavos y este golpe le había costado 30 mil ducados, o tres gramos y medio de oro de ley por ducado, el equivalente al valor de 105 kilogramos de oro puro, sin contar el ganado y la especiería.

El éxodo de Henríques continuó cruzando el Atlántico. Decidieron que intentarían acercarse a Matanzas, en la Capitanía General de Cuba, para fondear ahí y descargar el botín de cuatrocientos esclavos, ya desfallecientes. Llevaban cinco semanas soportando aquella babel de lamentos, que sólo callaba para vomitar las entrañas al compás de las olas.

Un par de caseríos en la desembocadura del Canímar, en la bahía, hospedaba temporalmente a contrabandistas que se instalaban ahí para esperar cargamentos de esclavos, evadiendo el pago del quinto real a la Corona, a pesar de que el fraude y desencamino de esclavos era severamente castigado por el alcalde del Crimen de la Real Audiencia. Era una escala que ninguna bitácora registraba, en tierras desoladas que habían visto un par de intentos infructuosos de siembra de yuca y caña.

El norte semidesierto había ahuyentado a los primeros españoles que, esquivando a los escorpiones, intentaban desbrozar la tierra para el cultivo, usando a los arahuacos nativos. Abandonado, era una ruta segura para los hatos de bozales que introducirían en La Habana resplandeciente.

El *Escudo de Abraham* ni siquiera logró avistar el contorno de la bahía. Con la bandera arriada, el estrecho hervía en movimiento de naves españolas. Contra su voluntad, tendrían que cambiar el desembarco. A días de camino, la Capitanía General de Yucatán también recibía esclavos de contrabando en varios puntos, y los víveres tendrían que estirarse al máximo para soportar las jornadas extraordinarias. Fue sabio no haber rechazado el ganado menor que les capturó el botín en aguas de Guinea.

Por fin, Cohen, sumo sacerdote de su embarcación, decidió que seguirían hasta Campeche, para acercar la carga esclava lo más posible a los mercados de Veracruz. Estaba consciente de que el retraso aumentaría la zozobra de sus acreedores, pero cuando concluyeran, se acercarían más fácilmente a las inmediaciones del puerto de San Francisco de Campeche, se llenarían de mercancías y bastimentos y compensarían con creces la desviación.

Viraron hacia el interminable Golfo de México y las tablas de diferencia mostraron la cercanía en leguas de la Isla Bermeja. Maltratada por el sudor y el tiempo, la vieja carta de vitela dibujaba esa isla necia que nadie había avistado. Tampoco ellos. Ni para guiarse. Las fauces de la serpiente marina apuntaban justo en dirección a la Bermeja y durante todo el día la marinería escudriñó por turnos el horizonte con su catalejo de lente holandés para ser los primeros en descubrirla, sin éxito, pues era fruto de las leyendas de marinos. Por la tarde, los murmullos de inquietud se acrecentaron y decidieron aumentar los nudos para cruzar la zona a toda prisa. Ignoraron los vapores iridiscentes de la lluvia lejana. Los negros abajo, desmayados al sentir el movimiento, eran sólo espectros, sin fuerzas ya para emitir queja alguna.

En cubierta, los animales chillaban, desorientados y un par de cabras soltaron las patas, brincando la barandilla hasta alcanzar la muerte en las olas. Henríques, indiferente al augurio, repensaba sus cálculos.

-"¡Retomad la ruta en navegación de cabotaje para sondear las aguas de la costa! ¡Izad la vela para resistir los alisios y preparad el fuego, que mi cama andará buscando las pieles de cordero que quedarán del asado celebratorio del convite de esta noche!"

Ondeó una mano dictando órdenes al despensero, que en seguida abrió el pañol de víveres. Les vendría bien un banquete y el tonelero ya había gritado que el agua dulce era suficiente. Trataron de recobrar el ánimo, pues de esa noche dependería su suerte. La plancha de hierro que protegía la madera de cubierta alzó un resplandor en torno a las marmitas. Ochenta almas darían cuenta del festín y un tonel hirviente iría recibiendo los huesos que remojarían el bizcocho para los esclavos. La cena ignoró las nubes grises y cuando acomodaron sus esteras para pasar la noche, una fina llovizna arrulló su apetito satisfecho, como nunca, en todo el viaje.

Henríques calculó avistar la línea de tierra firme al mediodía. Redefinió el rumbo una vez más, en las horas previas al amanecer, cuando la oscuridad es toda tinta. El Dios de Abraham había facilitado una travesía en relativa calma, pero la calamidad siempre acecha al ladrón que roba a otro de su misma estirpe y Cohen y la tripulación lo sabían en su corazón.

Apagaron las antorchas, presintiendo. La falta de luz encendió sus sentidos. Sus ojos se estrecharon para avistar mejor lo que parecía ser compañía española, que esplendía reflejando en farolas su majestuosidad de rojo y oro. Vigilaban el Golfo perteneciente a Felipe IV, de más de un millón de kilómetros cuadrados de superficie, y cualquier barco sin bandera en estas aguas equivalía a una invasión.

Al avistamiento, la nave compañera fue notificada con trompeta de inmediato. El *Escudo* se posicionó en defensa y los españoles iniciaron la defensa. La felicísima Guardacostas novohispana, artillada para combatir a distancia a filibusteros, atacó con precisión fulminante, sin miramientos. La mismísima posesión del territorio de la Nueva España estaba en juego. La razón española estimó mejor herir primero la nave principal, cualquiera que fuera su cargamento, que sufrir por semanas el desembarco y tropelías de piratas en tierra. Más allá podrían esconderse más carracas que tendrían en la mira avanzar hasta San Francisco de Campeche, sin muralla.

El *Escudo* había virado unos grados exhibiendo vulnerable tres cuartos de su retaguardia, que los españoles perforaron varias veces. La carabela compañera se escurrió detrás del escenario. Henríques se estaba marchando con unos cuantos afortunados, mientras los gritos de cuatrocientas gargantas que recibieron la embestida de la artillería enmascararon con su escándalo la cobarde huida.

No alcanzaron a organizar el fuego de contra ataque y el "Escudo de Abraham" le había hecho honor a su nombre, protegiéndolos, a pesar de sus boquetes de muerte, y ahora comenzaba a inclinarse hacia el lecho infinito. Las cuatrocientas toneladas del *Escudo* le dolían a Cohen en todo el cuerpo. La enorme pérdida, los bultos y tibores, la nave-empresa armada en Lübeck y sus marinos y, sobre todo, sus esclavos africanos, formaban una danza macabra de cuerpos negros bañados por el fino polvo del clavo y la canela. Las pequeñas fortunas personales de la tripulación flotaban también hacia las oscuras aguas de ópalo.

Del *Escudo*, los españoles victoriosos sólo percibían los gritos aterrorizados en angola y otros idiomas, voces familiares, por ser parte de la estiba diaria de los puertos.

Evitaron rodear la mole que crujía cuando comprendieron que se iría a pique en unas horas. Toda la carga estaba perdida, el buque hacía agua por todos lados y sólo algunos consiguieron asirse a algún resto del esquife, invisibles en esta hora negra de la noche.

Cuando despertó de las fiebres, Cohen seguía postrado en el *Esther* sobreviviente, frotando con rabia su cofre, apretando contra sí su llave envuelta en sedas, llorando al fabuloso *Escudo de Abraham* perdido.

Y juró vengarlos, aún al precio de su vida.

• • •

Por la gracia de Dios Nuestro Señor, Sa Loné fue bautizado apresuradamente Antón, allá en la Factoría. La fe, primero. El día anterior a la partida del buque, uno a uno fue recibiendo nombres nuevos, obligados a tratar de repetirlos en esta incomprensible lengua:

-"Em nome de Jesus Cristo, receber Batismo no Espírito Santo".

En la travesía, era natural que muchos murieran y todos seguían el saludable consejo de hacerse a la mar confesando, comulgando y haciendo testamento, poniéndose en paz con sus enemigos para no hallarse con ningún escrúpulo de conciencia. Los cadáveres de ricos y pobres eran arrojados apresuradamente por la borda tras breves oraciones y con el bautismo, las almas podían aspirar al cielo.

El bautismo era también ocasión de revisar el inventario de los esclavos una vez más, en presencia del Veedor, que llevaba la cuenta completa de gastos e impuestos a la Corona, en sus libros:

Ytem "Rosario, como de edad de veinte y tres a veinte y cuatro años, sin tachas ni enfermedades conocidas hasta lo presente, valuada en la cantidad de trescientos pesos moneda corriente o setenta ducados en moneda de la corona. Se escritura para hacer el traspaso de su dominio y derecho que en ella se tenga en cuanto se llegue a puerto."

Ytem "Jusepe, como de catorce años, hinchazón de labios, afección de un ojo, valuado en la cantidad de doscientos pesos, moneda corriente".

Ytem "Nicolás, varón sano, con pústula en hombro derecho producto de la carimba o marca de fuego. Prometido al mercader portugués Gonzalo Váez."

Ytem "Salvador, como de veinte, regular estatura, dentadura cabal y afilada; Andrés, sin canas, como de treinta, con marcaduras en el cuerpo a causa de la religión de su tierra; Lucía, como de once..."

Al ocaso, nombres cristianos, estimaciones de precio, cálculos de ganancias y el descuento del quinto real para la Corona Española quedaban registrados meticulosamente y el último rojo del sol teñía por instantes la pasta del libro y la piel de todos, a un tiempo, haciéndolos iguales.

Todos tenían un nombre y el amanecer violeta acompañó el crujido de trueno, que anunció el fin. Ni plegarias, promesas o amuletos pudieron salvarlos. El lento remolino del hundimiento alejó al guardacostas español y en la nave los negros que podían se libraban del grillete a golpes resbalando en la cubierta inclinada, enloquecidos. Este era el momento del Espíritu de las Aguas. Se asían a los toneles de vino de malvasía que flotaban en la espuma o a las fanegas envueltas en lonas amarillentas, tratadas con resina de sauco. Los jugos del árbol podían protegerlos de la humedad y la sal del ambiente, pero no del oleaje del torbellino.

Bautizados con la gracia de Dios, luchaban por aferrarse a un madero aullando al compás del crujido del casco.

La pérdida fue anotada semanas después en los Registros Reales:

> ..."un navío extranjero se acercó peligrosamente a las costas del Reino y fue derrotado por la milicia del mar hasta su hundimiento. Contenido, desconocido. Buque sin insignia. Acontecido todo ello en márgenes de la Intendencia de Yucatán, en tierras que los naturales llamaban Kaan Pech, en latitud norte, 18 grados, y longitud oeste, 91 grados. Se hace constar para los fines a los que haya lugar".

La crónica mencionaba que los acontecimientos habían ocurrido en el punto donde se avista la línea de la Isla de Tris, la Isla de Términos como se abreviaba en las cartografías, y omitía la sospecha de transportar un número desconocido de piezas de Indias.

Antón y los veintitrés sobrevivientes al naufragio, vagaban ahora en los manglares arrastrando los restos de su humanidad. Cuando despertaron, uno a uno, regados por la blanca playa, se reconocieron a ciegas, bajo la luz de la luna y la llovizna.

¡Venían de tantos lugares, todos tan distintos! Sus lenguas eran tan diferentes como los matices de sus rostros. Rosario era hausa, Domingo era fula, Hernando y Felipe, mandingas, Jusepe era congo, y así de distintos todos los demás. Cruzaban todas las tonalidades del negro, desde el azulado que pinta como la noche, hasta la oscura caoba que la ebanistería trabajaba. Rizos, labios y las alas de la nariz eran los rasgos últimos que anunciaban a los de este continente. Así había sido por los siglos de los siglos.

En la improvisada ceremonia de bautismo les habían hecho repetir sus nombres cristianos varias veces, en voz alta, y quizá por lo desconocido del sonido o porque cada cual había sido testigo mutuo del otorgamiento, caminaban esta realidad de humedales llamándose entre sí con esos mismos apelativos.

Era más fácil. La pequeña Lucía mantenía la vista fija, perdida en un silencio hermético que conmovía el corazón, rezagándose del grupo. Rosario regresaba a jalar su mano pequeña y la instaba a seguir.

No más Sa Loné, sino Antón. No más Kon Fata, ni Sekondi, ni Lawalo, sino Ángel, Rosario, Lucía, Jusepe, Nicolás. Pronunciarlos sellaba la suerte de haber sobrevivido al naufragio.

Cuando decidieron entrar a la selva, se fueron abriendo camino con sus manos desnudas, caminos como aquellos de sus tierras de origen, también de selva y sabana, de cuando eran, como ahora, libres. Sus pies lacerados corrían ahora sin otro rumbo que alejarse de la playa y de la luz del día. Corrían como el héroe mandinga Sundiata, que había pacificado y unido mil pueblos en un solo territorio de tierra roja, al que hasta hace poco cada cual pertenecía. Había que continuar sin desfallecer. Arrastrar a los enfermos, volviendo la vista, nunca lo suficiente, con el miedo metido en los huesos mientras el viento de las horas transcurría. A trechos, se creían de vuelta en el pueblo húmedo del que habían sido arrancados hacía solo unas semanas.

Los ruidos se mezclaban y estaban rodeados del mismo verde que seduce. Pero la posición de las estrellas era aquí distinta y se destruía el engaño momentáneo, confundido en su memoria fracturada. Quizá sólo habría que unir las piezas rotas de los recuerdos para conseguir volver atrás, en el tiempo, como antes, como siempre.

Las heridas de brazos y piernas supuraban. Mejor, detener la huida y limpiarse, intentar sanar el cuerpo, pero más el alma. Establecerse, fortificarse. ¿Quién sabe cuánto más, desconocido, habría por delante?

Eligieron un claro donde la corriente generosa traía camarón de barbas y peces de acompañamiento. Sí, descansar: de la captura y de los azotes, de las mazmorras de semanas y el hambre desesperada, de la espuma salada llenando los pulmones, jalando sus cuerpos con fuerza hacia el fondo, de la huida enloquecida y del temor ante la violencia y la magnificencia del Espíritu del Mar.

Aquella niña que ahora llamaban Lucía sangraba de entre las piernas y Rosario comenzó con las fiebres. En los meses de travesía el mal gálico, secuela de la violación en la Factoría, se había ido apoderando lentamente de sus miembros. En todos los puertos, el comercio del cuerpo y la mezcla de espermas en la matriz de las mujeres públicas extendían la sífilis, el mal gálico, entre quienes las tomaban por una o varias noches, sin distinción de nación. Luego el mal avanzaba con cada contacto y los cuerpos hermosos e infectados, abundantes como el suyo, actuaban como anzuelo frente el pecado de incontinencia y concupiscencia.

Pústulas y pequeños tumorcillos alertaban cuando el mal ya estaba avanzado, aunque el sopor del alcohol y la urgencia del verdugo hacían olvidar toda cautela. Pero antes de las llagas, comenzaban las fiebres.

Rosario, prometida al heredero de la aldea vecina, sentía aquí arder su cabeza en fuego. Un salpullido invisible azotaba sus miembros, con más ferocidad que el ataque de los mosquitos de estas lagunas. Los bocados de frutos que llegaban a su estómago salían expulsados de su cuerpo en arcadas y los movimientos de la enfermedad hacían crecer todos sus órganos por dentro, apresuradamente.

Habían dejado atrás la plataforma elevada, hecha por manos humanas, que iniciaba en la playa y continuaba abriéndose en la espesura, apisonada con millones de conchas de ostión molidas. La obra hablaba de arquitectos ancestrales interviniendo la selva y los montículos que la rodeaban, cubiertos de hierbas y espadañas, daban cuenta de cientos de construcciones espectaculares, que por el tiempo que llevaban abandonadas nadie podría siquiera imaginar.

A señas reunieron troncos de mangle y ramas fuertes para formar una primitiva cerca atada con zacate, como hacían en sus aldeas, mientras las cinco mujeres del grupo cuidaban un pequeño fuego. Sintiéndose ficticiamente seguros, por fin se sumergieron uno a uno en la corriente dulce que se llevó la sal, el sudor y las lágrimas.

> ...trataron de desvanecer en el humo su miedo y su fragilidad.

Como en aquella noche que lo devolvió a la aldea vuelto un hombre, Antón cazó una pequeña presa que las mujeres rompieron en trozos, envueltos en hojas. Todos trataron de desvanecer en el humo su miedo y su fragilidad, hasta que los sollozos se confundieron con el ruido del fuego que chisporroteaba.

Transcurrieron un par de días, reponiéndose en su temporal lecho de arena y ramas. Rosario, ardiendo en fiebre, el vientre dando vueltas, tumbada junto a un montón de piedras, dormitaba, ignorante de la guardia que por turnos hacían los menos maltrechos.

¿Los estarían buscando?

Al tercer día, un ruido de agua agitada y voces rompió con la relativa calma. Canoas que bajaban en estruendo, ladeadas por la carga, los obligaron a ocultarse de un salto en la espesura. La endeble fortificación que habían armado no pasaba de dos varas de altura.

Con los cambios de marea y la red de ríos cartografiados en la memoria, una decena de indígenas se alertaron entre sí con la mirada al distinguir la palizada y presentir a los ocultos. Apenas repuestos de la crueldad de las aguas y de sus captores, se supieron perdidos cuando se hallaron rodeados en un círculo de brazos fuertes que dominaba la corriente con embarcaciones cargadas de caoba, troncos de guayacán y trocería de palo tinte.

El quejido lastimero de Rosario, en la inconsciencia de su fiebre, terminó por delatarlos. El indio que punteaba la hilera de cayucos cargados se detuvo, revolviendo las matas de la mucalería con una hoja de hierro afilada. El metal brilló bajo el sol que se colaba entre el dosel de hojas y fue muy sencillo derribar la cerca y hallar los cuerpos temblorosos, aterrados, negros.

Algunos corrieron en desbandada, tropezando a zancadas en los popales que encharcaban el terreno. Se habían recuperado tras el reposo, pero los indígenas terminaron por cercarlos a todos. Agrupados, sin mediar palabra, los subieron en filas a las barcas, arrojándoles mantas que cubrieran sus vergüenzas, bien sujetos, y continuaron remontando el verde de la laguna.

Más que captura, el episodio había sido su salvación. Sin conocer los secretos de las marcas en los árboles, un forastero podía perder sus pasos en las marismas semanas enteras, acechado por jaguares, lagartos y jabalíes. Aunque la selva pródiga tal vez llegara a alimentarlos, las enfermedades tropicales acabarían por devorarlos.

Pablo Paxbolón mantuvo la vista firme al cruzar la laguna, el último reducto que debía sortear para llegar con los ingleses. Sin corteza y sin albura, el palo tinte se sembraba río arriba, en algún punto desconocido, por todas esas tierras hasta alcanzar el Petén, el secreto de su gente. Era la mercancía más importante que indígenas como él comerciaban con los piratas que infestaban Términos y la utilizaban como escondite.

Cuando avistaron al grupo de huidos esa mañana, el olor a madera recién cortada aromó el miedo de los negros infelices, que apretujaron entre sí sus cuerpos desnudos, mientras eran subidos a las barcas, sin sospechar su rumbo.

Los cálculos y multiplicaciones que Pablo realizó mentalmente con la posible venta de los infelices ocuparon sólo una parte del trayecto hasta alcanzar a vislumbrar el tendido de ramas y velas que disimulaba un campamento. El dios Alma-Corazón llenó la noche de sus pensamientos agradeciendo su suerte y rogando por una negociación pacífica, sin tropiezos. Sus indios amarraron las barcas y avanzaron a pasos largos. Pablo trató de ocultar la media sonrisa que apareció fugazmente en su rostro. Con un silbido capturó la atención del hombre alto y de pelo rojo intenso, como las orquídeas alrededor. Una llama humeaba a sus espaldas y el resto de los piratas comía sin freno, para evitar que el olor a carne frita alborotara peligrosamente a las fieras.

El hombre más rudo, el más alto, el jefe de la cuadrilla saludó a Pablo y le devolvió una enorme sonrisa de dientes negros, incompletos.

Como soplando un beso, el mar en calma había arrojado sobre la playa los cuerpos maltrechos de los veintitrés. Nadie de entre el resguardo español se imaginó que había habido sobrevivientes. Y aquí estaban ahora, capturados por el indígena y su grupo, semiocultos en el abrazo pegajoso de la selva, mientras Pablo y el hombre de cabellos rojos y manchas en la cara intercambiaban palabras que la alharaca de los animales despiertos opacaba.

El indio y el pirata pelirrojo se entendían y el sabor amargo de las raíces bulbosas que habían masticado, en el delta de la corriente, se apoderó de la boca rosada de estos negros, cuya suerte estaba a punto de cambiar. Una vez más.

> **Como soplando un beso, el mar en calma había arrojado sobre la playa los cuerpos maltrechos.**

CAPÍTULO 3
SER NEGROS DE LA VILLA DE SANTA MARÍA
1629

Negro como la noche, el palo tinte oculta bajo la corteza de sus tallos leñosos un púrpura intenso. En cocción con sulfatos de hierro, se obtiene el codiciado tono rojo que la realeza tanto aprecia. Se colocan trozos de la madera en agua hirviendo que rinden un líquido tan fuerte como el vino, para teñir de tinto los mantos de príncipes y obispos en las cortes europeas.

Madera que sangra es su nombre en otros idiomas y pueden obtenerse de ella decenas de combinaciones. Mezclado con alúmina, proporciona el índigo de la capa del virrey o el chapín de cordobán de la virreina. Con cromo, el azul de las orlas que rodean las monturas de piel labrada y, con cobre, el verde oscuro de los terciopelos que cubren en tapices los desnudos muros de palacios coloniales.

Los piratas ingleses habían diversificado sus actividades de pillaje y, mientras reparaban barcos y se preparaban para la siguiente incursión, compraban el tinte directamente a los indígenas chontales para trasladarlo a la gris Europa, hambrienta de colores.

Instalados en Tris, llegaron a controlar su tráfico y comercio por un tiempo, pero jamás accedieron al secreto indígena de su extracción.

Dependiendo del destino, los chontales cruzaban los humedales hasta Atasta o remontaban un puñado de ríos con nombres cristianos, Candelaria, Palizada o Grijalva, avenidas de agua que llegaban a las tierras bajas mayas.

Los chontales conocían los humores de las plantas y habían usado por milenios las tinturas para grabar con sus manos motivos en templos, cuevas y grutas, para hermosear sus ropajes o teñir las borlas preciosas que ofrece la flor del algodón.

Pablo Paxbolon, de Acalan, guiaba las embarcaciones de sus indios desde el amanecer. Orgulloso de todas las confluencias en su linaje, maya, putún y nahua del Centro, razones todas de prestigio, llevaba años apareciendo y desapareciendo en la Villa de Santa María de la Victoria, superando las ciénegas para amontonar en petenes los atados leñosos que después vendería a los ingleses. Era un experto en escondites que resguardaban la mercancía de la humedad, hasta que llegaba el momento de colocarla en el siguiente buque. Había aprendido a comerciar a señas, siempre alerta ante posibles traiciones y ocultando a su gente en el verde macizo que seguía el curso de toda transacción, pendiente de sus manos.

Su comitiva de comercio era conocida por los ingleses, que por décadas habían hecho de este pequeño mar interior su posesión, a pesar de la persecución y las amenazas de la Corona Española. Aquí en la arena fina, llegaban fragatas buscando agua dulce y frutas y organizaban incursiones de pillaje a las ciudades vecinas, mientras llegaba el tiempo de hacerse a la mar, cuando el dios Hurakan ya había apaciguado a sus huestes.

Se sostenían con la pesca y la cacería fácil, devorados por nubes de mosquitos que hasta se colaban en la boca al hablar. Famosos por su crueldad, un siglo de virreyes españoles los había combatido y desistido de su persecución en esta zona. Las cartografías apenas habían penetrado los manglares que Pablo llevaba en la memoria y algunos creían que la laguna era el término de la gran Isla de Yucatán. Utilizaron brevemente la fibra de sisal para cuerdas y amarres de barcos, pero encontraron pobre y difícil su comercio en aguas pantanosas y calores infernales.

Cuando los ingleses redescubrieron la laguna, burlaron a los españoles en sus propias posesiones, la eligieron su guarida y tampoco se mostraron interesados en penetrar sus laberintos. Comprar la madera a los indios complementaba su ambición. Estaban de paso, en flotas de hasta diez y quince barcos, en ruta o de vuelta hacia el saqueo, su actividad principal, usando el guayacán para un mástil roto, la caoba para tallar trinquetes o mesanas y el tinte para comerciar.

El asedio a las poblaciones costeras, de almacenes y puertos repletos, eran su verdadero objetivo. Cada asalto llenaba sus arcas, divertía su tedio y satisfacía sus placeres. No se tentaban el corazón para tomar cuanta nave pasara frente a sus costas y les ahorrara la molestia de la incursión.

En los puertos, si se hablaba de piratas y filibusteros, su número real crecía en la imaginación, causando el terror de los habitantes, pero pasaría un siglo para fortificarlos con muros y baluartes. Al partir estaban listos para comerciar con fervorosos países protestantes que veían como designio del cielo la riqueza que su alianza con delincuentes les brindaba.

El hombre del pelo rojo avistó las canoas de Pablo casi al ponerse el sol. Algunos de los suyos, heridos o enfermos, esperaban las hierbas de los indios con más desesperación que las mercancías y recibieron a Pablo y su comitiva con cautela y un gozo genuino. El catalejo les había advertido de la docena de canoas, sin estar seguros del número entre tanta selva. Nunca llegaban solos. Esta vez había tras ellos un puñado de miserables que parecían ser negros del África, así mirados de lejos.

Sabían que cuando ocurría alguna fuga de esclavos en las villas, los amos colocaban anuncios indicando las características de los fugitivos y podían transcurrir años antes de que volvieran a manos de sus dueños. Los encargados de traerlos recibían siempre una recompensa y a menudo la captura era hecha por negros también, libres, por la facilidad para conseguir información en sus lenguas sobre el paradero de los huidos.

Escapaban los más fuertes, los mejor alimentados, los de más alto precio, y su valor en oro era el mejor aliciente para encontrarlos.

Wallace escupió la varita que sus dientes negros masticaban en cuanto comenzaron a bajar los atados. Los negros era una mercancía inesperada y el hombre del pelo rojo multiplicó mentalmente su valor. ¡Había entre ellos tres mujeres! Podría quedarse a la negra robusta, que anunciaba en su pecho abundante su precio de madre posible.

Si vendían, estaba listo para negociar. La marca de fuego en la piel disminuiría su valor, aunque siempre podría volver a aplicarse el hierro candente para borrarla y esparcir polvos hasta la cicatrización. Las preguntas incómodas abaratarían su precio en almoneda en el mercado legal. Mejor fingir poco interés hasta averiguar su procedencia y ofrecer lo mínimo. Wallace sabía que a los indios les gustaba el regateo.

Para los náufragos, el sopor de las últimas horas, atados sobre las aguas plácidas de la laguna, terminó de golpe en cuanto cruzaron la última boca de Atasta. Avanzaron, luchando contra el oleaje más encendido de la Laguna de Tris, hasta que repentinamente tocaron tierra.

Los primeros en bajar fueron los cautivos, empujados hasta un claro por los indios, dejados aparte. Eran veintiuno y no descargaron a la negra alta de las fiebres, ni a la niña.

Wallace y los suyos se acercaron a inspeccionar la calidad de las maderas y a señas pactaron precios. No hacía falta más lenguaje para explicar. El pirata había separado la paga de la última carga de la temporada y como sabía que los indios desaparecerían en cuanto la transacción se completara, se apresuró a señalar a los infelices, que temblaban de miedo.

Formando una línea y atados fuertemente con sisal, sabían que el manoseo se repetiría nuevamente, dedos y manos en todo orificio, como cuando entraron a las fosas, hasta el bautismo. Sus genitales se estrechaban, las encías luchaban contra el reflejo de cerrarse y atenazar los dedos mugrientos, que por enésima vez palmeaban, escrutaban, comprobaban.

Wallace separó a los diecinueve. Ninguno tenía la carimba por ninguna parte y así, sin marca, habría muy poco margen para el regateo. Sacó las piezas en oro que consideró suficientes y Pablo se acercó a un brazo de distancia, en silencio, extendió un pequeño tejido que portaba amarrado a la cintura y, sin chistar, ni negociar, recibió la pequeña fortuna.

> ...atenazar los dedos mugrientos, que por enésima vez palmeaban, escrutaban, comprobaban.

Ahí quedaron todos.

Sin volver la vista atrás, sin el menor remordimiento, regresó a las barcas, seguido de su gente, que tras de él terminaba de repartir hierbas para el dolor de dientes podridos y heridas infectas.

Wallace, sonrió, sabiendo que esa noche dormiría en una mullida alfombra de pieles desnudas. Cuando su buque partiera el destino de cada negro sería incierto. Quizá asaltarían la Capitanía General de Guatemala, y los más fuertes colaborarían en el ataque. Luego contactarían a algún contrabandista local y colocarían ahí toda la carga, el Consulado de Comerciantes siempre necesitaba espaldas. Otros serían vendidos a media ruta, a nuevos amos en Yucatán y si el clima obligaba, costearían La Habana o Santiago, donde ya había tantos.

Si se desviaran al sur, alcanzarían alguna hacienda azucarera en La Española para trabajar en la zafra o calzados y vestidos a la usanza, entrarían con la cabeza baja en la Catedral Primada, dedicada a Santa María de la Encarnación, portando delicadamente un cojín de encaje y un libro de rezos, detrás de alguna devota dama española que atendía la misa dominical.

Los que no hubiesen sido vendidos, pagarían con sudores el pan y el agua racionados en la terrible travesía de vuelta, una más, cruzando el Atlántico, hasta alcanzar las Canarias o los muelles del Támesis y tal vez, con suerte, alguno aprovecharía una ocasión de descuido para huir.

Así era y así fue siempre.

•••

A Pablo Paxbolon y a los suyos les llamaban "indios del monte". Bautizados en la cristiandad habían convivido entre sí desde que Cortés fundó la Villa de Santa María de la Victoria, primera ciudad española de la Nueva España.

Como Pablo, muchos mayas chontales habían sido reagrupados y llevados a la fuerza en torno a la Villa. Proverbialmente aguerridos, desde que el lugar fue nombrado capital de la Provincia de Tabasco, habían visto cómo su lustre ayudó en el avance que los conquistadores realizaron sobre la capital mexica. Luego habían atestiguado el despoblamiento paulatino que dejó semivacío el sitio, cansados de los ataques que los piratas realizaban en el litoral.

Santa María era una región inhóspita, fundada frente al verde río, donde los amos españoles obligaban a los indígenas de los repartimientos a trabajar las tierras que le disputaban al pantano. Pero nada podía mantener quietos a estos indios orgullosos y aguerridos. No había suficientes mosquetes, ni arcabuces, para detener su mayoría. Así pasaba en casi todas las posesiones. Muchos se habían rebelado e iban y venían en bandas, no había autoridad suficiente para sujetarlos y en cuanto se concretó el avance tierra adentro sobre lugares mejores, Santa María quedó olvidada del Reino.

El decreto de prestar servicio personal sin paga, establecido en los primeros años había sido abolido, pero todavía los españoles peleaban su perpetuidad. El Alcalde Ordinario, lejos del remoto brazo virreinal, ejercía la función a su arbitrio. Las denuncias por vejaciones eran expuestas continuamente en juicios de residencia, pero la denuncia tardaba meses en conseguir juez para arbitrar. La Villa estaba a su suerte y, a falta de justicia, los levantamientos indígenas se producían, casi con cada cambio de estación.

Pablo lideraba a un grupo esquivo que se internaba en la selva para aparecer intermitentemente en La Victoria, al terminar la temporada de palo tinte. Habían aprendido a hablar lo esencial de la lengua de Castilla, mientras entre los suyos se expresaban en chontal y en náhuatl, orgullosos de sus dos raíces.

Sus ancestros eran los mismísimos Señores de Acalan, que resguardaban la entrada al reino de Yucatán, el pivote que hacía girar las puertas que comunicaban a los reinos del centro con el Mayab, al sur. Chontales como Pablo, nombrados así por los mexicas del centro, se llamaban a sí mismos los "hombres verdaderos". Chontal significaba extranjero y eran ellos los herederos de la sabiduría del Tollan y no los advenedizos que ahora reinaban desde el centro de México. Desde Tula habían llegado a fundirse en los complicados conocimientos de los grupos mayas, sus vecinos en estas tierras que ahora ocupaban.

Cuando comenzó a organizarse el territorio a la manera española, la afición al alcohol los había hecho esclavos también, a pesar de su pasado de palacios y llegaban a La Victoria, numerosos, para pasar ahí unos días, entre una carga y otra, en temporada de tinte. Pactar con los ingleses les exigía borrar todo rastro hacia el sur, a la palotada, el lugar secreto de la extracción, y memorizaron como todos los suyos los caminos de agua y los pantanales.

Ahí se les iban uniendo los que se habían internado en la selva a adorar a sus dioses y todos juntos, en grupo, avanzaban pacíficamente sobre la Villa. La persecución de sus ritos por parte de las autoridades los había forzado a renegar y a destruir a sus ídolos, aunque en la selva, fugitivos, los indios habían vuelto a hacer cantar a la piedra para ellos. Los llevaban en las barcas, cubiertos de miel y flores, ocultos entre el tributo para los amos españoles: gallinas de la tierra, remos, fruta, frijol, maíz y chile.

¿Cómo podrían abandonar a un dios que simbolizaba el Alma y el Corazón, el ánima que llevaban dentro?

Luego en la Villa, estos insumisos se acogían a la caridad de los frailes y deslizaban limosnas. Adoraban a Cristo en alguna de las dos cofradías sustentadas por los indígenas y se fingían agradecidos al recibir el bautismo.

Antes de los ciclones, Santa María recibía mensualmente en sus muelles hasta cuarenta barcos del trato de Su Majestad, llenos de mercaderías de Castilla. Entonces podían perderse en las multitudes, se detenían semanas si encontraban a un amor sirviendo en las casas grandes y dejaban a las indias preñadas, regando hijos naturales que repetían a su vez la misma historia. Luego remontaban la corriente, se despojaban de la pernera española y la camisa raída y volvían a perderse, semidesnudos, de vuelta a la palotada.

Ya sin los negros, Pablo y los suyos enfilaron por el lado contrario al que habían llegado, para perderse. Hacía mucho que los ingleses habían desistido de seguir su huraña huella, que ya le había costado la vida a algún pirata inexperto que, ingenuo y atrevido, había seguido sus pasos para tratar de ubicar el lugar del tinte.

Bordear Tris y enfilar al oeste, es cierto, hacía más largo el camino unas horas, pero Pablo sabía que aún con el rodeo, llegarían a la Villa a tiempo de esconder las barcas en el varadero e infiltrarse entre los suyos, trescientos indios fijos y un ciento más, itinerantes, entre los que pasaban desapercibidos, sumisos, callados, sonriendo apenas. A ojos de los españoles, todos se miraban iguales, todos indios.

El oro de la venta pagaría estancia y tragos en la Villa. Llenarían las barcas con mercancías, se enterarían de las noticias y reanudarían el ciclo, interminable, otra vez.

La Victoria no era más que un terraplén elevado, sin muralla, foso, ni puente, que la protegieran de los continuos ataques. Los cañones oxidados que habían llegado con los exploradores españoles permanecían a un costado de la plaza y escoltaban la ermita que habían levantado los franciscanos y la Casa de Gobierno.

Cuando no había desembarco, la Villa corría los cerrojos al primer avistamiento de galeones con bandera extranjera. Escuchaban las primeras escaramuzas, mientras la Justicia Mayor intentaba combatirlos con poco armamento y mucha fe en la oración. La minoría española se fue hartando y comenzó a ponderar la decisión de cambiar los poderes a otro punto comarcano.

Había otras batallas que librar diariamente, unas peores que las otras. La naturaleza, las plagas y epidemias, la crecida del río y el hambre flagelaban por igual al puñado de españoles, indios y negros a su servicio. Los insectos diseminaban enfermedades y en más de una ocasión la langosta de las furias bíblicas fue una realidad en sus campos. Arrasaba con los brotes, no dejaba nada en pie, y tras su paso escaseaba todo, hasta la vida.

En las barcas, Pablo había intentado interrogar a la joven negra de las fiebres y el pecho prodigioso y las pocas preguntas recibían por única respuesta su nombre:

–"Rosario".

Cuando pactó la venta con el inglés, decidió quedarse para sí a la joven y a la niña, que se aferraba asustada a sus piernas. Notó los ojos brillantes de la joven y supo que la fiebre había vuelto. Escarbó al fondo de la canoa y a señas la obligó a juntar las manos para destilar en sus palmas una bebida de gran curación, que ella tomó, ahogándose en cada trago.

En estas tierras, el agua marcaba todos los sinos, en forma de océano interminable, derrochando frescura en el río o verde e infecta, estancada en los popales y el pantano de mosquitos.

Unas horas más tarde la poción surtió efecto y las fiebres cedieron. Rosario pudo comprender que este hombre, que comandaba diestro la fila de embarcaciones, dominaba cada recodo, gritaba en lengua extraña instrucciones breves, llenas de autoridad y sólo de vez en cuando la miraba de reojo, tumbada en la barca, consciente de que ahora su destino estaba en sus manos. Y ya no hablaron. Ni siquiera lo intentaron. No se entenderían.

Al anochecer, su mano fuerte obligó a todos al silencio e informó a Rosario que habían llegado a algún sitio. Moría de hambre. Habían recorrido kilómetros indescifrables de selva y el ruido de las fieras acompañó el curso de los ríos. Había pospuesto la idea de escapar. Los amarres que aprisionaban sus pies le habrían dificultado salir a flote en las aguas, aunque la idea de terminar con su vida, girando el cuerpo solo unos grados para arrojarse por la borda había sido difícil de resistir.

Parecía absurdo clamar a la muerte después de haberla derrotado en el naufragio.

Sólo hasta estos momentos de conciencia nueva pudo por fin distinguir los susurros de una voz pequeña. Era Lucía, la niña, que sangraba entre las piernas. La fiebre le había impedido darse cuenta de que solo ellas se habían quedado con el grupo. Los demás habían desaparecido. -"Gidan, gidan", dijo. "Casa, casa".

El tiempo y el espacio se habían confundido en su mente y ahora la vocecita tierna, sin lágrimas, clamaba por aquel lugar donde se encontraban los suyos, mientras se veía horrorizada las piernas. Rosario ya había conocido la naturaleza de ese sangrado y, sin pensarlo, repitió la misma frase en el oído de la niña en un murmullo: -"Gidan, gidan".

De pronto, las palabras, repetidas en sus labios, obraron como un sortilegio y la esperanza brilló en los ojos de ambas. ¡Hablaban la misma lengua!, y en esa complicidad guardaron silencio en el ruido de instrucciones a gritos y las respuestas entre una embarcación y otra. El lenguaje compartido había conjurado su soledad con una sola palabra y en cuanto fuera propicio, al menos tendrían la posibilidad de consolarse mutuamente en hausa, su lengua común. Preguntó a la niña en dos frases furtivas cuál era el nombre que le habían dado en la fortaleza: -"Lucía". Después la abrazó como a un cachorro y llevándola a su regazo le ordenó: -"Kwanta, kwanta"; "Recuéstate, recuéstate".

Acarició su cabeza y amorosa metió la mano al agua varias veces y enjuagó las costras de sangre de sus muslos. Pablo no pudo evitar mirar.

• • •

"Bana Ya Nzambi". "Mutanen Allah". "Ndi nke chineke". En casi todas las lenguas, hay frases que los pueblos repiten en ritos y liturgias y que significan "somos la gente de Dios". Todos se asumen "de Dios". Dios es Nzambi en bakongo, es Allah, en el hausa islamizado y Chineke en el igbo del Níger. La gente de Dios. Los que Él eligió.

El barrio de negros de Santa María de la Victoria había existido por más de cien años. Desde su fundación, los exploradores trajeron consigo piezas de esclavos y el barrio había recibido a bozales, negros recién llegados de África, que habían pasado su juventud durmiendo en los jergones de los sembradíos que la agricultura intentó. Los negros que llamaban ladinos, ya habían aprendido un poco del idioma de Castilla y habían sido comprados como servidumbre en Europa, para luego hacer la mudanza a América junto con sus amos. Venían de todas partes.

Todos se asumen "gente de Dios".

El barrio ocupaba unas cuantas callejuelas en la zona baja, que colindaba con los linderos del agua y el playón. Participaron del brillo inicial de su fundación, de su lenta prosperidad y de la ardua defensa contra los ataques que asolaban a la población.

Eran fuerza de trabajo y brazo de lucha que, comandado por las autoridades españolas, colaboró activamente en la persecución de los indios rebeldes de las primeras décadas. La palabra de Dios trataba de entrar a la fuerza en estos infantes mentales, que no entendían que todo se hacía por lograr la salvación de sus almas, entregados a su afición de incendiar cuanta congregación española hallaban. Sólo las epidemias diezmaron su determinación y su número, y así pareció que se iban sometiendo.

Bautizarlos, doctrinarlos, ponerlos en policía por bien suyo y someterlos al servicio personal fue una labor de décadas en la que capataces negros vigilaron el orden en las reducciones de indios. Recogían su tributo y resguardaban imponentes las puertas de toda autoridad o hacienda, como porteros y guardias.

Las poblaciones, trazadas a la usanza española, montadas sobre los antiguos *altepetl* indios, sus viejos barrios, recibían el éxodo continuo de familias indígenas desperdigadas entre las comarcas que, cansadas de la persecución, terminaban por someterse al control español.

Los rebeldes subsistían escondidos en las sierras intrincadas, en las selvas y en los rincones más apartados. A salto de mata conformaron la leyenda del paria, que adoraba a los demonios, dioses de piedra, en parajes desiertos en donde las criaturas luciferinas siempre habían morado a sus anchas.

Los indios reducidos eran gobernados por caciques locales de una nobleza indígena que había sido elegida ahora por los españoles. Los nuevos nobles reclamaron derechos dinásticos que les fueron reconocidos, en la confusión de los primeros años, y sintiéndose superiores, mediaban entre los suyos y los amos y, con ese poco poder, muy pronto tornaron de víctimas en victimarios.

Por las probanzas que llevaba guardadas en el pecho, a Pablo Paxbolon le gustaba decir que pertenecía a la nobleza chontal verdadera, pero era ante todo un fugitivo. Pertenecía al real linaje de los comerciantes, concretaba alianzas y compras de mercadería, siempre escurriéndose entre los suyos, que reconocían su nobleza con un gesto en la cabeza que sólo ellos podían diferenciar.

En temporadas en que el celo de los guardias contra los indios movedizos arreciaba, Pablo se colocaba en cuclillas al lado de los marchantes del mercado mientras cerraba un negocio o pretendía arrear una yunta, silbando junto a los suyos, al paso de los soldados.

Una parte de su familia había sido forzada a vivir en Santa María, en los arrabales de la ribera y recibía sus visitas, que admiraban su condición de relativa libertad. Con la bebida esgrimía orgulloso aquellos papeles que nadie entendía, pero que resultaban sumamente efectivos. Su prima Damiana, hervía maíz con el agua turbia de la crecida, mientras su marido, el moreno Cosme, hijo de un negro esclavo y una india libre, bregaba en el muelle, estibando con el único ojo que le servía. Sus cuatro hijos, mestizados, de color aún más oscuro por el sol del Golfo, pasaban algunas horas saltando entre las piedras, jugando a hacerse a la mar en el remedo de bergantín que se habían construido con varas de mangle.

En cuanto veían a Tío Pablo bajar por la única avenida empedrada corrían a esconderse bajo el telar de cintura de Damiana, para evitar las reprimendas por sus travesuras. Pablo fingía enojarse, persiguiéndolos, carrizo en mano para el escarmiento, hasta que alguno tropezaba y el castigo acababa, rodando por la tierra, riendo a carcajadas.

De bejucos trenzados, cubiertos de barro mezclado con zacate, las chozas del barrio estaban habitadas por negros y mulatos viejos o enfermos que habían preferido quedarse a morir, que mudar de residencia por enésima ocasión, cuando la asolada pirata decidía a sus amos a emprender la huida al interior, que creían menos salvaje.

Algunos españoles, al saber a su servidumbre negra, vieja e inútil, se enardecían en caridad cristiana y en cuanto completaban la carga de mulas y carretas con sus pertenencias, los dejaban en La Victoria, con una carta notarizada que certificaba su libertad, un diamante a sus ojos. Su gesto benevolente había sido pagado con creces y se llevaban consigo a los hijos que estos negros habían procreado con sus esclavas de casa. Los encomendaban a Dios Nuestro Señor, y siento que habían dejado un lastre, partían en busca de mejor fortuna en climas más benignos y seguros.

La alcabala, el impuesto de venta a la Corona, quedaba entonces a cargo del esclavo abandonado, que con sus espaldas iba juntando la pequeña fortuna que lo haría definitivamente libre, alquilándose a jornal por la mitad de la paga. Para cuando liquidaban el adeudo y podían al fin, sentir libres, vivían junto a una india sus últimos años, dividiendo su atención en la crianza de hijos de todos colores en el confín del barrio y algún trabajo manual que los ayudara a sobrevivir.

Otros, los que habían logrado juntar su precio de compra durante toda una vida, robándole horas a la jornada y al sueño para hacer dinero extra, dejaban la villa midiendo sus fuerzas, buscando al destino en Mérida, de camino a Veracruz o quizá alcanzando la Puebla de los Ángeles. Habían pagado hasta el último centavo de su precio e impuesto, dejando a sus amos tras muchos impedimentos, y no tenían más remedio que liberarlos.

De esos, sólo había un puñado. Llevaban su carta de libertad pegada al cuerpo día y noche, esperando el giro de suerte que los llevara a lugares más prósperos. Las leyendas de fortuna al norte, en las minas, hablaban de casas de cien habitaciones en cantera labrada, donde el patrón y su servidumbre eran todos negros. La prosperidad había comprado su libertad en pocas semanas y se decía que tierra adentro pululaban los pardos de librea y terciopelo, grandes señores, reconocidos. Muchos infelices caían en la trampa de las habladurías y junto con los huidos, hacia allá se dirigían.

En el barrio de negros, las mujeres cuidaban a los mulatillos desarrapados que habían nacido de indias y a los huérfanos con alguna tara que sólo se aseaban para la doctrina, mientras sus madres bregaban entre el caserío paupérrimo y la plaza principal, allá en la parte más elevada del pueblo, la que no se inundaba, donde fundaron sus casas los españoles, sirviendo a familias de mediano abolengo.

Volvían al anochecer arrastrando los pies, llenos de barro. Con las lluvias torrenciales, la inmundicia corría desde los altos hasta las zonas bajas, desde el mesón, repleto siempre de marinos y comerciantes de paso, y rumiando su cansancio, bajaban por la serpentina de la calle Mayor para pasar la breve noche con su hombre, de pelo rizado y piel oscura como una cueva, con la tormenta arreciando afuera.

Unos y otros se sentían libres en el abrazo, en tanto amanecía, y la esclavitud del trabajo, la atención de las tierras comunales, la molienda o el pase de lista del cacique del barrio volvían a sujetarlos.

Siguiendo el camino cortesiano por dónde se alcanzó el fabuloso reino mexica, otros españoles seguían camino al norte, buscando asentarse en la Nueva Vizcaya, donde ya tenían parientes, o desviándose al oeste al Reino de Nueva Galicia o la Villa de Antequera, con sus negros hispanizados. Sea cual fuere la ruta, siempre al dejar el sitio, era costumbre santiguarse frente a la centenaria cruz de madera erigida por los fundadores españoles, al centro de la plaza, rogando por buen camino, de cara a la boca del río que los indios llamaban Tabscob, como su cacique, y los españoles Grijalva, por su descubridor.

La corriente poderosa transportó por siglos mercancías de la Chontalpa, que la estirpe de Pablo negociaba. Venían del Petén y más al sur, de los reinos mayas de Quetzaltenango, Usulután, de los ocelotes, o Nic Anahuac, Nicaragua.

Los caminos fluviales, sombreados por techos de fronda, elevaban parvadas de lapas rojas y verdes, que con su gorjeo acompañaban los sacos de sal, algodón, jade, conchas, oro, coral y cacao y ahora componían el tributo a la Corona. En días de mercado, el inventario del alguacil registraba las cargas desafiando los gritos de los marchantes indígenas que venían a vender sus hortalizas, en un barullo interminable de marinos, soldados y comerciantes que callaba sólo al ponerse el sol.

En el muelle, bateles y bergantines incrementaban la población de la Villa, sobre todo con las fiestas. En ese año de Dios Nuestro Señor las escaramuzas festejarían como nunca el centenario de la Batalla de Marzo, cuando los ejércitos de Cortés se enfrentaron a miles de indígenas en la cercana Centla, que culminó con la victoria española que le había dado nombre a esta villa, bajo el auspicio de María, Virgen y Madre. ¡Cuántas cosas habían cambiado con el siglo!

Se improvisaba un foro para representar aquella lucha sangrienta, y volvía a caer como entonces la lluvia de flechas de los salvajes indígenas, mientras los valerosos españoles simulaban luchar con sables, dejando la plaza llena de cuerpos caídos. Los actores volvían a recibir orgullosos arcas repletas de regalos, que el cacique Tabscob les ofrendara, reconociéndolos vencedores. La representación terminaba cuando los vencedores simulaban complacerse con el grupo de indias cedidas como esclavas, entre las que se encontraba Malinche, chontal y bilingüe, exactamente como Pablo.

El lustre de las armaduras, el damasco y los caballos enjaezados para la representación anual llamaban a los habitantes de los alrededores, que acudían a la fiesta, que precedía a la hoguera de calor que iniciaba con la primavera.

Y ahí en el festejo estuvieron siempre los negros, salpicando la historia como colonizadores, sujetos al mando y veleidad de su capitán, para repetir la batalla teatralmente.

Juan Garrido, negro libre, nacido en África y cristianizado, fue el primero en llegar con Cortés, y como su fiel soldado, avanzó con el contingente español hasta lograr la caída de Tenochtitlan. Así lo acredita su misiva enviada a Sevilla, en la que reclama al Rey de España mercedes y justicia por su participación:

"Yo, Juan Garrido, de color negro, vecino de esta ciudad, aparezco ante Su Majestad para efectuar la probanza a perpetuidad por mis servicios en la conquista y pacificación de esta Nueva España en tiempos del Marqués del Valle, las cuales hice a mi costo, sin salario o repartimiento de indios ninguno otorgado a cambio. Ni por mis servicios en el descubrimiento de las islas de Puerto Rico, ni de las Californias en la mar océano, en el Pacífico, ni por mi participación en el descubrimiento y conquista de la isla de Cuba y la Florida, mismas que completan treinta años en que he servido y seguiré sirviendo a su Majestad y por ello apelo a su bondad..."

En la probanza, Garrido afirma que, por su iniciativa, los primeros granos de rubio trigo fueron plantados por él en el Nuevo Mundo, sus negras manos habían removido la tierra que nutrió a aquellas primeras espigas en Coyoacán. De manos negras y de las mercedes concedidas al Marqués del Valle, la maravilla del pan llegó a las mesas novohispanas. Juan recorrió el Nuevo Mundo acompañando a Cortés, tal y como cientos de africanos lo hicieron con sus amos, por todo el territorio, hasta el último rincón, para apoyar la Conquista.

Trescientos negros más llegarían como refuerzo a engrosar las filas de las expediciones cortesianas que alcanzaron las Californias, de *Las Sergas de Esplandián*, fantasía de hidalgos y exploradores. Viniendo del África agreste, sus habilidades fueron extraordinariamente útiles, aunque ignoradas por los cronistas de la época, que hablan brevemente de ellos y sólo cuando su apoyo facilita la expedición. Los esclavos saben encontrar agua dulce, soportan los rigores del clima, pasan días sin probar bocado, defienden con su propio cuerpo los ataques al amo y apagan hábilmente fuegos que los indígenas encienden, furtivos, en los alrededores.

Su bravura anónima acompañó las expediciones que alcanzaron los Andes, y allá murieron de hambre, fiebre y frío, cruzando el Ecuador, el Desierto de Sal de Uyuni y las Pampas, en camino a la Argentina. Inventaron sus propios idiomas. En la Nueva Granada el palenquero fue la lengua que entretejió un portugués antiguo con palabras y frases africanas y desde Cartagena algunos huidos lidereados por Benkos Biohó de Guinea, formaron el Palenque de la Matuna, que la Corona española tuvo que reconocer, como San Basilio, su nombre cristianizado.

En ningún viaje, los conquistadores iban solos. Negras y mulatas anónimas, acompañaron a las tropas, calentaron su comida y sus lechos, se jugaron la vida y sus nombres se entretejían con el apellido del amo. Lorenza, negra esclava del Capitán Carlos Romero, fue después Lorenza Romero. Antonia, mulata del Alférez García Tamayo, fue Antonia García.

Acabaron acostumbrándose a sus denominaciones prestadas. Su apelativo africano era sustituido por el de un mártir o santo, su nombre intentaba exorcizarles su predisposición al pecado, como a los indios. En el océano quedaba flotando su historia previa y en la espuma desaparecía su primera identidad, la de su clan. Ewondo, "donde los hombres hermosos", eyola, "de los que vencen golpeando el suelo". A cambio, la inventiva española los nombraba también de acuerdo con sus colores, Damián Pardo, Gaspar Moreno, Vicente Prieto, haciendo la realidad de su piel, siempre presente.

Todos los caminos, todas las travesías, llevaron y trajeron por América sus voces, sus costumbres y sus enfermedades. La viruela arribó con Francisco de Eguía, esclavo negro de la milicia española, que regó la muerte a partir de Veracruz, desatando una epidemia que arregló su curso por Cempoala, Tepeaca y Tlaxcala hasta alcanzar la traza de la capital novohispana.

Cepas europeas y africanas infectaron a millones de indígenas sin defensas y mataron a más gente que los cuellos que pasaron por la espada española. Sin proponérselo, los recién llegados regaron el *matlazahuatl* y el *cocoliztli* -sarampión, tifus y viruela-, que escurrían en pústulas de los cuerpos indígenas. Luego las ratas multiplicaron lo que iniciaron la cruz y el arcabuz.

A su fundación, los fieles de Santa María de la Victoria trataron de conjurar las epidemias con misas, procesiones de palmas y el aderezo perpetuo de la Cruz central porteña, que invocaba la protección de la Divina Providencia y nadie se alejaba a más de dos leguas de los linderos de la Villa, donde los rebeldes y los esclavos huidos acechaban.

Las llanuras estaban habitadas por los espíritus. Eran los dueños de los lugares peligrosos. Cerca de Atasta, negros huidos habían establecido un mocambo, una comunidad pequeñísima de cimarrones, oculta por la selva y protegida por diez lagunas y pantanos, la Ensenada de Negros miraba al mar. Ni siquiera los cazadores de esclavos se atrevían a aventurarse en los popales a traer a los fugitivos, a pesar de las recompensas y, escondidos por años, apartados de todo contacto, los mocambos sobrevivían aislados en el laberinto.

Pablo era un adolescente cuando su comunidad fue desgarrada y obligada a agruparse, conforme a las necesidades de la Capitanía. Las encomiendas habían sido prohibidas por cédula real en el Centro del Virreinato, pero en las costas del Golfo seguía vigente. Las correrías de piratas seguían obligando a la sujeción. No había españoles suficientes.

La comunidad de Pablo se desgranó en marcha lenta y dolorosa a Yucatán, pero reducirlos no fue sencillo. El miedo que las guarniciones españolas sentían hacia esta mayoría de salvajes, que todavía pintaban sus cuerpos y daban batalla con gritos infernales, era permanente en sus verdugos. La estirpe de Pablo, de comerciantes y embajadores, demostraba con una probanza escrita que era hijo legítimo de caciques.

Cuando la pólvora los obligó al repartimiento, salieron con sus envoltorios sagrados, aquellos bultos de tela labrada que abrigaban a la deidad tutelar y sus objetos mágicos más preciados. Las ancianas ocultaban en sus enredos figuras sagradas, en las que depositaban toda su fe, rogando por liberarse de este nuevo destino, que no estaba previsto en ninguna carta adivinatoria. El barro y la piedra eran únicamente depositarios de todas las cosas en la que creían, en su interior. Remontaron cascadas, llorando al dejar la tierra mojada, mezclada con el polvo de sus ancestros, y partieron llevando decenas de canoas en vilo.

Cuatro familias, que no tenían mayor lazo entre sí, burlaron la escolta que los conducía a San Francisco. Echaron mano de un par de canoas y se fueron rezagando en las espadañas de la planicie. El padre de Pablo conocía la red de caminos blancos, empedrados que los mayas, sus hermanos, habían construido y que unían a todas esas tierras nobles. Era hijo de mensajeros reales y llevaba un mapa de todos los *sacbés* escrito en la memoria, a pesar de que el tiempo y la selva ya habían desaparecido cientos de estos caminos.

Corrieron hasta perderse de vista y quedarse sin aliento. Vagaron bajo el sol inclemente que hacía de la selva un abrazo asfixiante, hasta que el trazo de un camino blanco se hizo visible. Las lajas, acomodadas hacía cientos de años para recibir caravanas y procesiones, encerraban cientos de voces de antepasados peregrinos, cambiando de residencia por una alianza matrimonial o como cautivos de guerra.

-¡Páteni, naach kuntabá ten! -¡Aléjate de mí!-, gritó Pablo en perfecto maya, aquella mañana de la huida.

El mono chillaba, de copa en copa, siguiendo los pasos del pequeño grupo, arrojando frutos, acabando con su paciencia, delatando con sus chillidos su temor, su culpa e incertidumbre. La madre había caído y mientras los españoles la sujetaban, el resto logró huir. Él nunca se perdonaría haber dudado. El mosquete del soldado reventó la órbita del ojo derecho de la india, sometiéndola, mientras Pablo, atendiendo al respeto que debía a sus mayores, elegía ayudar a los viejos a escapar, dejando a su madre a su suerte. En la confusión, una mano de piel negra deslizó un puñado de papeles en las jóvenes manos de Pablo. Él jamás olvidaría su mirada.

El *sacbé* se había entintado con la sangre de su madre y aunque el trópico se encargaría de lavar el incidente, Pablo jamás olvidaría el sitio. La huida y las manos de la negra que deslizó la probanza en sus palmas le habían dado la libertad. Más tarde, el recuento militar reportaría a una veintena de "indios ausentes", que jamás dejarían de ser fugitivos.

Con dos días de camino de por medio y siguiendo las instrucciones que murmuraba el dios, envuelto en el bulto sagrado, encontraron un sitio. Ahí llegaron, así se establecieron, se detuvieron. Rodeados de montículos de hierba en la planicie sin fin, inusuales para un extranjero, llegaron a ocupar aquellos templos antiguos de los suyos.

Los ancestrales restos de Acalan, abandonados por años, devorados por la selva, les darían cobijo.

Antes de decidir cualquier trazo que los acomodara, dedicaron el sitio a su deidad, sepultando con delicadeza el atado, labrado primorosamente, en la única esquina de piedra pulida y limpia que asomaba por entre las raíces del jabín. El dios les hablaba a través de esa voz interna que todos conocían y les había señalado el lugar. El perfume y el peso de las flores habían vencido las ramas hasta formar un arco perfecto que serviría de marco y las plantas trepadoras reptaban sobre lo que parecía ser un gran templo. Y así era. Antes de que llorara el cielo y se llenara de pesadumbre, antes de cualquier victoria española, existió el señorío de Acalan Tixchel. Pablo y los suyos habían llegado a tierras que les pertenecían, el norte y el sur de los humedales, desde Kaan Pech hasta Tabscoob, y hasta el sur, en lo que habían sido las grandes urbes mayas de Palenque, Tikal, Uxmal y Bonampak, que ya habían sido abandonadas.

En la tradición tolteca, su pensamiento y su proceder se habían mestizado con grupos del centro en su largo peregrinar hasta alcanzar estas tierras llanas, de aguas subterráneas y cuevas profundas, alimentadas por el mar. Eran suyas la tinta negra y la tinta roja, metáforas que representaban la sabiduría, aplicada a la escritura en los libros de pintura, de corteza de amate, que registraban el camino de los astros, las artes y la rectitud de trato. En algún punto habían sido itzáes también los suyos, los "brujos del agua", que abandonaron Chichén Itzá para regresar al Petén, en Guatemala.

Así es como caen los reinos: los oprimidos se rebelan; la población, descontrolada, comienza a pasar hambre y escasez y la sequía lo arruina todo.

Pero como Pablo y tantos más, no todos se fueron. Las cuatro familias fugitivas hablaban la lengua del Putún, la lengua de la Chontalpa y el nahuatl, la lengua franca que esconde en sus voces el espíritu guerrero de los nómadas del norte. Éste había sido el lugar destinado para ellos, guiados por su Dios.

La última gota transparente de resina ardió para consagrar el sitio. Ahora, escondidos, debían redoblar sus ofrendas, para agradecer la oportunidad de empezar de nuevo. Eran los elegidos. Repetirían incesantemente las sagas, a veces confusas, a veces llenas de

> Así es como caen los reinos: los oprimidos se rebelan; la población, descontrolada, comienza a pasar hambre y escasez y la sequía lo arruina todo.

metáforas, sobre las penurias que sus antepasados habían sufrido con cada migración, dejando una tierra de abundancia, algodón y maíz de colores, por venir a bregar en las ciénegas pantanosas del sur. Así eran ellos, no debían olvidarse, herederos de la valentía de los que había guiado, venciendo enemigos.

Toda su historia se repetiría a partir de la memoria, pues el grupo se había llevado las genealogías que guardaban en pintura y amate sus historias. Mejor así. Jamás sabrían que sus papeles, junto con los de otras aldeas, habían encendido hogueras alucinantes que los frailes contemplaron satisfechos en su lucha contra la herejía. Todo lo que le habían escuchado al universo, todo lo que habían transmitido los padres a los hijos, de la boca al oído, desapareció.

Desde que se asentaron ahí, en lo oculto, hacía diez años ya, Pablo supo que arriesgaría su vida para alimentar y proteger a los suyos. Era el más joven, el más fuerte. En aquel escondite organizó a todos, construyeron barcas y, escudado en las probanzas que aquella negra misteriosa había deslizado en la huida, comenzó a salir con sigilo, como antes hicieron los suyos, para traer todos los mantenimientos que los dioses merecían: la miel que bañaría los altares y el sitio, el jade que lo ornamentaría y la resina que quemarían sus sahumerios. De sobrevivir, se encargarían ellos mismos.

El espíritu trashumante gobernaba el alma de Pablo. Los recuerdos de la huida se esfumaron y ahora pensaba en las ganancias que podría obtener en cuanto curara a la negra de las fiebres y la revendiera en Santa María de la Victoria, separada de la niña. Alguien apreciaría la curva de su pecho, que en él no despertaba mayor interés, que el de un comerciante. Había notado que ambas parecían entenderse. Hablaban la misma lengua y eso podría ser un peligro, que tendría que resolver cuanto antes. Apretó la pequeña bolsa llena de oro a su cintura, su parte de ganancia por la venta de los veintitrés fugitivos, mirando a los indios que se le habían ido uniendo en el camino, untados en los colores que exigían los ritos propiciatorios que celebraban en la selva, rojo, negro, amarillo y blanco, hasta el último rincón de la piel.

Rosario, en cambio calculó que los cuatro matices que los indios extendían por su cara y sus extremidades resaltarían aún más en su propia piel, negra, y se preguntaba si también ellas habrían de pintarse. En su aldea, sólo el adivino llevaba colores en el cuerpo; las mujeres sólo tenían permitido el blanco.

Un escalofrío anticipó la fiebre de vuelta y comenzó a confundir la silueta de Pablo con la de los jóvenes de su tribu, que danzaban con el cuerpo reluciendo en rojo en torno al fuego para impresionar a las doncellas. Esa era la última imagen que guardaba de los suyos, la noche en que los esclavistas arrasaron con su pueblo.

Pablo bailaba en su delirio y la sangre que escurría, mientras punzaba su oreja izquierda con una espina de mantarraya manchaba todo, hasta un papel que ardía para elevar en el humo sus ruegos al espíritu protector de los caminos. Cuando terminara el negocio de las negras en Santa María debía volver con los suyos. Había hambre y los escasos jilones que le habían arrancado a la tierra arenosa para el cultivo habían rendido poco. La pesca, las aves y su pequeña hortaliza serían suficientes por unos meses, pero el granero se hallaba vacío. Tras una década, su comunidad de huidos había crecido, recibiendo a otros y sin él, tendrían que soportar la escasez.

Al otro lado de las lagunas, Santa María de la Victoria, tierra de tantos sucesos, se preparaba también para enfrentarse a los huracanes. Estaban cansados de bregar contra el oleaje y sus mil habitantes comenzaban a mirar a San Juan Bautista de la Villa Hermosa como una alternativa de residencia.

De conocer los caminos secretos de Pablo, quizá habrían fantaseado con trasladarse al saludable clima templado de

Santiago de los Caballeros de la Provincia de Guatemala, allá en la Audiencia de los Confines.

Ocupados en sobrevivir, y ante el presagio del cielo encapotado, poco importaba si los naturales eran huidos, o censados y de tributo, todos eran iguales en sus ropas de algodón para enfrentar las tormentas. Por decreto, negros y mulatos tenían prohibido reunirse en grupo al anochecer por temor a que, siendo mayor su número en comparación con el de los españoles, se sublevaran, en contubernio con los indios. Algunos disturbios habían recrudecido la vigilancia, siempre insuficiente, pero al amparo de la noche, todo podía ocurrir.

El alcohol daba valor a los negros más viejos para violentar la regla y reunirse al fresco de la noche. Contaban historias frente a un pequeño fuego que apagaban intermitentemente para que el humo ahuyentara la furia de los mosquitos. Ya no tenían más que perder.

Los llegados de África tenían relatos de borrasca y tempestades en su travesía, desde distintas factorías. Los de España, forzados a cristianizarse, habían terminado por abrazar la fe y, a imitación de los españoles, realizaban todos los ritos que la religión dictaba. Habían logrado licencia para organizarse en cofradía bajo el nombre de alguna Virgen o Santo, como lo hacían en la Península, y contaban que en la insigne Sevilla era célebre el paso de la Cofradía de Negros del Cristo de la Fundación. Compararla, describirla era su entretenimiento.

A la luz del fuego, sus dientes perfectamente blancos brillaban al describir las galas sin igual que allende el mar habían presenciado. Sólo negros de la Fundación podían abrir la procesión, compitiendo en el número de azotes que sus espaldas podían resistir en el desfile, a imitación del sufrimiento de Cristo.

Los flagelantes exhibían los hilillos de sangre que corrían por las heridas de sus torsos desnudos en orgullosa penitencia y los músicos entonaban marchas fúnebres que tornaban el ambiente reflexivo. Sus cuerpos gozaban la cadencia de los instrumentos y luchaban por reprimir los saltos y piruetas que electrizaban naturalmente sus brazos y muslos.

Sus pies habían cruzado el pasillo principal de la Catedral de Sevilla, antes de ser traídos a América. Ya habían visto el mundo. Se expresaban públicamente en un castellano troceado y miraban con desdén a los locales, que venían de *Afri*, la tierra salvaje. Se sentían superiores y procuraban aderezar sus historias, que los otros escuchaban arrobados. El ensueño daba cuenta de altares recamados en oro y joyas, construidos para gloria de Dios Nuestro Señor y la Corte Española acompañaba las celebraciones religiosas con negros que cantaban con voces de ángeles.

A la distancia, las fortificaciones y los ríos de la Península crecían en esplendor. Esos eran puertos verdaderamente organizados, decían, y no este remedo de muelle, aquí en Santa María de la Victoria, que con todo y su actividad era incomparable a la efervescencia del verdadero comercio español, la potencia del mundo.

¡Había que ver el Guadalquivir, que hervía en mercaderes en todos los idiomas, con muelles llenos de negros fuertes como los habían sido ellos en su juventud, cargadores que sudaban y silbaban al compás lejano de la música de la gitanería del arrabal de Triana! Sus gritos de apremio al pasar los fardos acababan convertidos en melodía que las autoridades toleraban, hasta que el jolgorio parecía salirse de control y el brillo de la espada a medio desenfundar acallaba el alboroto.

No obstante, el Dios del que se ocupaban allá las cofradías de negros, pudo no ser el Dios que todos compartían. Algunos de los Imperios de su África natal, que rodeaban las posesiones portuguesas de Guinea, habían sido convertidos al Islam seis siglos antes de la llegada de navegantes cristianos portugueses.

Allah había llegado al pensamiento africano en las caravanas de los bereberes, los comerciantes del norte, que ocupaban Marruecos, Argelia y Túnez, o a través de los grupos que cruzaban la franja del Sahel, del Sudán a Senegal. El Islam se había expandido, expulsado de la Península española con la Reconquista, y avanzaba a paso firme, esplendoroso, hacia el extremo Este de Europa, bajo la espada de los turcos otomanos.

Con el ánimo exaltado, los viejos negros competían en narraciones fabulosas sobre los lugares que sus ojos habían visto. Resaltaban las calidades de oro, pieles y textiles que acababan envolviendo los cuerpos de mujeres abundantes, esposas del jefe en turno. Ponderaban el fasto de la torre de Sevilla, que alguna vez fue minarete de una mezquita musulmana, y comparaban el lujo sus tapicerías de flores y follajes entramados y signos incomprensibles, que ensalzaban la gloria de Allah en las curvas de la caligrafía árabe.

Djenné, contaban los negros de Guinea ahí en Santa María, estaba más allá de la planicie del río Bani, donde el jefe Kuburu, postrado ante la revelación, había mandado derribar su palacio para fundar la mezquita y dedicar su vida y su reino a Allah-u-Akbar. ¡Había que ver la belleza de sus minaretes de oro y el alminar desde donde el muecín hacía el llamado a la oración! Ya ebrios, los detalles crecían hasta el absurdo en su boca mientras el fuego avivaba, casi delatando la reunión.

Los más atrevidos todavía expresaban su esperanza de realizar el viaje mítico a La Meca, que la fe dictaba, desdeñando el océano como un obstáculo en medio. Allah continuaba en sus corazones, lo llevaban oculto en lo más recóndito y no podían más que fingir adorar las imágenes del Dios de los españoles. Cuando alguien intentaba pronunciar algunas suras, aquellos pasajes del Corán, su libro sagrado, la reunión terminaba, con algunos de ellos santiguándose, llevando de inmediato el fuego a cenizas. Las historias de la noche eran sólo de unos cuantos. Palabras que quemaba el fuego de las que nadie volvería a hablar al día siguiente.

Después de la última laguna, Pablo y los suyos avistaron los arrabales de la Villa. Se detuvieron para sumergirse en el agua y restregar su cuerpo con puños del zacate de la orilla para borrar las pinturas de su cuerpo, mientras él avanzaba, cauteloso, a cerciorarse de cuán seguro era desembarcar.

Allá en las primeras chozas distinguió la cara negra y el marfil de la sonrisa brillante de Adouma, presidiendo la pequeña fogata. Habían sido muchas las noches en que Pablo había escuchado sus historias, hasta arrastrar al viejo dentro de la covacha, mientras los vapores del aguardiente traían a su boca palabras incomprensibles en su lengua, que pronunciaba mientras su puño golpeaba con autoridad la madera, tumbado en el piso.

Luego encontraba un sueño inquieto rodando hasta la estera de palma, perdiendo en su entramado sueños y añoranzas. Pablo se preguntó muchas veces cuántos espíritus y cuánto pasado habitarían este cuerpo inmenso, mientras Adouma dormía, olvidando en la borrachera su experiencia militar, su reprimida fe y piedad islámicas. ¡Tantas batallas había conocido su espada, entre los tuareg, los toubou del Norte y los bulala del Este! Al mando de su pequeño ejército estaba convencido de que la tierra arrasada purificaría a los infieles, que terminarían abrazando el Islam. Sus valerosos soldados, entrenados por los turcos, ya habían alcanzado la región del Hausa, bajo su mando. Solo el Sahara había frenado el avance y los pueblos, acorralados, se sometían a Allah, mezclando sus creencias con las de los dioses del bosque y la sabana.

En la oscuridad, Pablo se escurrió hasta quedar entre el fuego en el que Adouma, Miguel para todo el resto de su vida práctica en la Villa, contaba sus historias al resto. En cuanto lo vio, su boca dibujó una enorme sonrisa, mostrando una hilera de perlas brillantes que ni la falta de higiene, ni las privaciones habían mancillado. Se abrazaron. Habían pasado muchas, juntos, y Pablo sabía que su benevolencia permitiría que el grupo pasara ahí un par de días mientras terminaba sus tratos.

Rosario, la niña Lucía y el resto permanecían unos pasos atrás de la hoguera, esperando. Antes de dejar al grupo, ella había recibido una dosis más de medicina y puedo escuchar el rumor de la voz del negro, sin alcanzar a comprender sus palabras, su entusiasmo cuando sus brazos dibujaban la devastación de su ejército. Su pueblo había pasado también el horror de las invasiones, cuando Mohammed era un nombre extraño y difícil de pronunciar. ¡Hasta los yoruba hablaban del profeta! y los abuelos luchaban por conservar las viejas creencias, temerosos de que la traición a sus cultos ancestrales alejara la lluvia o las fronteras de los ríos se desbordaran.

Antes de ser Rosario, su aldea natal se resistía al embate de las nuevas creencias y el polvo se levantaba en el cruce de caminos donde se hallaban los peregrinos que se dirigían a La Meca, como dictaba su religión.

Había escuchado del brillo de las joyas en las mezquitas, la suavidad de los tapetes para el rezo y los perfumes tras los muros que abrazaban el Islam. Decidió que dudaría de todo, hasta de la efectividad que tenía la ofrenda diaria a los espíritus del agua, en los que creían en su aldea, siempre fiel al altar que estaba al pie de la acacia espinosa. Para su familia, en cambio, el nombre del profeta simbolizaba enfrentamientos, saqueos y dudas sobre sus propias deidades, que seguramente observaban enfurecidos la conversión de sus hijos hacia este Dios, Allah, único e invisible.

Miguel levantó la vista para distinguir en las sombras a los recién llegados, que eran muchos. Todos pasarían la noche ahí. Avivó las cenizas para quemar ajos, que todos untaron en brazos y piernas. Rosario sintió en sus muslos firmes la mirada de Pablo y bajando el jirón de tela que había envuelto con maestría africana, untó a la niña de igual forma, antes de indicarle dónde habrían de dormir. Tendidos, no se escuchó más ruido humano en el mundo.

La fiebre y la falta de alimento la habían dejado sin fuerzas. Durmieron por horas y todavía el sol no aparecía, cuando la alharaca de la selva ya había despegado sus párpados. El olor cercano del mar le había hecho comprender que el día anterior no había sido un sueño. Sintió los labios secos y el olor de su propio sudor mezclado con el ajo, y se incorporó de golpe. Durante la noche, Lucía había rodado junto a ella y ahora lloraba, los brazos hinchados por el ataque de los mosquitos que la pasta no había alcanzado a cubrir.

Recordó las barcas y al resto de los indios, pintados, que seguían a Pablo en las aguas. No había ninguno cerca. Todos habían desaparecido.

Miguel pareció sentir que despertaban y les arrimó dos jarros de infusión endulzada, mascullando maldiciones en un castellano cortado, del que dominaba solo lo indispensable.

Ninguna entendió. Lucía bebía con los ojos cerrados, rascando sus brazos con furia, mientras las lágrimas corrían por sus labios.

Miguel llamó a gritos y apareció un negrito flaco de vista aguzada que las guió a las pozas, donde la barra se cruza en remolinos con el mar. La corriente se llevó un jirón de tela y en las piedras un par de blusones toscos y percudidos las esperaban. El de Lucía arrastraba y Rosario buscó con la mirada una rama fibrosa que talló para amarrarla a modo de cordón en su cintura. Untó el jugo de las hojas en los piquetes de la niña y se sentaron en las piedras a esperar.

Sabían que el hombre las vigilaba, abanicándose a lo lejos, desparramado sobre el viejo equipal. La ajada piel del asiento amenazaba con partirse con su peso y apenas se oreó su cabello rizado y Miguel les hizo señas para que subieran a la choza. Pronto llegarían las demás mujeres por agua y quería ahorrarse explicaciones.

Dentro se filtraba el sol por el techo de palma, revelando las maderas toscas de la construcción. En la mesa sucia, dos envoltorios humeantes, de masa cocida en hojas llenaban con su perfume la habitación. Rosario desenvolvió con ceremonia el alimento y devoró pausadamente. Lucía picó con los dedos el contenido y comió también, arrancando pedazos enormes.

Con cada bocado, Rosario limpiaba con el dorso todas las lágrimas contenidas desde el naufragio. Por entre las rendijas de la choza se veía todo el verde de los alrededores y las ramas colgantes, como festones de un árbol a otro, la llevaron a su aldea por un instante. Poco a poco el llanto incontrolable rodó por sus mejillas acompañado de incertidumbre y hasta creyó distinguir en el bocado un gusto a sorgo. ¡La comida de la aldea! Las mujeres cantando al fuego cocinando para todos volvieron y Lucía debió haber reconocido el gusto también. Sin saber qué hacer sonrieron y entre risas repitieron a una voz:
-"¡Dadi!"; "Delicioso!".

Miguel abrió los ojos desmesuradamente al escuchar la palabra. Era cierto, el alimento tenía un sabor incomparable, pero todos los acentos y la música de su idioma, encerrados en aquel adjetivo, inundaron con su fuerza su choza y su corazón.

Dadi era una palabra hausa. ¡Hausa! ¡Compartían el mismo idioma bajo este sol ardiente! ¡Cuánto y todo por delante!

Batiendo el agua, el río anunció que el grupo de indios estaba de regreso. Pablo entró sudoroso e intercambió algunas frases apresuradas con Miguel en castellano. Le dejarían a la niña, hasta que las formas de su cuerpo consiguieran un mejor precio. Mientras tanto, podía pasar como una más, entre el enjambre de mulatillos y negros huérfanos que correteaban en el barrio. Si aceptaba hacerse cargo de ella, su autoridad de anciano alejaría las preguntas y la niña podría servirle en muchas tareas mientras se criaba entre ellos.

Miguel asintió en silencio y Pablo salió con Rosario de la choza, prometiendo volver en cuanto cayeran las sombras. Pondrían a la negra a la venta y ya con dinero español, Pablo regresaría para dejarle unas monedas. El negro había insistido en lo costoso que sería mantener una boca más. Al anochecer, luego de cargar las barcas se embarcaría con los suyos, de vuelta por los laberintos. Ninguno de estos planes, en el castellano de estas tierras, el único en el que el negro y el indio podían entenderse, penetraron el entendimiento de Rosario.

Ya en la villa, la joven siguió a Pablo por todas las calles, mesones y bodegas del muelle, en vano. La Corona había reforzado la prohibición de vender esclavos individualmente, para combatir la evasión:

"Ordeno y mando que ningún mercader español, negro, ni mulato, mestizo o indio, ande vendiendo por las calles y casas de indios mercadería, ni piezas de Indias".

Nadie compraría a Rosario como esclava. El alguacil de impuestos haría valer la ley algunas semanas para luego relajar la exigencia. Pablo temía que el salpullido en las palmas y la úlcera, que brevemente había observado en uno de sus muslos, fueran síntomas de la enfermedad que le había arrebatado a quien fuera brevemente su mujer. El botín de los filibusteros incluía la virtud de las indias y el mal venéreo se la había llevado en unos meses.

Rosario seguía unos pasos atrás el último intento de venta de Pablo, escuchando asombrada el torrente de palabras del regateo. Sopesó el escándalo de colocar a una negra con el mal gálico y desistió. El oro a cambio no valía el sigilo de años en el que se movía por las rutas y la probanza no lo libraría de una condena por estafa. Quizá los abuelos, allá en Acalan, sabrían de hierbas para curarla. Quién sabe si todavía estarían a tiempo. La pústula, aún cicatrizada, haría dudar a cualquier comprador. Mejor volver con ella tras las lluvias, a intentar la transacción de nuevo.

El español, de capa raída, absurda en el calor tropical, su último intento, parecía aprobar la compra a ratos y luego el tono de las voces cambiaba, rayando en alegato.

Las palabras que intercambiaban le dieron a Rosario conciencia del poder del idioma compartido. Si se hubiera quedado, habría sabido que Miguel, el enorme negro que ahora cuidaba a Lucía, había sentido las mismas emociones que una frase conocida desata, fuertes como un hechizo. Un presente continuo de silencio inundaba a Rosario desde su captura. Allá en Elmina, nadie más en la celda entendía su lengua y el pozo oscuro de no poder entenderse con nadie continuó ante el tropel de amenazas que los esclavistas proferían en portugués, que desde entonces fue para ella y para muchos el idioma del miedo.

El español de la capa escupió la tierra y se alejó, mientras el sol de Santa María teñía de rojo el ánimo derrotado de Pablo. Rendido, jaló a la negra para marcharse, haciéndole daño. Rosario, sin comprender nada, le dedicó la misma mirada que aquella prieta de tizne que le entregó las probanzas.

El contacto con su piel desató en ambos todos los colores del cielo.

Mientras tanto, la ribera del Grijalva recibía en sus aguas montones de chiquillos corretando en la arena. Lucía observaba al grupo zambullirse, sin acercarse, al jolgorio. Se estaban divirtiendo, el calor iba arreciando y todos corrían empapando el blusón de manta como el suyo. Observando a la niña desde lo alto, Miguel tenía la cabeza llena de preguntas. En todos los tratos con negros, jamás había escuchado su lengua ni una sola vez y el relámpago de saber que podían entenderse atoró en su garganta toda su infancia enterrada en el olvido.

El instinto de supervivencia lo obligó a callar. Los esclavos, aún los libertos, tenían prohibido hablar sus idiomas. Sabía de amos que habían mandado a cortar lenguas para evitar complicidades. Pero la nostalgia le escurría por la frente y se atrevió. Era un hombre enorme asido a un par de sílabas que creyó haber escuchado y en una sola frase, potente, gritó:

> El contacto con su piel desató en ambos todos los colores del cielo.

-"Lucía, gani!". ¡Lucía, ven!

Así llamaban las madres a los críos allá en la aldea.

Lucía, ¡ven!, es hora de que entres, de que tus ojos me miren y su brillo me convenza de que no eres aquella niña que yo perdí, la que arrancaron de mis brazos en el puente al barco esclavista y puso un grillete en mi memoria, enviando mi amor de padre hasta lo más profundo, tanto que hasta dejó de doler.

En la choza, los atados de hierba esperaban. Secada al sol, amontonada, la fibra estaba lista para estirarse y entrecruzarse. No, Lucía no era la hija que sus captores arrancaron de sus brazos y sí un par de manos adicionales, que podrían entramar la cuerda suficiente para merecer la comida del día.

El mercado compraba todos los largos de cuerda que el barrio de negros producía y hasta Pablo procuraba llevarse varios atados para usarlos como moneda de cambio.

Cuando la niña por fin entró, el negro Miguel la observó como quien tiene ante sí un regalo preciado, apenas desenvuelto. Un par de palabras más y ya no habría duda. Si la niña fuese mayor, quizá hasta podría interrogarla y tener noticias de su gente. Pero debía cuidarse. El idioma se cuela por las rendijas, llega volando a la Casa de Cabildo y el Alcalde Mayor necesitaba poco para ordenar azotes en la plaza.

Trenzarían hasta que sus manos enrojecieran, hasta que la niña dominara el oficio. Trataría de olvidar la sed de aguamiel fermentado al que los indios elevaban rezos, y que quemaba la garganta más que el sol de Santa María, más que la hoguera de los recuerdos.

Las palabras en hausa habían traído el olor de la tierra roja y la satisfacción de la batalla, pero no pueden seleccionarse los recuerdos. Ese es el precio de regresar a prender un alfiler en la memoria. El hausa traía también recuerdos de heridas sangrantes y filos de acero hasta el preciso momento en que el anciano, fue libre: -"Es mi voluntad que mi esclavo, de nombre Miguel, recupere su libertad y haga con ella su valimiento..." ¿De qué sirvió entonces? No tenía a dónde ir, sólo quedaba hacer lo que el resto. Quedarse en la Villa, mientras las cuerdas que sus dedos viejos torcían incansablemente esperaban siempre el atardecer, cuando el alcohol resbalaba nuevamente en su garganta, hasta que el sueño lo vencía.

Lucía recibió breves instrucciones en hausa que comprendió sin mostrar sorpresa y hasta respondió preguntas brevemente. El cansancio la vencería y quizá olvidaría lo escuchado, pero a él, esa noche, el sonido de la aldea lo embriagaría más que cualquier licor.

Las balsas de Pablo estaban cerca, cargadas con instrumentos de labranza, trastos y navajas. Bien ocultas por los juncos, en ellas un par de indios y Rosario, inmóviles, esperaban. La efigie de basalto, cubierta de flores, presidía con majestad la proa mientras la luna, en una sonrisa, reflejaba su aprobación.

Afinando detalles en castellano con el negro, Pablo dejó una botella de alcohol en la mesa y otro envoltorio, y ni siquiera volteó a ver a la pequeña Lucía, que ahora dormía, rendida, junto a un enjambre de cuerda.

Subieron la soga que Miguel había tejido por semanas, mientras la vela que encendió brevemente derramó un par de lágrimas de cera. Pablo cruzó el umbral y bajó los cuatro escalones en silencio. Rosario, acomodando las cuerdas en la barca, sintió el movimiento; enfilaron hacia los pantanos por las mismas sendas de agua que ahora veía con ojos nuevos, después de dos días de pócimas, libres de fiebre.

El agua oscura de la corriente era como aquella del río Kwara, donde los espíritus flotan en los remolinos y las vertientes. A veces, tomaban la forma de lagartos y castigaban a dentelladas a los atrevidos que despertaban su sueño.

Rosario comprendió que había espíritus mucho más terroríficos; los peores demonios que el caudal había traído eran los negreros, que devoraban a la gente, la separaban de los suyos y la traían hasta aquí, como a Miguel, como a todos. Le pareció absurdo haber temido que el vapor sutil del río se materializara en el Espíritu. Ya había derrotado las aguas más grandes que jamás hubiera imaginado; había escapado de su abrazo de muerte y se había bañado en esta apacible orilla, a pesar del calabozo, de los azotes y las maldiciones del barco en portugués incomprensible.

Los indios navegaron gran parte de la noche y al amanecer divisaron los contornos de piedra blanca y pulida que asomaban intermitentemente entre la maleza. El lomerío sugería una multitud más de construcciones fantasmales sepultadas, edificios enormes con interiores de pintura y mascarones tallados. Sólo los indios conocían estos lugares y podían ubicar uno a uno los cincuenta puentes que ayudaron a construir para el Conquistador en su marcha a las Hibueras.

Atracaron junto a los juncos y llevaron la carga por el camino blanco que escondía la espesura. Habían retrasado el regreso y los abuelos seguramente ya habrían consultado los presagios, buscando algún agüero que explicara la demora. Rosario abría los ojos, entrenados para escudriñar la oscuridad, caminando sin perder detalle.

Cuando la nube desapareció, las enormes masas de piedra que flanqueaban el asentamiento brillaron con la luna. Recordó las historias de los gigantes, que en el pasado habían habitado su aldea. Casi podía tocar el fémur colosal hallado en las arenas, que recibía en la acacia las ofrendas de los suyos. Entraron a la primera choza en penumbra, al tiempo en que una diminuta cera se encendía.

Cuando la abuela pudo verla de cerca, un grito de espanto se llevó sus fuerzas. Pablo llegaba acompañado de un espectro oscuro; Rosario era negra como la franja que bordeaba los ojos del dios de lo oculto, el dueño del cerca y del junto, el Espejo en el que se hacen visibles las cosas a los hombres, el que presidía el destino de Pablo y los suyos.

¿O sería acaso la negra que dio a Pablo la probanza furtivamente?

Como un augurio, una parvada de tucanes del color de Rosario cruzó las copas de los árboles, anunciando un amanecer más sobre la blanca arena del Golfo, entre las ruinas de todo aquello que fue y sigue siendo.

CAPÍTULO 4
SER DE LOS RÍOS DE ESPAÑA
1629

"Abre mi puerta. Reconstruye el derrumbe. Cansada de esperar tus cartas, mis ojos miran siempre al oeste, más allá de donde termina el océano, allá a donde tú te encuentras.

Aquí, las ramas que florecieron con tu partida ya han dado paso al otoño, y sigo sin recibir noticias tuyas. Marzo comienza a calentar las aguas y ya ha pasado un año. Y yo te escribo una vez más, contemplando a lo lejos el reflejo de plata de este mar que me impide seguir tus huellas, corta el trazo de tus pasos y se ha llevado tu amada sombra.

Padre asegura que en pocas semanas recibiremos tu carta de llamado para iniciar el trámite en la Casa del Océano. Los Rojas y Burgos partirán el año próximo, ¿sabes?, y se han ofrecido como acompañantes míos para tramitar la licencia y emprender con ellos la travesía. Su favor y generosidad cuidarán de mi persona y enseres y sé que vas a encontrar saludable su amistad, aunque aún no los conoces.

Padre separó aquella cantidad que hablaron para el viaje y ya entregó una parte de la paga por compañía a Don Emilio Rojas. Eso estimuló su amabilidad grandemente. Le ha hecho prometer que en cuanto recibamos tus instrucciones, nos llevará a donde Don Leonel de Cervantes, agente mercante que radica aquí mismo en Sevilla, y que él encargará de todo cuanto haga falta.

Padre insiste en que sea paciente, que pronto sabremos de ti, del reporte de tu avanzada, y de tu confirmación respecto a cuánto más habrá de pagarse en cuanto atraque el "Inmaculado Corazón de María", en las Indias, en la flota del año siguiente. Él confía en que serás generoso y que incluso habrá una cantidad esperando para el cobro, a mi llegada a la aduana del puerto de la Veracruz. Pero dejemos eso, que Padre te dirige misiva por aparte a este respecto.

Se ha firmado ante Notario el compromiso de entregar a Don Emilio otra parte en pesos oro, antes de la partida, para recompensar la enorme responsabilidad de asegurar que lleguen intactas a las Indias mi condición de doncella y los enseres que dejaste en encargo y que viajarán conmigo. Noto que el pacto pesa mucho en los bolsillos de Padre, pero confío en que cuando nos encontremos juntos, la fortuna que las Indias tienen reservada para nosotros alcanzará a derramar su bendición hasta su hacienda y cubrirá las deudas en las que por nuestro bien y el tuyo está incurriendo.

Las semanas se llevan tu rostro, Alonso, y a la hora de Laudes, para comenzar el día, de hinojos ruego a Nuestra Señora que mis oraciones te encuentren con bien y que Dios Padre Todopoderoso, grande y soberano, que tiene en su mano las cumbres de los montes y suyo es el mar porque Él lo hizo, guarden tu frente y tus manos que cubriré de besos en cuanto vuelva a verte.

Dios te guarde por dilatados años para mi consuelo, querido mío de mis ojos. Mi corazón se deshace en tormentos deseando el día en que pisaré las tierras de esos reinos para iniciar la vida placentera y feliz que nos prometimos.

Te espera, anhelante, sin tregua,
Mariana".

• • •

Comprometimos tu interés y mi honra una mañana de marzo, cuando por fin pareció que habría de cambiar mi destino. Cuando nací, la fortuna pareció voltear la espalda a las empresas comerciales de mi padre y con la sombra del primogénito fallecido tempranamente, la melancolía ocupaba cada rincón de la vieja casona en donde di mis primeros pasos, en el año de 1605 de Dios Nuestro Señor.

Herencia de mi madre, la casa se hallaba una docena de calles arriba del río azul, el Guadalquivir del principalísimo puerto de Sevilla, el único autorizado para enviar por el Mediterráneo mercancías que Castilla y Aragón embarcaba a sus colonias americanas.

Abre mi puerta. Reconstruye el derrumbe

Felipe III, Rey de Castilla y Aragón, Portugal, Nápoles, Sicilia, Cerdeña, de las Indias Orientales y Occidentales, el Habsburgo de Flandes, era un monarca que prefería cazar a gobernar y, mientras la endeudada Hacienda expedía títulos de deuda pública a largo plazo para financiarse, el gobierno local explotaba cuanta industria pudiera.

De entre ellas, las licencias para exportar a las Américas productos agrícolas eran la fuente de ingreso más socorrida. Ni las remesas del Quinto Real que llegaban con la Flota de Indias eran suficientes, ante el hambre y la situación precaria del Tesoro Real y la evasión de impuestos por parte de las colonias era asunto de todos los días.

El negocio de Padre había sido siempre colocar la bonanza de los cosecheros sevillanos en la Flota. Era un experto mediando con los propietarios de olivares en el Aljarafe y Alcalá, que enviaban la mitad de su producción de vino y aguardiente y casi toda la de aceite de olivas a las Américas, aprovechando el tercio de buque que por ley estaba reservado para los productos de Sevilla.

Ser gestor para que estos productos remontaran el río y cruzaran el mar era su orgullo. De nuestra región habían salido toneles de aceite y vino desde que el mismísimo Imperio Romano dominaba la Hispania y luego, cuando se expulsó a los moriscos y la recaudación de sus impuestos cesó, el gremio de aceiteros y aceituneros tuvo un lugar privilegiado, pues su agricultura había pasado de nuevo a manos de familias españolas.

Cuadrantales de aceite de olivo de cuatro calidades, para aderezar, lampante para arder y alumbrar, o para fabricar jabones, llegaban a los puertos de Veracruz, La Habana y Cartagena dos veces al año. Codiciado por llevar en el alma el sabor del sur de España, los fondos producto de su venta aliviaban los gastos de guerra interminables que el Imperio enfrentaba al tratar de derrotar a Francia o Inglaterra, someter a los insurrectos de Flandes o detener el avance de los luteranos protestantes.

Desde que ascendió al trono, Felipe III había abandonado el gobierno a los antojos del Duque de Lerma, gentilhombre lleno de deudas. Su cuadrilla, encabezada por el valido, había hecho de las suyas, mudando la sede de la corte a Valladolid, donde las quejas y peticiones del comercio tardaban en ser escuchadas. Se habían incrementado colosalmente los impuestos a las mercancías enviadas y agregar al coste el viaje trasatlántico derivaba en precios absurdos para las colonias americanas.

Se había prohibido la producción de aceite fuera de la Península, pero el gobierno de facto estaba más ocupado en especular con las tierras, otorgar títulos y preferencias pagados en oro, que en hacer valer las leyes. Así fue durante veinte años, hasta que el Duque, antes que caer en desgracia, pagó por el capelo cardenalicio púrpura, que le permitió retirarse de la vida pública. Para no morir ahorcado, el mayor ladrón de España se vistió de colorado.

Padre había previsto que el panorama a la muerte de Felipe III, empeoraría. En la Nueva España la Orden Jesuita estaba comenzando a plantar olivos y los comerciantes americanos ya estaban comprando a la Orden no sólo el aceite fino, sino los asientos de menor calidad para encender las luces que iluminaban los Virreinatos.

Para los cosecheros sevillanos, era imposible competir con los precios americanos y apenas podían mantener las apariencias de una vida solvente. Hubo años en que los pedidos escaseaban tanto y la Corona tardaba meses en refrendar las cédulas y permisos, que Padre fue doblando sus espaldas con el peso de la incertidumbre. Aquella pena que comenzó con el luto por su bien amado, el primogénito, el continuador de la estirpe, se agravó con la amenaza de quiebra.

Pasaba días enteros ausente, en juntas presididas por el gremio que representaba los intereses de aceiteros y aceituneros, formulando pleitos y redactando largas cartas a Su Majestad en las que vertían amargas quejas en contra de las traidoras cosechas jesuitas en tierras americanas, florecientes a pesar de la prohibición.

Trataban con tacto todo lo tocante a los impuestos aduanales y locales, pero detallaban con furia cómo la Orden se había adueñado incluso de la molienda de los esquilmos, acciones poco devotas que requerían molinos que ya se estaban habilitando, y que anteriormente sólo se conocían en la Andalucía.

En adoración al Santísimo Sacramento, todo sagrario debía alumbrarse de día y de noche. Seis arrobas de aceite al año, multiplicadas por el número de templos y conventos indianos que seguían abriéndose como incendios para gloria de Dios habían sido toda la fortuna del siglo anterior.

Padre y el gremio continuaban pactando transacciones locales en la flamante Lonja de Mercaderes de Sevilla, que en cantidad palidecían ante la demanda americana, y las conversaciones terminaban maldiciendo la disminución de las valiosísimas cargas a las Indias, que tanto provecho habían hecho a sus bolsillos.

Los esquejes de olivar enviados al Nuevo Mundo para intentar su adaptación no tenían la intención de suplantar la producción de la Península, pero aquellas tierras bendecidas comenzaron dando fruto abundante en las fértiles Antillas y de ahí habían saltado a la Nueva España, regándose lentamente hasta el Río de la Plata, mirando la autosuficiencia con buenos ojos. El intercambio entre los propios virreinatos estaba siendo muy exitoso y el Perú, desde el Callao, intercambiaba numerosas mercancías con Acapulco y Huatulco, cuando amaneció el siglo. Cientos de negros se ocupaban de cargar y descargar decenas de barcos pagados con la plata del Potosí, para preocupación del monopolio español.

Las noticias llegaban al Rey hasta con un año de retraso y el valido, el Duque de Lerma, obstaculizaba aún más las decisiones que dormían en las mesas el sueño de los justos. Los jesuitas, fieles al reino y con la vista puesta en Dios, estaban siendo bendecidos con la fertilidad y el clima de estas tierras. Su sabia administración estaba respaldada por cálculos precisos y rogaban a la metrópoli española que evitara imponer tan onerosas cargas de impuestos y travesía para surtir a sus fieles vasallos de esas tierras. La producción local, iniciada por ellos, podía suplir con creces el abasto de aceite. Y tenían razón.

El aceite era aderezo y alimento, pero era también usado para la consagración del Rey y las autoridades y para ungir a los enfermos; era crisma para el Bautismo y óleo para los catecúmenos, la Extremaunción y la imposición de la Orden Sacerdotal. Su luz en las lámparas brillaba a los pies de santos y vírgenes, sobre todo en su fiesta patronal. Era remedio bendito para las heridas después de que ha ardido en el templo, asiento impregnado de Jesús, Hijo Único, conservado en latas de cobre para ser ungüento que cura infecciones por su intervención y al que se preserva con la misma devoción y cuidado que a la más cara reliquia.

Siempre de vuelta a casa desde el galpón que el Gremio tenía en el muelle, Padre dirigía sus oraciones al cielo dejando atrás el espejo del río. Al cruzar las atarazanas, el olor de azahar y el muro de piedra que protegía a la ciudad se iban quedando atrás con su esperanza, hasta que, como enviado por la Providencia, apareció el porte rubio de Alonso García de Santamaría en su camino.

Tus antepasados, Alonso, se habían convertido hacía más de un siglo, pero la sombra de llevar en tus venas sangre de judíos conversos pesaba algunas veces entre los corrillos. Cuatro generaciones atrás, Selemoh-Ha Leví, converso que fue luego Pablo de Santamaría, se ordenó sacerdote en la Iglesia, forjando una distinguida carrera en la jerarquía eclesial, hasta que fue nombrado Excelentísimo Obispo de Burgos. Comentarista bíblico y consejero de la nobleza, historiador y erudito, era un Santamaría, como tú, Alonso, cargando la loca acusación de pertenecer a aquellos que habían hecho clavar a Jesús en la cruz.

Los García de Santamaría habían visto, como Padre, días de mejor fortuna. Los fondos comerciando en la judería los habían llevado alto, pero por la fe rabiosa con la que habían abrazado el cristianismo para no salir de las tierras hispánicas con el Edicto de Expulsión, rechazaron el lujo en pos de una recompensa en el cielo. Sus arrebatos de ascetismo los fueron apartando de las riquezas terrenales y más de uno dejó en su testamento todos sus bienes a una capellanía para beneficio de los pobres.

Así había llegado la suerte a dejar tan pocos reales en tus bolsillos, pero contagiado con la fiebre de hacer patria cruzando el océano, te entregaste, Alonso, al frenesí de buscar cómo viajar al Nuevo Mundo. Los galeones de vuelta de las Indias y las cartas leídas en voz alta por los vecinos, detallando la buena estrella de su parentela emigrada, movían tu espíritu aventurero, en busca de promesas.

Y lo intentaste, Alonso, por todos los medios. Habías conseguido las cartas de recomendación que la Universidad de Mareantes de Sevilla exigía para dar cabida a huérfanos, que excepcionalmente podrían hacer carrera en la marina mercante. Con dolor aprendiste que los lugares eran asignados, sí, pero no a cualquier huérfano. No eras hijo bastardo de ningún rico comerciante, autoridad o religioso de orden ninguna.

Toda carta que diera cuenta de tus virtudes, sin un refrendo verbal a tu favor, ni una noble orfandad que apoyara su dicho con un arreglo económico de por medio era letra muerta.

La Universidad protegía la navegación a las Indias y reglamentaba la actuación de pilotos y maestres, pero matriculaba a parientes y amigos de los dueños de las naves y, en segundo lugar, a huérfanos ilustres, por arreglada excepción piadosa.

Pero eso no te derrotó. Tú tenías, Alonso, la mente fija en el viaje y tras meses de vagar en los muelles, de tardes enteras orando extramuros, en torno a los arenales y el arroyo que tan bien conocías, aceptaste por fin que sólo podrías aspirar a viajar sin escudos, honores, ni decoro.

Cruzando por la Torre de Oro a diario, reuniste casi el costo del pasaje. A San Fernando Rey, Caballero de Jesucristo, encomendaste tu causa y devoción. ¿No había él derrotado a los moros con espada de esmeralda y rubí? Él te concedería entonces conquistar territorios más allá de Al-Andalus algún día.

Enviada por el Santo, la fortuna se presentó ante ti, Alonso, en los muelles, en la figura de Don Bernardo de Salazar y Couto, padre de Mariana de Salazar y Miranda, hija medianera que había sido también rechazada como postulante para profesar con las Clarisas de Santa Inés. Ofrecer a una hija en esponsales con Dios Nuestro Señor habrían de devolver la fortuna a la familia, dedicando una vida a la clausura en el convento que había ocultado a Doña María Coronel, la mártir de cuerpo incorrupto.

Un siglo atrás, Doña María, huyendo del acoso en amores del rey Pedro I de Castilla, El Cruel, abrasó en aceite hirviendo su hermosa cara y deseado pecho para no serle infiel a su amado esposo. ¡Que las llagas la hicieran pasar por leprosa, quemando su belleza con el martirio del aceite! Años después de su fallecimiento, con la leyenda casi olvidada, se descubrieron en el convento los restos intactos de doña María. Su cuerpo incorrupto, expuesto, tocó la fe de la sociedad sevillana, siendo Padre apenas un niño. Torcido y deforme, pero hallado en olor de santidad, se arropó a María con el humilde hábito oscuro franciscano, su mueca persiguiendo sus pesadillas de infancia con sus miembros secos, despidiendo un perfume de flores, su belleza sacrificada en aras de la castidad.

Cuando arreciaron los problemas en la industria del aceite y Padre, desesperado, agotó sus rezos a todas las advocaciones posibles, recordó la historia del aceite hirviendo que salvó a Doña María del oprobio. El óleo la había conducido a la purificación y podría también, por su intermediación, devolverle a él la suerte. Entregaría a su hija Mariana a las Clarisas. Concepción, la mayor, ya había contraído nupcias con un armador de esquifes del norte, así que yo sería la intercesora.

Pero entrar al Convento exige una cuantiosa dote, que no teníamos. Padre se había humillado y suplicado. ¿No había en todos los conventos monjas que, de facto, actuaban como sirvientas de aquellas cuyos padres, mensualmente, sí eran generosos patrocinadores de las religiosas? ¿El convento no requería de fijo monjas cocineras para alimentar a las de fortuna y estirpe, que dedicaban su encierro a la contemplación, el estudio y la oración al celestial esposo? ¡De ellas salían las abadesas, administradoras o maestras, según el carisma de cada orden!

El rechazo del convento fue el último fracaso, que Padre ya no pudo soportar. No podría contar en sus círculos que se le había negado el favor celestial que ya les había anticipado y ahora ni siquiera se acercarían nobles caballeros de añejas riquezas, pidiendo encarecidamente que Sor Mariana los tuviera en sus oraciones para facilitar su lugar en la gloria.

El rechazo trocó la fe de Padre en amargura. ¿Quién bordaría ahora sus días de rezos y alabanzas al Altísimo, rogando en el claustro por el milagro de que su buena estrella volviera y, ¡claro! por la salvación de su alma? Su corazón áspero me culpó de todo. Mi presencia en la casa fue un signo más de que sus días estaban marcados por el infortunio y, ahora que hasta el cielo le había volteado la espalda, solo cabía esperar más miserias.

Así, caminando por las atarazanas, dejando atrás el almacenaje del aceite, Padre conoció a Alonso. La gallardía que cada uno de sus pasos irradiaba, a pesar de los sudores de cargador y estiba de ese día, mantenía el brillo de sus ojos y lo dotaba de seguridad. Hermoso, descansando de la faena recargado en un muro carcomido, miraba al vacío haciendo planes y sueños, apretando contra su pecho el pequeño atado de cartas ilustres que lo recomendaban, inútiles hasta ahora.

Padre venía rumiando en el polvo todas las juntas, que terminaban en nada. La burocracia hacía oídos sordos a las demandas de los aceiteros. La derrama de bendiciones que esperaba obtener con la hija en el convento se había disipado y desde entonces trazaba mentalmente planes para hacer llegar, él solo, los barriles a la América, a como diera lugar, sin pagar un solo impuesto, de contrabando.

La amenaza de prisión era un fuerte persuasivo, pero ¿cuántos más lo hacían con otros géneros, incluso con el vino, a cual más peligroso?

En sus cavilaciones concluyó que sólo un emisario de todas sus confianzas podría explorar las posibilidades de colocar aceite ilegal allá en las Indias, eliminar intermediarios, sobornar autoridades. Padre se encargaría de arreglar los embarques desde Sanlúcar de Barrameda, que para eso conoce uno a los marinos, y ya con un destino seguro podría incluso diversificar el género de sus envíos.

Los agentes comerciales aquí y allá heredaban la fortuna, los puestos y los afanes a sus hijos, que se beneficiaban de sus conexiones. Si sólo habían procreado mujeres, eran los yernos quienes continuaban la empresa. El círculo de alianzas cruzaba el océano y quizá la apostura de un buen mozo haría posible penetrarlo.

Los ojos azules de Alonso y su empecinamiento por viajar a las Indias habían aparecido cuando Padre casi perdía la esperanza. ¡Vamos, Alonso, hermoso, que la oportunidad se despliega para ti como una rosa!

Habían hablado brevemente y su seducción le aseguró a Padre que él era el indicado. Con una chispa renovada en los ojos, calculó que su elocuencia y encanto podrían establecer contactos allende el mar. Se habían contado un par de secretos fumando tabaco y la taleguilla con el pequeño tesoro escondido, que no completaba aún el viaje trasatlántico, salió a relucir. Además del dinero, había otro impedimento principal que a Alonso le estaba resultando difícil de sortear.

Viejo y sin ningún interés de emprender aventuras, Padre casi olvidaba el edicto, que Alonso había memorizado, a pesar suyo, para darle vueltas cada jornada, buscando cómo esquivarlo.

Ytem: Que no déjeis pasar a las Indias a ninguna persona, sin que fuere casado y velado, según orden de la Santa Madre Iglesia y sin que lleve a su mujer.

Así que eso era. ¡Una esposa! La mayor ya estaba casada, pero ¿y la segunda? ¡Por supuesto que estaba disponible! No, no había pretendiente. Sí, claro que podían hablar de matrimonio. El episodio de la hija rechazada en el Convento por falta de dote ya había puesto en entredicho la fortuna de los Salazar. Un matrimonio al vapor con un deslumbrante desconocido y una salida apresurada a las Indias traería las sospechas de un embarazo oculto y el temido oprobio que jamás se permitiría la familia, sobre todo con los acreedores y las amistades insignes, posibles fuentes de financiamiento.

Padre fraguó todo el plan en su mente, mientras invitaba al mozo a cenar unos días después. Alonso viajaría en la Flota como su representante y Mariana, su prometida, por diversos asuntos, esperaría al siguiente año para reunirse con su prometido, que ya por entonces tendría una carrera comercial boyante, si sabía administrar bien el apellido y el abolengo del que los Salazar todavía gozaban. Doce meses serían suficientes para confirmar lo casto de su unión, librándola a ella de toda mancha que hiciera sospechosa su virtud.

En cuanto a Alonso, una vez instalado allá cobraría anticipos, recibiría sus primeros sueldos, obtendría mil clientes para el aceite más fino, el codiciado por los clérigos y condes, que Padre sabía conseguir.

La primera presión de la aceituna destilaría nuevamente el mejor aceite de los campos de España que Alonso colocaría, pues de oportunidades y no otra cosa estaban llenas las Indias. Ya después solventarían los préstamos para las travesías. En un año celebrarían una sencilla boda en alguna ermita, nada más pisar el puerto de la Villa Rica de la Verdadera Cruz, para ingresar a América como Dios lo manda.

Hecho el trato, el mozo comenzó a frecuentar la casa casi a diario y, unas semanas después, sellaron el compromiso en presencia de Fray Antonio Carrascal, vicario de la iglesia sevillana, con la estancia mirando hacia los luceros de Triana. Esa noche, Mariana vistió su único atuendo de encaje, que había esperado lucir en un evento de tal magnitud, dormido en una caja de madera de naranjo por meses. Las únicas palabras de aprobación que la Madre había pronunciado fueron para elogiar el vestido que tan bien ajustaba su fino talle.

La cinta rosa de terciopelo del escote ceñía con discreción su hermoso pecho y la gasa de encaje bajaba hasta sus muslos, de donde se desprendían cientos de pliegues que velaban su piel. ¡Nada como el encaje de Brujas para disimular los regalos que habría de recibir el novio en la noche de bodas! ¡Nada como las relaciones comerciales, que habían intercambiado en Flandes algunos odres de aceite por el traje que presentaría a Mariana consorte, deslumbrante!

Perfumada y esbelta, sólo estuvo unos minutos frente a Alonso, sintiendo su respiración, cuando los presentaron. Su perfil de ángel, distante e indiferente, y el fulgor de agua de sus ojos quedarían grabados en su memoria adolescente para siempre.

Nada más podía pedir doncella alguna que mirarse en aquel azul de nuevo, aceptando ser su esposa ante Dios. Así fue como el sencillo hilo de un instante tejería infinitos momentos imaginarios a su lado, durante meses, suspirando por sus manos sobre sus hombros, rocío y quemadura, mientras marcaba con un trozo de carbón el calendario que desgranaba los días faltantes para la cita aproximada del año siguiente.

Alonso había asistido, en cambio, lleno de curiosidad, a las formalidades de esta promesa fortuita, venida de la voluntad de San Fernando, su protector, que ya vería cómo cumpliría.

Fray Antonio Carrascal, aún sin canas, presidió el compromiso moral que Alonso estaba adquiriendo. Controlaba algunas voluntades mercantiles en Sevilla y en su posición de confesor de la Marquesa de Guadalcázar, era un contacto magnífico para destrabar el negocio del aceite, si fuese necesario. ¡Hasta podrían convertirse en socios! Tenía un olfato para los negocios y su gran figura acostumbraba a pasearse al otro lado del río, sin llevar el hábito, por supuesto, y decían que más de una negra de los arrabales había recibido el perdón de sus labios.

Mientras se hacían las presentaciones y se fijaban plazos y promesas, la mente de Alonso estaba ya en las Indias, tocando a las puertas de alguna mansión condal, recibido con honores por criados de librea, que apenas pestañeaban frente al juego de luces de los candiles, su botonadura de oro y su coleta rubia asomando tras un pico del sombrero.

Pero ya había pasado un año.

[...] "abre mi puerta, reconstruye el derrumbe, regalo y bien de mis ojos, que buscan los tuyos, que he visto sólo unas veces. ¡Lo que me cuestan en lágrimas y suspiros! No sueño otra vida que estar a tu lado".

[...] "Avisa pronto de tus planes y paradero, así sea sólo un mensaje de palabra encargado a los viajeros que vuelven en lo último de la Flota. Sabes que aquel navío se llevó el perfume de tus ropas que hoy se confunde con la sal del océano, dejándome el alma sin sosiego. ¡Más de un año sin noticia alguna! Padre desgrana su paciencia junto a la mía y vuelve tarde y mal, negando con los ojos las preguntas que nadie en esta casa se atreve a formular: ¿Llegaste? ¿Escribiste? ¿Cumplirás? Ansío tu respuesta a estas preguntas y quedo en espera de tus noticias, en la muy noble y leal ciudad de Sevilla..."

• • •

Las cartas fluyeron incesantes desde que la flota salió de Sanlúcar a fines de junio, con Alonso y mil trescientas almas más a bordo de treinta y seis navíos, a los que se unieron siete más provenientes de Cádiz en el camino. El mes de julio los encontró apertrechándose de agua fresca en las Canarias y rumbo al oeste, unas a Cartagena y otras a Cuba, la Flota de Indias ondeaba orgullosa las banderas rojo, blanco y amarillo, con el águila al centro.

Alonso desembarcó en la isla de San Juan de Ulúa en Veracruz a mediados de septiembre. Los que llegaron enfermos de muerte clamaban por adelantarse. Su nave fue la tercera en amarrarse a las argollas del muro para comenzar el descenso. El Canal de un kilómetro que separaba la Isla de Ulúa del continente, se había llenado de barquillas para transportar a los pasajeros a tierra firme, mientras los marineros exhaustos gritaban el anclaje, plegaban velas y afianzaban los buques con recias sogas de henequén americano.

Cuando la carga bajara se llenarían barcazas de fondo plano para continuar hacia el río Huitzilapan a rendir cuentas en La Antigua. Los barcos negreros, que también formaban parte de la flota, irían llegando al día siguiente. La mercancía se retrasaba a propósito para dar un respiro al muelle, que se llenaría de oficiales que verificarían los libros de arribo y las licencias de los esclavistas.

Como el resto, el "San Francisco de Natividad" giró treinta y dos cañones hacia el norte y el este, en cuanto atracaron. La amenaza siempre presente de la piratería rondaba las costas, a pesar de las escoltas.

Se habían detenido en Santiago, donde un tercio de la flota desvió su rumbo hacia Cartagena y durante esa parada, Alonso, hecho un ovillo, se negó a dejar el jergón donde dormía, sin fuerzas por el mareo. El caldo de huesos hervidos que disimulaba el sabor podrido de las últimas legumbres no lo había reanimado en absoluto.

Dejando la Capitanía mejoró su ánimo y las provisiones frescas auxiliaron su salud. Los relatos fabulosos sobre América volvieron a escucharse por días y en el horizonte despejado la línea oscura de tierra firme cobró vida, esperanzadora, agitando los ánimos y la paciencia a bordo.

Los colonos bajaban mientras remeros negros e indios salvaban la distancia de mar arrecifal transportándolos hasta la nueva Casa de Contratación. La Antigua se había destinado a mercancías, que navegarían el lecho arenoso de bajo calado del Huitzilapan. Desde su flamante nombramiento como ciudad, a

Veracruz acudían oficiales desde el centro, para pasar semanas escrutando las dos flotas anuales.

La Casa de Contratación, la Aduana y la Lonja Mercantil habían despertado y por la tarde la brisa fresca disipó la impaciencia empapada de esperar un turno en las barcas. Más de noventa días navegando, aguantando el racionamiento impuesto por las amenazas de tormenta que podían alargar la travesía habían agotado la carne y el pescado salados, produciendo filas de pasajeros famélicos echados en los suelos, hollados y sucios, en ropas recias y aforradas más adecuadas para la tormenta que para este calor tropical.

En tierra firme, los oficiales registraban con letra de arabescos la nave de procedencia y maestre, y aunque en Sevilla habían acreditado por bautismo y matrimonio que eran cristianos viejos para poder obtener licencia para ingresar a la Nueva España, se exigían revisiones y meticulosidad, hasta donde fuera posible.

La entrada al Continente se retrasaba más cuando los pasajeros viajaban con criados. Sus escrituras de propiedad relataban procedencias de compra que cubrían rutas complejas de esclavos de Cabinda en Angola a las islas Canarias o de Cádiz a Ríohacha y Santo Domingo. Todos los documentos debían cotejarse con esmero.

En la fila, un par de amas de leche, esclavas negras, entregadas a la crianza de sus pequeños dueños, futuros condes o marqueses, alternaban sus pechos con dos negritos mulecones hambrientos, gemelos de una esclava fallecida en el camino, demasiado valiosos para no incluirlos en la aventura americana.

Uno de los niños lloraba ya sin lágrimas y las negras intuían su deshidratación. Aunque bajo sus pesadas ropas españolas los senos les reventaban de leche, debían esperar a saciar la boca rosada de labios finos de los herederos, para después permitirse amamantar los labios gruesos y ávidos al final.

Demostrar la pertenencia se convertía en una extenuante serie de explicaciones y documentos que parecían no dejar convencidos a los oficiales. Las tracerías y roleos de su letra registraban nombres, lugares, exenciones y todo dato que diera cuenta del paradero de cada pasajero. ¡Ay de aquél que intentase pasar sin las autorizaciones! Se establecían ahí mismo los primeros autos, como aquél que exigía aprehender a Bartolomé Guillén, acusado de transportar marineros extranjeros que pasaron a las Indias sin licencia.

Dos fardos mugrientos con tus pertenencias, papeles arrugados, aliento podrido y un mareo interminable rodearon el trámite de tu asiento:

> "Alonso García y Santamaría, bajel "San Francisco de Natividad", natural de Sevilla, de padres, abuelos y bisabuelos cristianos, todos difuntos. Prometido en matrimonio con Mariana de Salazar y Miranda, que viajará en la Flota de Indias del año entrante. Destina depósito ante este notario en garantía del matrimonio concertado a celebrarse en fecha próxima, avalado por oficio rubricado por Fray Antonio Carrascal de la Santa Iglesia Mayor de Sevilla, quien le dispensa de nupcias inmediatas, arribando a las Indias en soltería. Destinado a la Ciudad de México, exhibe cartas y probatorias para los fines a que haya lugar..."

La barba hermosa, de semanas, enmarcó tus respuestas firmes y el timbre de tu voz completó la información al oficial:

> "...de profesión comerciante, futuro yerno de Don Bernardo de Salazar y Couto, del gremio de Aceiteros y Aceituneros, en tratos con el Consulado de Comerciantes de México, exhibe cartas de recomendado del Ilustrísimo Don Fabián Manrique, Escribano-Contador de aquella Casa, en Sevilla..."

Las murmuraciones entre los recién llegados, que sabían reconocer porte y linaje ilustre de quienes les precedían en la fila, subieron de tono. Tus cartas de presentación les hacían olvidar por un momento lo débiles, enfermos y hartos que estaban por la travesía y una mujer murmuró a su hija casadera que este buen mozo era el mismo junto al que habían bebido el aire de cubierta. Se lamentó, para sus adentros no haber abundado en la conversación con quien ahora parecía tan buen partido.

El escrutinio que cada pasajero soportaba pacientemente sería el final del sueño americano, que ya parecía una pesadilla. Habían cruzado el ancho mar con la intención de establecerse y, a pesar de las penurias, no volverían la vista atrás. Prometerían cuanto se les solicitase y, si era preciso, pasarían días detenidos en el puerto, hasta que todo obstáculo administrativo fuese librado por el soborno oportuno que siempre ablandaba la voluntad oficial.

Aun así, barras de plata sin quintar se ocultaban en las bodegas del "San Francisco" o pequeñas fortunas en el doble fondo de baúles de aventureros sin licencia y reos en fuga, iban ocultos tras las botijas que el Juzgado del Vino fingió no mirar. Marineros insubordinados que llegaban en calidad de presos por amotinados o acusados de perpetrar daños intencionales alijando el barco eran liberados y mujeres galantes, de belleza y precio exorbitantes, amantes que habían conseguido licencia de viaje, prometidas como tú, Alonso, en matrimonio, a un rico comerciante de la Península avecindado en la Nueva España.

Luego estaban todos los pasajeros legales, los caballeros de abolengo y sus familias, los frailes destinados a la administración de pueblos en los que aprenderían el mexicano, el huasteco y el totonaco para gobernar sus doctrinas. Los hombres de ciencia que traían la luz de Occidente, los maestros para el nuevo Continente. Todos, buscando una nueva vida, a partir del río de Colibríes que parecía derramar en su cauce todos los colores del destino.

La temperatura calentaba los artesones de la Aduana, que estaba cumpliendo un siglo recibiendo a todo género de viajantes. El edificio había visto batallas contra piratas y huracanes impregnado del hedor de los desechos corriendo en las callejuelas, que hervían a estas horas del mediodía, antes de alcanzar el mar.

Sevilla, se dijo Alonso, más antigua, poblada y señorial, era una mujer frondosa, camino a la vejez. La Veracruz Nueva le parecía una niña salvaje y sucia, de piel tostada, que él domaría con su sonrisa encantadora, exprimiéndole todo el jugo de su rudimentaria precariedad.

El cobro de almojarifazgos comenzaría al día siguiente. Muchos habrían de permanecer hasta que bajaran sus mercancías y entonces comenzaría el peligro. El puerto más importante de la Corona se hallaba desprotegido y el muro para atar bateles no daba mayor abrigo. Los buques chocaban entre sí con la borrasca hasta romper las amarras y ante un ataque corsario no había un lugar de resguardo, ni astilleros apropiados para heridas de cañón.

La línea de barcos sufría en todo momento la falta de previsión de la Corona y aunque la Armada había fortificado medianamente San Juan de Ulúa, pasarían todavía décadas sin baluartes, ni baterías de defensa. Uno y otro Virrey escribían a la Corte, detallando los costes para terminar la construcción del fuerte y la respuesta real se iba retrasando siempre, perdida en la bruma.

Los arrecifes eran una protección natural contra los invasores. Sólo las secretas cartografías españolas los conocían, pero se volvían en su contra en los temporales, desgarrando cascos y fondos.

Terminado el trámite, Alonso por fin figuraba en los libros de entrada de colonos, junto al chantre nacido en Córdoba, que venía a ocupar el Obispado de Michoacán, el fraile jesuita que enseñaría los clásicos cristianos entre la juventud criolla, ésa que aún no podía mandar en los destinos de la Nueva España y pronto estaría a su suerte. Había llovido toda la semana y el chubasco que ahora enjuagaba los muelles hizo correr a todos, para resguardar el papel de los registros.

Alonso permaneció ahí, disfrutando como un lebrel de los aromas de la costa limpia. El torrente había inundado la pequeña ciudad el mes pasado y esta vez debían salvar de la corriente lodosa las páginas que revelaban omisiones en los balances de los libros. Los huracanes eran inclementes con la población, que huía a los montes, pero providenciales para fiscales corruptos.

Sin fortuna que registrar, Alonso salió limpio, empapado, a la luz del atardecer. Había observado el movimiento del puerto y decidió que pasaría unos días aquí para conocer las maneras comerciales. En el trayecto había escuchado un largo debate sobre el destino que se daba a los caudales que provenían de los enclaves mineros. Los arcones incrustados en carey y plata aguardaban. La Real Hacienda era vigilada por el retrato de Don Diego Fernández de Córdoba, Virrey en turno, en jubón y capa, colgando del muro y tan fuera de lugar en el trópico salvaje. Su dignidad ignoraría los lamentos de los esclavos, que al día siguiente descenderían a las mazmorras ardientes de Ulúa.

Bajo sus sillas de terciopelo enmohecido se hallaban las celdas de los negros. Sus idiomas sólo callarían cuando la comida fuera arrojada por los agujeros, las escudillas para el bizcocho remojado dejarían de azotar los muros y luego el griterío volvería a erizar la piel de remeros, estibadores e indios merodeadores del puerto.

Más allá de las chozas salpicadas en las calles ganadas a la selva, Alonso caminaba en un ensueño de dudas en el que Sevilla señorial volvía rodeada de magníficas murallas de siglos y puertas dedicadas. Su acogedor recuerdo contrastaba con este caserío que resultó ser la Nueva Villa Rica, por la que entraban casi todas las mercaderías. El mesón daba la espalda al mar, alejado del muro de madrépora y el práctico del puerto dirigiendo las maniobras. Tenía al frente, la desnuda torre de la Iglesia Mayor y en un solar apartado un pequeño grupo parecía avanzar en desfile.

La pequeña ermita, sin sagrario ni pila bautismal, barrida y regada en este día por los fieles de la Cofradía de la Santa Cruz, abrió su piso de fina arena para indios y negros que vivían a la orilla del puerto, la más insalubre. En ese viernes de septiembre, Alonso prefirió la soledad de este templo para dar gracias por su buen arribo, arrodillado ante nuestro Señor torturado. La cruz estaba abandonando el altar para llevarla en andas, los fieles orando y suspirando ante el atardecer de lenguas de fuego. La procesión honraba Su Sufrimiento, que daba nombre a la Villa, y su simbolismo había redimido la madera del árbol del fruto prohibido, en el relato del Edén.

Los españoles más pobres, aquellos a los que la aventura había vencido, encontraban esperanza marchando con sus indias en esta fiesta de la Exaltación de la Cruz. La cofradía había aderezado la ermita, de tablas rajadas y húmedas, sostenidas con clavos de hierro, como los de Cristo, y la procesión avanzaría desde los médanos del río, fermentado por tanta fruta caída.

Las chozas de palma permanecían tal y como Cortés las había dejado, cien años antes, y Alonso enfrentaba esta rusticidad con sus recuerdos de infancia, bajo el Postigo del Aceite, una de las puertas menores de Sevilla, de almenas y escudo labrado en cantera. La puerta había vigilado sus andanzas entre los barracones del mercado, escuchando recuentos de América que callaban cuando el alamín, verificando pesas y medidas de los puestos, se abría paso.

Nada aquí reflejaba el recuento de aquellas fortunas que se hacían eco en el agua de sus fuentes.

Al terminar la procesión, sus ojos vieron con pena esta villa, ciudad de tablas, miserable, en la que los cofrades eran de tres sangres, unidas en la marcha, como no sucedía en la España. Indios, negros y españoles, con la pobreza reflejada en los ojos, habían decorado la calle a la manera indígena, con hilos de los que pendían tiras de amate al aire, meciendo sus rezos con la brisa.

Alonso se santiguó. Dedicó un largo suspiro a las fastuosas procesiones de sus recuerdos en Sevilla, dobló la esquina y se encaminó al mesón.

Las calles se llenaron a la segunda semana de su arribo y trataría de no perder ningún detalle. Los barcos habían traído pasajeros esperados, encajes y cordobanes, zapatos, medias y pequeñas piezas de tela. Los comerciantes habían pactado de antemano las cargas, que por género iban abriéndose camino. En Santiago se sumaron visitantes estacionados ahí por razones comercio, parada obligada en el tránsito hacia mejores oportunidades.

Descubrió que los barcos que traían el azogue desde Almadén, en la Península, ocultaban algunos negros de contrabando a dieta de agua y migajas para el breve trayecto desde las Antillas. Su desembarco se arreglaría con una dádiva graciosa para las autoridades de tierra. ¡Y había mujeres! Una buena ama de leche se revendería ahora como sirvienta, dejándose al negrito que la había hecho madre engordando allá en las islas. El par de negros fuertes se iría con la arriería a Orizaba y la negra adolescente avivaría el fogón y la cama del clérigo que llegaría a hacer vida santa.

Varios, quién sabe cuántos, bajaron intempestivamente en los siguientes días. Sus voces se distinguían por cantar el castellano musical antillano, salpicado de vocablos taínos y caribes. Otros que seguro tenían ya comprador, se veían fuertes y bien alimentados, y Alonso sólo sonreía ante la desfachatez de su colocación, preguntándose el significado de aquella melodía cadente que mezclaba el español con el igbo, el fula, el lobangi y el kimbundu.

El lenguaje de las islas componía una canción en cambio perpetuo, viajando caminos de agua azul del archipiélago a tierra firme, por todo el cuerpo español.

Las comodidades de a diario que buscaba el español de la Península llegaron en los siguientes buques. La Nueva España estaba llena de títulos nobles y hábitos militares que complacer, ¡tantos! En estos buques llegaron insumos que no se fabricaban en las colonias: pequeños instrumentos para empastar y dorar los libros autorizados por la Inquisición, tan demandados por la Universidad. Los tipos y troqueles metálicos que difundirían el contenido de gramáticas y tratados de oratoria que, copiados artesanalmente y en un número reducido, lograrían que las ideas en latín cobraran alas y destilaran su sabiduría lejos, en tanto el argumento de autoridad lo permitiera.

El papel venía también en este barco, en atados salidos de los molinos valencianos y catalanes, pues el arte de su hechura apenas comenzaba a conocerse. La imprenta solo tenía una pequeña historia en la Nueva España, y en el barco de familias, algunos de los descendientes italianos del impresor Juan de Pablos se paseaban en cubierta, impacientes por llegar. La empresa crecía, tratando de suministrar libros hasta los confines y, cuidadosamente embaladas, llegaban un par de pequeñas imprentas, en hierro y madera mediterránea, que despertarían para subir las montañas y llegar a correr enloquecidas a hacer volar las hojas de noticias que los pregoneros gritarían en las plazas.

Los días siguientes, sortearon las olas las telas, las especias, los vinos, la pólvora y las armas. Cajas selladas con encajes de Brujas y otras rotuladas como "Artes", que contenían ejemplares que los libreros de la Plaza Mayor colocarían en sus listas de espera: trescientas Gramáticas de Nebrija para aprender latín, diecinueve Cicerón y cuarenta Virgilios, todos permitidos por el tribunal eclesiástico, regulador del pensamiento novohispano.

Libros de oraciones y florilegios, compendios y antologías imprescindibles para el apoyo espiritual iban envueltos junto a ejemplares de novela pastoril y una multitud de textos en italiano y francés sin autor, con cada atado. El "Index Librorum Prohibitorum" marcaba la pauta de lectura para toda la cristiandad latina, detenía a los demonios protestantes y enlistaba al polaco Copérnico, al italiano Galileo y hasta a algunas obras piadosas. Pero ahí estaban, llegando de Europa, aunque el índice los prohibiera. Títulos que omitían autores o en idiomas que las autoridades novohispanas no dominaban, ocultos en cajas de hilos finos, botonaduras y tafetanes; clandestinos, veleidosos, llevando las ideas ilustradas a la América, secretamente.

En estos días la ciudad no dormía, el arribo de las naves era motivo de júbilo y en la oscuridad algún buque entregaba a la noche toneles y cajas y hasta algunos pasajeros de sangre sucia y mala nota, que se escurrían en las sombras para buscar el norte de las minas, en donde borrarían su pasado y reescribirían su destino.

Este era el flujo que Alonso debía dominar y los contactos debían comenzar en las tabernas, que estiraban sus brazos para llamar a la juerga. Durante semanas habían acumulado viandas, mujeres y vino a raudales, para ofrecerlos a las tripulaciones, en tablones al interior o al aire libre. Los matorrales enjutos cobijaban el sueño de los trasnochados y los bancos de arena recibían el cariño reprimido que aquí encontraba desahogo, tras el viaje.

Las apuestas de naipes, con reyes de indumentaria medieval impresos, decidían el destino de una carga que aún no había pisado tierra o la propiedad de un bozal. La copa de Baco, la espada de Marte y el basto de Saturno decidían quién habría de quedarse con José, de diecisiete años, que bajaría la rampa del barco temblando, para hacer realidad los rumores de su aldea acerca del gusto de los europeos por la carne humana. El harapo, lleno de vómito y heces que cubría sus partes íntimas se desprendería antes de bajar y su cuerpo sería tallado con fruición. La madeja de fibras lo dejaría reluciente y el aceite haría brillar su piel.

Los hacendados de los alrededores llegaban con unos días de ventaja, esperando las primeras cargas, entregados a las apuestas, derrochando destilados de caña de azúcar y tabaco. Sus capataces, negros verdugos, maestros en el manejo del látigo, que supervisaban la siembra y el corte en sus tierras, habían venido guardando al amo de los salteadores de caminos.

Llegaban de Punta Delgada o Alto Lucero, de Almolonga, Jalapa y Actopan. Los verseros harían ligera la espera de herramientas e instrumentos de labranza ligera. Los marinos, labradores muchos cuando en tierra firme, llevaban siempre a la mano piezas de hierro que podían vender fácilmente al desembarco. Los capataces negros habían aprendido a dominar el hierro en las fraguas y replicarían las nuevas herramientas.

Pero en esta tregua se emborracharían a la par de ellos, disputándose a las negras fandangueras, que aprovechaban estos días de fortuna multiplicándose en camastros y arena, añadiendo al baile en tablado de día y vendiendo horas de compañía por las noches, que entretenían más que el chasquido de sus castañuelas.

El calor y los cantos de apareamiento de los miles de pájaros bordeando la selva contagiaban a todos por igual. Alonso, entregado al convite, a los contactos y a la vida del puerto, comenzó a entender mejor el castellano quebrado de negros y mulatos de toda catadura, tan bruto como la última miel de la hervida de caña, decantada en vasos cónicos de barro.

A mediodía, mirando el mar, el rubio Alonso se divertía con el fanfarroneo de los negros herreros y su manejo del temple. Tenían a su cargo los metales para el corte y la zafra y tonteando con sus imitaciones y gracejos, escupía el suelo como ellos. Así comprendió los resortes que articulaban al Nuevo Mundo. Ahí estaba, con ellos, mientras los insectos merodeaban los cortes de carne que bullían en el caldo en el traspatio, ocultando el matiz verdoso que el calor rápidamente producía.

Ahí estaban también los indios, silenciosos, curando con ungüentos las patas de las mulas heridas y vigilando los atados de tabaco en rama que traía la arriería, empacado en petates, y a lomos desde la serranía para duplicar su precio en la Villa durante esos días. Domaban al hambre, alborotada por los olores de las cocinas, masticando cabos de caña, mientras respondían desconfiados las preguntas de Alonso con una sonrisa ensayada, que él había aprendido a distinguir.

Los árboles tiraban fruta, alimento de los indios, que dejaban a los pájaros la más magullada, que martajaban a picotazos. Esperando a los amos afuera, ya sin carga, acomodaban ramas secas para hervir puños de frijol y maíz para el sustento. Sus frentes perladas por el sudor de la costa mantenían la vista baja con las preguntas de Alonso, lagrimeando con el humo y esperando a que el patrón terminara la juerga.

Relataban brevemente historias del corte de caña, que rajaba la piel de sus brazos y, sentados en cuclillas, ocultaban entre sus ropas de manta cicatrices de látigo y molienda, de miembros y falanges mutilados, perdidos al introducir las jugosas varas en los molinos que exprimían el bagazo.

A diferencia de los negros, su silencio callaba los modos de hervir, sedimentar y colar. Trabajaban las cañas hasta que el polvillo claro se alistaba en costales de jarcia, convertido en azúcar rubio, y de vez en cuando sus ropas holgadas escondían terrones del asiento oscuro que robaban para endulzar la infusión de hierbas que cocían a ras del suelo.

Con tantos Maestros de Oficio y campesinos ocupando la villa temporalmente, Alonso García meditó en que la sola alcurnia de sus antepasados y su condición de español puro de la Península, no servirían de mucho aquí para ganarse el pan sin saber trabajar.

Podía ir y venir a su antojo en la barcaza que cruzaba el trecho de mar, pues se había amistado con Sebastián, el negro remero, y mientras duraba la marea de la descarga, podría ganar unos reales como lo había hecho en las atarazanas de Sevilla. Cuando la Flota partiera de nuevo, la villa regresaría al tedio de siempre y se estaba dando cuenta que la fortuna en las Indias no se hacía nada más con recomendaciones, astucia, una enorme sonrisa y don de gentes.

El negro remero, de uñas largas y mugrientas, se burlaba de su semblante cada vez que cruzaban a Ulúa y entonces Alonso exageraba el mareo falso, bajaba y se detenía de las oxidadas cadenas y fingía vomitar las entrañas, mientras el negro se deshacía en risas.

Esa bemba grande y gruesa, apretada a golpes, reía, cándida, con los divertimentos más simples. Toda su vida había sido esclavo de un usurero, Comandante de Buque, que arrastraba una pierna inservible. Viejo, prematuro de amargura, había contraído disentería y Sebastián cuidó sus fiebres con lágrimas hasta que, en un momento de lucidez, sintiendo la muerte, mandó llamar al notario, liberando al esclavo.

Cuando se halló libre, el negro Sebastián rodó un par de años en el puerto, sin atreverse a salir más allá del único lugar que conocía. No era un viejo, pero no tenía a dónde ir. Un remero anciano le había enseñado el oficio y, cuando el remero murió también y Sebastián ocupó su plaza, no hubo nadie para disputarla.

En octubre partiría el último grupo hacia la capital. El negro siguió a Alonso hasta la venta que lo hospedaba, en una conversación de monosílabos, desconfiando, como siempre se hace de los blancos. Quedaron de verse al día siguiente. Llegarían barcos de Cádiz en un par de semanas y había un último cargamento de Sevilla por descargar. Ahí estuvo al amanecer el negro, para emplearse ambos, esperando tras las azaleas, mascando tabaco, sonriendo y devorando las eses de cada palabra, igual que los negros de Triana:

–¿Ya etá uté lito y bueno pa'la barca?.

Trabajaron todo el día. Alonso debía decidir por dónde empezar. Había riqueza, llegaba el vino y el aguardiente, pero en los cientos de tibores no había visto más aceite que el que brillaba en las pieles de los negros. Lo asaltaban las dudas y las preguntas, que a veces formulaba al negro en voz alta:

¿Sería verdad la riqueza del Palacio del Virrey? ¿Dónde podría contactar a los comerciantes de aceite? ¿Era plata de ley aquella de las hebillas y los cintos? ¿Dónde estarían las mansiones de los comerciantes más ilustres, en Puebla o en México? ¿Todo un barco de azogue sólo para el consumo de una mina? ¿Cuán frío es el camino que cruza la cordillera, de faldas blancas de nieve? ¿Conocía él mismo la nieve?

El negro trataba siempre de responder. Había escuchado mil historias en el puerto, desde niño, sabía de todos los tránsitos hacia México, pero nunca había dejado el caserío y terminaba rascándose la oreja cuando se le agotaban las respuestas.

Las ansiadas conexiones para colocar el aceite tendrían que esperar. Esta tierra era pródiga por sí misma, concluyó tendido en el jergón, juntando los retazos de todas las conversaciones que recogió. Los frailes estaban aprendiendo bien la lección.

La fuerza intelectual que dio a la Contrarreforma, su desempeño misionero en Oriente y la productividad de sus haciendas, hacían de la Compañía de Jesús un dechado de virtudes que con esfuerzos, trabajadores y esclavos sostenía los negocios de sus colegios y noviciados. Pláticas interminables le habían confirmado a Alonso que el aceite y otros objetos se estaban produciendo ya localmente. El esfuerzo americano haría todo cuanto estuviera en sus manos para que la Corona no frenase la producción y miles de sarmientos de olivo ya estaban prosperando en este clima.

Como la caña, los olivos locales iban en camino de ser un éxito. Se sembraba en los conventos de otras órdenes, pero los jesuitas tenían las haciendas más prósperas y organizadas y estaban solicitando licencia para fletar un barco y proveerse de esclavos de Guinea.

En el mesón, un portugués se jactaba de cuán pronto prescindirían totalmente de todo lo español. Nueva España consumía alarmantemente menos azúcar canaria, prefiriendo la de los cañaverales de Veracruz y la tórrida Cuernavaca. Ahora que los reinos de Portugal y España estaban unidos, Brasil estaba haciendo lo mismo, a pesar de cuánto excitaban con ello los celos de la metrópoli.

Alonso debía decidir qué rumbo tomar. Las minas de plata eran el espejismo frecuente en el relato de las Indias, pero los escasos reales en sus bolsillos y tantas leguas de distancia lo trajeron a una realidad más inmediata. ¿Haciendas azucareras? ¿tabaco?, y en última instancia, ¿de olivo y aceitunas? Pronto abandonarían la Villa los comerciantes, con decenas de mulas cargadas, huyendo del calor infernal y las nubes de mosquitos. Unírseles parecía ser su primera opción, la más cercana.

El recuerdo fugaz de los Salazar y Miranda, que escuchaban arrobados en cada cena cómo los difuntos abuelos de Alonso lo habían criado en un férreo espíritu industrioso, le hicieron sonreír. Le parecía una travesura que unas cuantas palabras bien dichas despertaran asombro y confirmaran lo que la gente en sus corazones ansiaba creer.

No contó aquellas noches cuánto le conflictuaban todavía sus antepasados y su fortuna perdida ante su opción por los pobres. Había llevado una vida de carencias y sus abuelos habían muerto en la promesa de que las riquezas del cielo eran mucho más preciosas, eternas e invaluables.

El cristianismo en el que lo criaron cumplía ante los vecinos, pero en la intimidad, su abuela seguía lavando escrupulosamente las verduras de hoja, evitaba el cerdo y los mariscos y jamás se utilizaba un recipiente que tocara queso o leche para otros alimentos. Habían perdido los ritos, pero las costumbres alimenticias les eran imprescindibles, los hacía especiales, separados del resto. Alonso respiraba en estas pequeñas prácticas un orgullo confuso e ignoraba su procedencia. Nadie se había atrevido jamás a mencionar la religión de Abraham en esa casa.

No se sentía de ninguna parte. Era un español apuesto, criado sin saberlo en las costumbres de las tribus de Israel. La abuela afirmaba que todos los demás pueblos pasan, pero que el espíritu de los suyos permanecería, pues los ha visto pasar a todos, sin mencionar quiénes eran aquellos que llamaba "los suyos". Así aprendió a fundirse en el paisaje, hasta que descubrió que la conversación era uno de sus encantos. Lo habían rechazado en la escuela de marinería y esta cualidad le permitió el paso a las Indias, con mi padre.

Nuestra alianza matrimonial, Alonso, cristalizó a través de ese encanto y el embeleso de tus manos, describiendo borrascas y sobreviviendo a naufragios en viajes en los que nunca te habías embarcado. Con el acuerdo, nada fue más urgente que dejar a un lado los sacos de canela y polvo de jengibre al hombro, que perfumaron tus jornales para partir. Dios no da moneda, pero hace modos y manera.

Yo había conocido ansiosa el semblante de quien había declarado a Padre sus pretensiones y él sólo quería asegurarse que Alonso era el intermediario indicado. Después de ser nuestro invitado varias noches, su porte y sus modales ejercieron su fascinación y yo me convencí de que padre, a fin de cuentas, quería realmente lo mejor para mí, al encontrar tan inesperado candidato.

La noche en que murió el Rey Felipe III, "El Piadoso", indolente y enfermizo, Padre supo que pronto terminaría por caer nuestro mundo y en una sobremesa se pactaron nuestros esponsales.

El aceite de las lámparas de plata labrada de las Indias, de piedra bezoar y perlas engastadas, brilló en la estancia espléndidamente cuando Alonso se despidió la última noche de su prometida. El rubor había apagado la voz tímida de Mariana y la despedida fue muy breve. ¿A dónde irías, Alonso, a dónde?

El negro Sebastián, tan amistado, trataba de convencerte de embarcarte en el "Santa María de las Ánimas" hacia Cartagena, con los atados de sedas y martabanes de Filipinas que venían de Acapulco, pero tú rehusaste embarcarte. No querías volver a saber nada de mareos. Los peces voladores y los de cuchilla en lomo habían sido parte de las maravillas que te mantuvieron las primeras semanas rumbo a las Indias, pero la náusea te había encerrado por todo el resto del viaje.

Deseando arrojarte a las aguas para acabar con el suplicio, que no repetirías, condenabas las exageraciones de los colonos españoles. ¡Cada fortuna costaba en realidad sangre y lágrimas, enfermedad, una enorme entereza y toda la fe posible en los cielos para sobrevivir en esta tierra insalubre!

"Nuestra Señora de la Almudena" acababa de descargar y Francisco de la Cueva, autorizado por la Real Almoneda a subir a la ciudad de México desde el Puerto de Veracruz" ciento dieciocho cajones de azogue de Su Majestad, que llegaron en la Flota", debía volver con toda diligencia. La salida se había demorado una semana, pues una decena de cargadores comenzaron con fiebres y vómitos y algunos indios se les estaban muriendo por el clima malsano.

El mercurio, extraído de las milenarias minas de Almadén, al norte de Toledo, llevaba ya retraso en su ruta y ahora que las mulas estaban cargadas, saldría, sin detenerse, aceptando con fastidio que les faltarían hombres.

Esta sí que sería su oportunidad. Habían pasado semanas juntos y jamás había reído el negro tanto como en esos breves días. Sus cincuenta años atado al Capitán lo habían marchitado y el entusiasmo contagioso y las ocurrencias de Alonso lo habían vuelto a la vida.

—¿Qué decís, prieto? ¡El azogue!

Sin nada que perder, entornó los ojos y mirando al suelo dijo con voz decidida:

—¿Y si le llevo a usté' el jubón y las calzas, de veras me llevaría consigo?

Pactaron su partida con el grupo cuando los carretones estaban listos y, por consejo del remero fueron a agradecer a San Sebastián, el mártir que ofreció su torso a las saetas, su fortuna, hincados en la ermita, aderezada a expensas de una vieja mulata habanera. La paga era buena, permanecerían vigilando la carga en las noches durante todo el trayecto, evitando reventarse las manos cargando al unirse a la caravana a punto de partir.

Alonso declaró en la Casa de Contratación del puerto su próximo destino y recibió el visto bueno para adentrarse en las entrañas del reino, ofreciendo el domicilio de Don Francisco de la Cueva como referencia de su paradero.

La oscuridad previa al amanecer ocultó su paso por las cocinas. El atado con sus pertenencias rozó la falda de una de las indias del mesón que había tratado de buscarle conversación a solas. En el marco de la puerta, bregando con un cajón de verduras, la india le sonrió por última vez, escondiendo el desencanto que le ocasionaba con su partida. Sebastián remató su vieja barquilla de pasajeros al mulato que organizaba a los remeros. Ni siquiera contó los reales, que puso con el resto de las monedas que colgaban de su cintura.

El rumor de las olas los encontró uniéndose a los preparativos, atando monturas todavía en la oscuridad. Pararían en Cotaxtla a media tarde, antes de enfilar hacia el valle de Orizaba. El cauce del Atoyac refrescaría a todos del calor del puerto y las mulas, el bien más preciado en los caminos, tendrían un descanso, pues sufrirían lo indecible en el ascenso a las grandes montañas. Sesenta bestias y el carretero, un indio tostado y fuerte, al mando de los carretones, junto al arriero dueño de la recua, irían certificando la ruta, los cruces, atajos y desviaciones.

Se habían desecho de la ropa de algodón, harina, tocinos y otros alimentos que traían para el matalotaje de las naves. Abastecerse en Puebla y Córdoba era más barato que en México y ahorraba a las mulas esfuerzo. Con el azogue de su Majestad, varios jerezanos llevaban docenas de pistoletes embalados comprados a los marinos y cuando despuntó el alba, partieron.

Don Francisco de la Cueva se había hecho de varios indios chichimecas y algunos habían enfermado, aunque no se doblegaban ni ante el trabajo más rudo. Conocedores de los caminos, de las crecidas y sus peligros, viajaban con sus mujeres, que los procuraban en todo. Las indias eran prácticas y no se andaban con remilgos. Camino al puerto, en cuanto la brisa del trópico comenzaba a sentirse, se despojaban de la ropa gruesa que habían usado en la sierra y continuaban el viaje ligeras, acostumbradas como estaban al calor seco del norte.

Los ojos del negro Sebastián se habían acostumbrado a la semidesnudez de los indios que pululaban en el puerto y en cuanto enfilaron por el Camino Real, las mujeres volvieron a desnudarse, sin reparar en quienes las observaban con disimulo. Una túnica corta de algodón sujeta con una faja bordada primorosamente, cubría apenas sus partes y las que hacían vida marital con los indios punteros, cabalgaban pegadas a sus hombres, humedeciendo las monturas de sudores y líquidos.

Tres maderas fuertes, ligadas transversalmente, ayuntaban a los animales de carga, y dos ruedas pequeñas giraban en el engaste para engancharse a la carreta.

Hábiles para reparar los ejes y continuar el camino, los indios eran indispensables. Cuando caía la noche se perdían con sus mujeres en la maleza, silenciosos, para cocinar las presas ocasionales que habían conseguido, limpiando la sangre del filo de pedernal con la yerba del camino. Sus infaltables talegas de maíz, frijol y chile los apartaban del grupo, en su propia fogata nocturna, que despedía aromas de banquete.

Sebastián y Alonso tenían la dura tarea de pasar la noche vigilando de los salteadores de caminos. Estaban armados y advertidos de dar la alerta al menor ruido. Aunque el arriero raramente empleaba a desconocidos, la premura de la entrega sucumbió ante el encanto de Alonso.

En Cotaxtla, llenaron odres y guajes con toda el agua dulce que pudieron. Al iniciar el ascenso a las cumbres, tendrían que esperar el arroyo principal para reabastecerse. La primera noche, los ruidos de la selva y el silencio trajeron al negro Sebastián algunos recuerdos. De nación bamileke, había abrazado dócilmente las costumbres del Comandante de Buque, que lo había comprado siendo un niño. Había sido su único amo y el español sobrevivía multiplicando una pequeña fortuna prestándola a rédito. Pasaba los días en la veranda, renqueando y sobando la pierna inútil con la vista perdida, apático a todo estímulo, ocupando al negro para las cobranzas y mandados.

Lo había iniciado en todos los aspectos de su vida. En todos. Y él se había encariñado con esa manera de vivir, la única que conocía, a pesar de los regaños despiadados que habían ido borrando de su memoria la espesura de su aldea y el río abundante en camarones, suplantándolos por esta selva fuerte que abrazaba la villa y había sido su casa desde siempre.

Se había acostumbrado a ser invisible. El niño que fue, corriendo desnudo a orillas del agua, contando las lunas faltantes

> Lo había iniciado en todos los aspectos de su vida. En todos.

para probar su bravura, se había transformado en un esclavo silencioso y obediente. A la muerte del comandante, le costó varios días aceptar que era libre y que debía emprender el vuelo. Cayó en la cuenta de que era posible que la remota familia de la que siempre hablaba el español podría cruzar el mar y reclamar como suya esa construcción, mitad tablas y tejamanil, chorreada de humedades.

Con su carta de libertad, condicionada a cuidar al amo hasta su muerte, el negro abandonó la casa y emprendió entonces una carrera que lo dejó sin aliento, con la piel erizada por el miedo, hasta que acabó durmiendo en los muelles del puerto. Se había extinguido toda obligación contraída.

¡Por fin era libre! Escondido durante meses, el instinto le dijo que sólo entre los suyos podría pasar desapercibido, no fuera a retractarse el Señor Notario y a reclamarle de nuevo como posesión de aquella familia que jamás cruzaría los mares, pues no existía.

Junto a Alonso, en la caravana, la sal del mar se iba quedando atrás, junto con aquel miedo y los recuerdos. Cada aroma del sendero le prevenía de volver la vista atrás y al atardecer, cuando comprendió que la distancia de por medio lo haría inalcanzable, su sudor se mezcló con hilos de lágrimas suaves, que lloraban de alegría por esta decisión, que nunca estimó tardía.

Comenzó a silbar una copla y con aquella sonrisa brillante que le dio el oficio de la balsa, jaló la punta del chaleco de brocado de Alonso, haciéndole una seña para que por fin se decidiera a desarroparse. Aquí en la selva ardiente, en medio de arrieros y cargadores, no había necesidad de fingir abolengo, ni ser caballero, ni hidalgo.

La humedad y el calor disminuyeron un poco cuando unos días después alcanzaron la planicie cafetalera, que se abrió como una flor. Había siete hospederías antes de llegar a Orizaba, pero la premura del arriero Don Francisco había ordenado dormir por turnos, cabalgando y sin parar, reventando a las mulas, si era preciso, para compensar el tiempo perdido.

La vista del fértil valle pintaba caseríos de indios que habían sido reducidos y traídos de muchas partes, formando pueblo. Descansarían del lado español. Alonso, débil, venía usando la espalda de Sebastián como almohada y despertando como un doncel sus ojos se abrieron para comprobar la extensión de toda esta tierra cultivada. Para Sebastián, ésta fue la primera vez que pudo contar árboles frutales y plantíos de caña hasta que los dedos se le terminaron. Había oído exaltar la riqueza de la Nueva España por años y creyó que moriría antes que constatar si todo aquello que se contaba eran sólo palabras llanas.

San Miguel de Orizaba de los españoles estaba plenamente separada de la de los indios y el torrente que iniciaba parecía arrastrarlo todo. Se detuvieron, empapados, cuando el vocerío corrió entre la caravana, anunciando que junto al molino de azúcar de "San Juan Bautista" estaba el hostal mejor atendido. Dejarían a los indios punteros a la entrada y Don Francisco pagaría la noche sólo a los españoles que venían con el grupo. Los indios se las arreglarían solos, con los suyos, como siempre.

"San Juan Bautista", pujante hacienda azucarera desde el siglo anterior era propiedad de los herederos del Virrey de Mendoza. Sus sucesores habían continuado las obras que había iniciado el Virrey, transformando el Valle, sus trapiches aprovechaban el cauce del Oztotícpac y sus aguas, otorgadas en merced, irrigaban el resto de las industrias de españoles en torno, a cambio de favores de paso y cesiones de franjas de tierra que iban engrosando sus posesiones.

La rusticidad de la Veracruz contrastaba con este verde valle, verdadera ciudad, dotado de archivo y Escribanía Pública y un templo franciscano dedicado a Nuestro Señor del Calvario, desde donde todo fundo legal se medía, contado en varas, en línea recta. A partir de la iglesia se disponían la traza de caminos en todas direcciones y las casas de cal y canto.

Aquí, todas las empresas estaban a cargo de los descendientes del Virrey: el molino, los hornos de pan, los potreros y las extensas tierras de agricultura. El primer conde del Valle de Orizaba y una docena de españoles de rancio abolengo habían conseguido toda clase de mercedes desde el siglo anterior.

Cuando la lluvia cesó, comprobaron que el ganado mayor dominaba la vista. Puñados de negros cubiertos de barro apacentaban rebaños a ambos lados del camino. La tierra mojada se había llevado brevemente el tufillo de la curtiduría, que vertía sus desperdicios en el río, al final del Valle.

Hospedados en la venta, supieron que los campos apacibles encubrían una fiera lucha por los derechos de estas tierras. Don Rodrigo de Viveros seguía adquiriendo varas de llanos ociosos en las afueras; algunos eran tierras de indios que alegaban sus derechos con cartas, oficios y títulos primordiales que detallaban linderos y extensiones. Mientras los indios esperaban hasta dos generaciones el resultado de los litigios, la gente de Don Rodrigo de inmediato desmontaba la tierra y en menos de un año ya estaba produciendo. Sus dominios alcanzaban la barranca de Metlac y con tal extensión de tierra, había decidido rentar parcelas a algunos indios caciques para cultivar tabaco con éxito.

El arriendo y la juventud del mercado de los tabacos voltearía reveses al Conde, que adquiriría todas las cosechas. Los indígenas tenían al menos un pedazo de tierra para cultivar, además de las jornadas obligadas en la hacienda y el pago extra por desmontar y sembrar las nuevas tierras. Eran privilegiados, frente a la situación de las poblaciones vecinas.

La primera cosecha de aceituna, la nueva empresa de Don Rodrigo, había tomado siete años, desde los primeros esquijes. La ladera era una promesa que todavía mantenía en secreto y los esclavistas que traían negros de Cuba, lo estaban convenciendo de intentar cultivar las bayas rojas del café y ya decidiría, distraído por el aroma del pan cociéndose, que perfumaba sus pensamientos con la lluvia allá afuera.

La Orizaba de los indios era una república con su propio ayuntamiento y tierras de comunidad. Había rumores de que para la oliva había un mercado tan grande que el fértil Valle pronto recibiría la categoría de Villa, tardía pues era grande su importancia como paso de todos los viajeros hacia el centro. Pasarían aquí un par de días para que la mulería recuperara las fuerzas antes del siguiente trote en ascenso a las cumbres.

La docena de esclavos nuevos que acompañaba al convoy, comprados en Veracruz, dejó de tiritar cuando se echaron junto a las mulas, al atardecer. Pasarían la noche en un granero que se alquilaba para el descanso de los animales. Los chubascos nublaban el horizonte y, sin ropa adecuada, rogaban a sus amos volver al puerto. Prometían a voces servirles mejor ahí, sin rezongos, en el trópico acogedor y benigno, jurándolo por su Madre, la Santísima Virgen y renegando de su suerte.

Eran bozales que habían venido del África cálida e ignoraban que más allá del valle, subiendo las sierras ásperas de pinos, estaba el frío. Alonso desmontó a las puertas de la venta, sintiendo la helada lluvia en sus pulmones andaluces, que desconocían los vientos gélidos, mientras el holandés de mejillas rojas que se les unió, en camino a Puebla, se burlaba de la temperatura.

Sebastián sacó la chaqueta raída de su viejo capitán, el único hurto al que se atrevió antes de la partida, y suspiró con nostalgia al percibir el olor a tabaco fuerte que jamás abandonaría la prenda. Cayeron rendidos.

En la madrugada, Alonso tiritaba y tosía, y el negro, sin decir una palabra, salió a buscar con las indias un cocimiento amargo que le obligó a beber mientras echaba sobre su cuerpo sacos de café para calentarlo. El día siguiente amaneció nublado y el negro pasó el día conociendo toda la comarca a pie. Era libre. Regresó al mediodía sólo para constatar que el resfrío de Alonso se había tornado inquietante. Tosía imaginando que San Fernando bajaba a trompicones del escudo de piedra que adornaba el Postigo del Aceite, allá en Sevilla, y le reprochaba amargamente no haber desposado a Mariana, la doncella que con cada golpe de ola suspiraba por su rostro, mirando el Guadalquivir.

Al tercer día, el oro soberbio que despuntó en la mañana despejada avisó a los viajantes que debían prepararse para continuar. Sebastián vistió a Alonso metiendo entre sus ropas jirones de los sacos que lo resguardaron y pactó con el holandés intercambiar su mula para que se recostara a lomos durante el viaje.

Esperando la mejora del convaleciente había oído todo sobre el café, el tabaco y los olivos en Orizaba, y en cuanto el amo Alonso estuviera mejor trazarían un plan que cambiaría su fortuna. Tenía información tan valiosa que se sentía orgulloso de que le hubiera pedido acompañarlo en su ruta de aventuras.

Amarrado a la montura para no caerse, Alonso discutía en sueños sobre sus derechos y su legitimidad. Los abuelos siempre habían criticado a todos esos hidalgos que se enredaban en discusiones interminables: la probanza decía que los Mier eran hidalgos de sangre, pero los Ribera, todos varones, habían heredado la hidalguía de braguea, manteniendo caballo y armas, prestos al llamado de guerra de su Rey. Pero, Alonso... ¿Alonso quién era? A ratos despertaba, preguntando a Sebastián si por fin la Universidad lo había admitido. La helada le calaba hasta los huesos. -"¡Cúbreme, Sebastián, que tengo frío."

Luego veía venir un barril de aceite goteando, encharcándolo todo, haciendo a la mula trastabillar en un bosque oleoso para caer de sus lomos por la pendiente, resbalando una y otra y otra vez.

El acarreo del azogue continuaría su marcha inexorable para cruzar las cumbres hasta descender en el Paso de Cortés, el paso del Conquistador. El Real Erario esperaba la carga para refinar la plata para su amonedación y embarque a la Península, y la velocidad de las mulas no perdonarían ni la salud ni el bienestar de nadie.

Sólo la caridad cristiana impidió a los comerciantes dejarlos a la mitad del camino. En cuando terminaran los bosques, sus caminos habrían de separarse.

Alonso nunca sabría que el verano siguiente, la Corona española habría aceptado las gestiones de Cádiz para trasladar todo el comercio a su puerto, mucho más estratégico, que Sevilla. Una puerta al mar que no requería remontar ningún río.

La Corona reforzaría la prohibición formal para plantar vides y olivos en la Nueva España, bajo penas severas y los molinos de aceituna, de piedra de recinto, tendrían un desempeño errático durante este siglo; una pelea continua contra la importación de vino y aceite de la Península que haría incierta la economía.

El aceite puro de olivas para hacer arder la lámpara de tu corazón, Alonso, tendría que esperar un tiempo para verterse y ungir tu frente y tu fortuna.

CAPÍTULO 5
SER INDIA DE LAS AFUERAS
1629

Aquí en la isla de Iztacalco, en la casa de la sal, la casa de los abuelos, soy un canto. En esta pequeña capilla, sobre la que estuvo el templo de Nuestra Señora, desde tiempos inmemoriales, los nuestros han barrido los pisos como cada veintena de días y han aderezado los sencillos nichos de vírgenes y santos, invocando con reverencia y para sus adentros al Corazón de la Tierra.

Desde las alturas, Santa Ana de Belén, madre de la virgen, abuela de Jesucristo y patrona de esta iglesia, de altar limpio y sin mancha, dirige su dulce vista hasta el reclinatorio en el que me encuentro. Su figura esbelta, moldeada en pasta de caña y sus ojos de cristal parecen leer mis pensamientos, que no están aquí, en verdad están en otra parte, vuelan como las aves preciosas que surcan el lago a lo lejos, llevándose mis ruegos hasta la morada de una señora distinta, otra, entrañable, de falda de maíz y pechos abundantes que preside los partos de nuestras mujeres y su salud desde tiempos inmemoriales.

Capilla de visita de frailes franciscanos, este humilde templo mira hacia la orilla celeste que recibió los pasos de los abuelos que vinieron del norte, desde un camino allá en tierra firme, que nace en los volcanes guardianes, allá, hasta donde los culhuas, los de Texcoco, allá a donde se extendían antiguamente nuestros dominios.

Aquí en nuestra isla, que es hermana gemela de la vecina isla de Zacatlamanco, yo recuerdo.

Los tulares soñolientos se inclinan con el viento buscando besar los cercanos islotes vecinos, las salinas, la península de Iztapalapa o el camino a Coyoacán, que se dibuja allá a lo lejos, transitado por carretas de mulas, distantes entre la niebla, en un movimiento lento, silente, sobre el que flota la memoria de los nuestros.

Aquí, en mi isla, camino a la gran Tenochtitlan, se detuvieron los abuelos fundadores, los abuelos de tantos nombres: tenochcas, guiados por el héroe legendario Tenoch, que vinieron de allá, de Aztlán, aztecas.

Aquí, en la isla de Iztacalco, en su gemela, Zacatlamanco, se resguardaron del ataque de los que habían llegado antes, escondidos entre las ciénegas bajas. En verdad ellos habían llegado antes, pero estaba escrito que habríamos de derrotarlos para fundar la ciudad del augurio. Disparando las saetas, semiocultos, los abuelos rogaban porque los dioses les concedieran la victoria en contra de aquellos que simplemente se asentaron antes, hermanos antes, que a pesar del dictado de los dioses los combatieron con fiereza, protegiendo lo que era suyo.

La lluvia de flechas que trataba de detener su avance fue inútil, pues a pesar de todo, se cumplirían los designios revelados para este pueblo elegido. Los nuestros habían recibido la señal, el anuncio, el mandato de establecerse allá donde grita el águila, donde posada en el tunal despliega sus alas hacia los rayos del sol, allá en el centro del lago, a donde nada el pez.

Habíamos llegado en peregrinación y nos detuvimos aquí, en esta isla, buscando cumplir nuestro destino que era fundar la tierra, Tenochtitlan, designio inaplazable, doblegando al enemigo como en la profecía, en un día de estío.

Así lo cuentan los abuelos, que de todos los que emigraron, fuimos nosotros los elegidos, sus herederos. De los doce grupos, fuimos los últimos y así llegamos, así permanecimos aquí, en el centro, en el ombligo de la luna, que en nuestra lengua se dice México, y por lo cual nos llamamos mexicas.

Después, con la llegada de las bestias y los aceros, de los frailes y la otra religión, los vencedores que antes fuimos nos convertimos en los vencidos. Aprendimos la castilla, el idioma de ellos, mientras el náhuatl de los abuelos continuó elaborando discursos, reclamos de tierras y linderos, recuentos y cantos tristes que lloraban nuestra derrota, como hasta hoy.

Somos todo ello. Tenochcas, mexicas, nahuas, mexicanos. Somos también la gentilidad evangelizada, que habita repúblicas de indios que los españoles marcan, y que se postra ante el Rey que domina más allá de los mares.

Somos todo a un tiempo.

A éste, nuestro templo, lo rigen los padres franciscanos. Dos de ellos viven de fijo en el Convento de San Matías y visitan Santa Ana Zacatlamanco algunos domingos y una vez al año bautizan, y entonces mi gente adereza con arcos de mil flores de los macizos que sembramos, los muros de piedra y tezontle. Las piedras que con sus vetas formaron en otro tiempo nuestros templos, dan abrigo y adoración al santo espíritu, que es el mismo que nos trajo hasta esta tierra. El espíritu de nuestro interior.

En sus muros escondimos el caracol del agua y la serpiente que da forma a los surcos. En sus cimientos están nuestros símbolos, lo que somos, y que

> **Tenochcas, mexicas, nahuas, mexicanos. Somos todo a un tiempo.**

perdurará siempre, bendiciendo al espíritu al que dedicamos el templo verdadero que se encuentra bajo este convento. Un edificio de rocas que en otro tiempo se elevaban al cielo, con maestría; construcciones que aspiraban a imitar a las sagradas montañas llevándonos más alto, para que nos escuche el dios, allá en los cielos.

Erigimos cientos de ellos en estas tierras, con bases de cuatro lados, y mis pies todavía recuerdan que bajo este piso de laja hay también atados de años, losas de piedra que cuentan de familias y de sucesos, testigos de nuestra historia. Relatos de tiempo que prueban cómo algunos llegamos aquí, por rutas de tierra y agua, en peregrinación, designados centinelas y asignados aquí, en las islas, para alertar sobre el paso y la entrada de extranjeros y enemigos que venían del norte.

Somos los autores de montañas vigías elevándose en terraplenes que miran hacia abajo, hacia la superficie del lago. Somos del centro y de los cuatro rumbos y desde la cima, desde lo alto, buscamos alcanzar el favor del cielo.

De aquel lugar de privilegio, sólo quedan estas rocas, con las que se ha construido este templo, montado sobre los escombros de aquello que fue derribado, hace ya dos ataduras de cincuenta y dos años; hace dos ciclos de Fuego Nuevo. Los que llegaron después, en grandes barcos, simplemente hicieron lo mismo que hicimos nosotros. Montados en sangre y fuego, llegaron y conquistaron. Tal y como nosotros, antes.

En torno a la albarrada que separa el agua dulce de la laguna de México, del agua salada de la laguna de Texcoco, nací. Mi tierra es fértil gracias al limo del lago con el que fuimos rellenando estacas y carrizos que tejimos, de cuatro lados, siempre de cuatro, confiando su estabilidad a las raíces de un árbol de ahuejote situado al centro, reproduciendo con cada cuadrícula el universo de nuestra imaginación.

Así pues, nosotros, los de aquí, somos isla, guardianes, pantano, vigías, cañaveral y tierra firme que echa raíces hasta el fondo milenario de las aguas.

La mayordomía de fieles se encarga de que la entrada del templo esté galana siempre. Monta arcos de juncia y retoños nuevos, sartales de semillas y frutos de la tierra, que invocan la abundancia, la fecundidad y aseguran así el favor de la naturaleza, nuestra Madre. De aquellos días que aún se cuentan, cuando nuestro pueblo era pueblo principal, hoy solo queda la juncia y la sal.

Doña Eugenia de Olmedo, cacica, que así me llaman, llora aquí el pasado, las cuentas de jade precioso, días que formaron collares que adornaron mi cuello, que marcaron sucesos, familias, victorias y alianzas formadas por mandato divino. Las cuentas son hoy lágrimas, filigrana que no encuentra al esposo a su lado. Estirpe que no continuará lo nuestro, otro motivo más para anegarse en llanto.

Aquí, a los pies de Cristo crucificado, sangrante, doliente, moldeado como María, su Madre, en pasta de maíz, nuestro sustento, soy un canto triste, blanco como la sal que decanta mi pueblo, que llora a los que han muerto, que se han ido ya a su casa, de donde no hay regreso, a donde nos vamos por completo.

¡Ojalá pudieran llevarse a aquella lejana casa nuestras flores, nuestros cantos!

Soy Eugenia, esposa de Miguel Mauricio, indio principal del linaje tepaneca; de los canteros de Coyoacán, de aquellos que llegaron antes que nosotros. Nuestra unión la decidieron los abuelos, que disfrutaban del favor de los frailes de Tlatelolco, donde antaño se había preparado en política a los caciques para gobernar a los pueblos de indios, como Coyoacán, su tierra, principalísima, entre ellos.

Hijo de cacique, Miguel Mauricio había ingresado al Colegio Imperial de la Santa Cruz de Tlatelolco siendo un niño, hasta que fueron suyas la retórica, la gramática, la lógica y el latín. Su barrio, como el mío, se habían roto en mil partes con la última epidemia y ante el horror de las balsas y carretas llenas de cuerpos deformes y enjutos, los frailes sólo pudieron encontrar explicación en el castigo de la mano dura de Dios.

El puñado de aventureros que buscaban fortuna ignoraba que la peste que traían consigo sería la causa de tanto estrago; no sabían cómo se llenaría la tierra, ni cuánta mortandad produciría la enfermedad, que ahora rondaba los pueblos de los nuestros como una sombra funesta. En los años de hemorragias, fiebres y disentería se obligaba al encierro y los internos allá quedaban, tras los muros del Colegio, para evitar que la muerte los alcanzara. Lo mejor de su adolescencia transcurrió ahí, adentro, mientras que afuera, los que no morían, se deshacían en suspiros.

Llevábamos cien años soportando el traslado forzoso a haciendas lejanas y estancias donde era menester nuestro trabajo, nuestros hombros, nuestras manos. Desterrados por la Corona, no hallábamos aún cómo recomponernos y allá en el encierro, en Tlatelolco, Miguel Mauricio se estaba haciendo un hombre.

Cuando la tempestad de la epidemia fue vencida y los que venían de villas lejanas obtuvieron permiso para salir, se concertaron alianzas matrimoniales que dieran hijos, muchos, que se reestableciera el número de los nuestros, tantos como las estrellas. Allá en Tlatelolco irían después a formarse caciques, a tratar de ilustrar los libros de pinturas, a instruirse en las artes, con la esperanza de continuar las causas que defendieran a los nuestros, luchando hasta el último aliento. Así lo hicimos nosotros, los de aquí, los que somos isla, guardianes, pantano, vigías.

Miguel Mauricio, indio como yo, se había educado en lo mejor de la castellanía, cuando el Colegio Imperial constató en el encierro lo que los nuestros supieron desde el día de su nacimiento, cuando leyeron su futuro, su destino. Que su oficio estaba cifrado en los augurios, que apuntaron a lo cierto, al dominio de la proporción y el balance, al despliegue de las sombras y los matices aplicados al espacio inmaculado de un lienzo o un trozo de madera, invadido por el filo del buril. Toda la geometría de las artes, volcada en extensiones de cedro sin vida, estaba ahora al servicio de los frailes y el mensaje evangélico también saldría de las manos de mi esposo, que le conquistaron el título de ser el mejor artesano de su tiempo.

> Miguel Mauricio, indio como yo, se había educado en lo mejor de la castellanía.

Después de infinitas disputas, algunas de carácter teológico, el Colegio Imperial de Tlatelolco había abandonado el ensueño de ordenar sacerdotes indígenas educados por la orden franciscana que lo presidía. Con el nuevo siglo, los frailes se disputaban con el arzobispado las repúblicas de indios.

En un giro del destino, las autoridades eclesiásticas restringieron la orden sacerdotal a los hijos de españoles, dejando a los indios al entrenamiento en las artes.

De aquellos conversos al cristianismo del siglo anterior, que realizaron deslumbrantes obras de medicina, botánica y terapéutica, en nuestros idiomas y en castellano, sólo quedaban unos pocos, todos ya viejos. En el claustro seguían en el empeño de entreverar el mundo español con el nuestro, trayendo a cada obra la tinta roja y la tinta negra, nuestro conocimiento, nuestro orgullo, en las finas destrezas que apoyaban la causa divina.

Así creció Miguel Mauricio, de familia de pedreros, que en el Colegio trasladó los secretos de la escultura en cantera a los suaves contornos de la madera, regocijándose en sus habilidades, convertidas en relieves que consolidaban nuestra fe joven y nueva.

Para este tiempo, los frailes ya habían abandonado las conversaciones con los sabios, que recopilaron los conocimientos de los nuestros, que estimaron más apreciables, a pesar del aire de idolatría que impregnaba su juicio. Un intercambio breve, sin precedentes, polémico, que se fue relegando con cada epidemia.

La peste con la que abrió el nuevo siglo, el diecisiete, sería la herida de muerte que traería el ocaso del Colegio. Pero, en sus mejores años, nuestros artistas habían demostrado ahí su habilidad de cartógrafos, pintando delicados mapas e islarios que se habían enviado a su Majestad para darle una idea de la magnitud de sus posesiones. Lagos, caminos, albarradones que son diques, montañas y ríos, reproducidos con primor y detalle, llegaron a la Corte en las naves de vuelta de las Indias, junto con los tratados que enseñaban el conocimiento, anotados en náhuatl, latín y castellano.

Los sabios alcanzaron a explicar a los frailes eruditos algunos de nuestros misterios, las listas de linajes que confirmaban nuestra preeminencia, los movimientos del cosmos y los ciclos del calendario, los rituales y los dioses, las propiedades de las plantas y los modos de gobernar en una serie de volúmenes, profusamente ilustrados, con miles de pequeñas láminas.

Tanto interés despertó en los religiosos lo nuestro, que los manuscritos continuaban redactándose aún si el fraile compilador era trasladado obligadamente a otras latitudes por demandas de la evangelización. El contenido de sus crónicas se enriquecía en sus nuevas sedes, de una doctrina a otra, de una cabecera a otra.

Cada libro en proceso era llevado por las órdenes, franciscanos, dominicos o agustinos, con la misma reverencia con la que nosotros trasladábamos los bultos de grandeza que resguardaban la talla de nuestro dios tutelar, compañero de peregrinaciones y consuelo sagrado que todavía daba sentido a nuestras familias.

Como a Miguel, a los indígenas que colaboraron con ellos, les llamaban latinos, con una mezcla de respeto y vacilación. Eran indígenas que vestían traje a la española, que relataron en nuestras lenguas y tradujeron al castellano y al latín, cuánto más pudieron y les fue permitido. La mirada entendida de los religiosos, que luchaban por acallar su asombro en cada coloquio, en cada discurso, y el celo doctrinal con el que nos juzgaban, atizaba conversaciones interminables, que en la soledad de sus celdas les plantearon preguntas y realidades distintas que jamás imaginaron. Venían de cruzar el océano, allá donde habían sido ordenados, en Ciudad Real, Valencia, Sahagún, Benavente o Gante, en el reino de Flandes.

Pero el sueño fraternal, de comprensión e intercambio con los guardianes de nuestra memoria, fue breve y se tornó imposible, contradictorio a su fe. Igual que las apostemas de la enfermedad se apoderaban de nuestros cuerpos, así consideraron infecto todo lo nuestro. Se prohibió todo intercambio y ya sin nuestras casas de pinturas, destruidas como todo aquello que importaba, sin los que bebieron directamente de la sabiduría de los abuelos, todo se fue perdiendo.

Se alteró el orden mineral y vegetal de los pigmentos. Se usaban animales, cochinilla para pintar flores, o maíz quemado para dibujar los contornos de las aves, incluso las de mal agüero. Se invirtieron los modos, se mezcló un reino con el otro y todo se perdió; la usanza, el pensamiento, la tradición.

Luego, los que quedaron, los sucesores, trabajaron en lienzos y esculturas sólo los temas que prestaban mejor servicio a Dios y a Su Majestad, imbuidos por una fe que se volvió fanatismo. De soñar con ordenar sacerdotes indígenas, se nos fue haciendo a un lado, hasta que las ordenanzas llegaron a prohibir que el que hubiere de ser maestro o fraile, no había de ser de ninguna de nuestras etnias, ni negro, ni mulato. Ser español, cristiano viejo, pasó a ser la categoría principal.

Todo se echó al olvido y vinieron noches de oscuridad. La urgencia del trabajo evangélico se apoyó en la maestría de los nuestros para representar los temas religiosos, los únicos que se tocaban. Así, hubo indígenas entalladores, estofadores y encarnadores, que excedían en ventaja e ingenio a quienes los instruían, bruñendo santos, cristos, vírgenes, pintando los muros de refectorios, pasillos, salones o capillas abiertas, completando obras tan perfectas, tan proporcionadas y expresivas que no había mejores.

Cuando el viento de muerte cesó, se acabaron los brazos para construir los palacios, para sembrar y producir. Los barcos, la pólvora y la enfermedad hicieron en un siglo todo el destrozo. La real y noble Ciudad de México dependía casi por completo de los alimentos que se sembraban en tierra firme y en el puñado de islas que rodeaban la traza. Las frutas y hortalizas llegaban de Coyoacan y Tacuba a través de la Acequia y miles de canoas salvaron del hambre a sus habitantes como sucedió tras el asedio.

Cuando el sol volvió a salir, urgía hermanar a las tierras al centro del agua con las de tierra firme. Así se fijó la unión de Eugenia de Olmedo, hija única heredera de las casas de Iztacalco y Zacatlamanco, las de los islotes de la sal, el zacate y todo género de flores, con Miguel Mauricio, el menor de los hijos del cacique de Teopan, el artista que había nacido en el lugar donde ocurrió la señal del águila en el tunal dictada por el dios.

La ciudad española había sobrepuesto los nombres de los cuatro evangelistas a los cuatro barrios principales que formaban México Tenochtitlan: Cuepopan, Teopan, Atzacoalco y Moyotlan. Los barrios habían sido esos desde el principio y eran para nosotros los extremos simbólicos que juntos representaban el Todo, los cuatro rumbos. Con nuestra unión, San Pablo Teopan, de cara a mis islas, permitiría el paso libre de mercancías a la traza, el corazón de la Nueva España.

Nadie se opuso a nuestro matrimonio. Éramos el último rescoldo de aquella nobleza indígena que a cien años de distancia estaba ayudando a gobernar, con reglas españolas, las parcialidades indígenas de esta parte del mundo.

En nuestras bodas, las bocas desdentadas de los abuelos sonreían. Mansos a golpe de pérdidas, casi todos los que conocieron el mundo original estaban muriendo y los que quedaban, se felicitaban en balbuceos por la unión de nuestras casas y se durmieron en la esperanza de volver a conformar el eje celeste que dictó cómo habrían de realizarse las construcciones en el Valle, cuando los ancestros llegaron.

Nuestras ciudades habían seguido el trazo de la recta en el cielo, un camino de estrellas de norte a sur, de una ribera a otra, reproducida por nuestras manos, formando ciudades aquí en la tierra. El eje celeste comenzaba con una estrella que apuntaba directamente a la montaña que era el lugar donde celebrábamos cada cincuenta y dos años el nacimiento de un nuevo siglo nuestro, un Fuego Nuevo. Luego continuaba tocando mis islas, Zacatlamanco e Iztacalco, para seguir por el tlatel de Teopan, por el gran Templo de Tenochtitlan, y el de su gemela, Tlatelolco, hasta alcanzar el templo de Tenayocan, de nuevo en tierra firme.

Para nuestros ancestros fundadores, todo era tratar de conectar el norte con el sur y las estrellas nos señalaban los lugares, el rumbo, para establecer edificaciones que enriquecieron y abrigaron a los que llegaron después, así como nosotros abrevamos de lo antiguo. Un largo peregrinaje dictado por nuestro dios nos trajo aquí, para asentarnos. Primero, demostrando que somos guerreros y después, con el alarido de mil silbatos de muerte, los antiguos hermanos otomíes, culhuas, tepanecas y matlazincas nos permitieron fundar nuestra heredad aquí.

Cuando nuestro valor demostró que éramos merecedores de estas tierras, fundamos dos ciudades espejo que serían el corazón de la tierra, el centro de aquel eje celeste. Nuestra Tenochtitlan, dedicada a la guerra, abanderada por el águila, y Tlatelolco, la del comercio, bajo la insignia del jaguar.

El suceso estelar que nos dio principio se talló en el finísimo canto de rueda que es nuestra Piedra del Sol. Su alineación correspondía a la coincidencia con el cenit de las Pléyades. Los cálculos complicados de los observadores del cielo consideraron a la estrella del Norte y al Lucero del Alba para elegir la fecha bendecida para iniciar nuestra historia, pero nadie sabía explicar ya, a ciencia cierta, las cuentas que justificaban nuestros pasos. Todos se estaban muriendo y, ¡qué confundidos estaban! ¡Quién iba a saberlo ya, si se habían destruido las casas de pinturas, los libros y las casas del conocimiento!

Aquella rueda dedicada al sol de movimiento distinguía en su policromía nuestras eras pasadas. Es la cuenta del tiempo, petrificado y distingue la quietud, del movimiento, tallados en basalto de las entrañas del volcán Xitle. Es una piedra colosal y muy labrada, de solemnidad y honras, para que nadie olvidara lo que hemos hecho.

Cuando sobrevino el llanto, cuando el Gran Templo fue destruido, la rueda se arrojó a la vera de la acequia real, un canal abierto y navegable que salía de la ciudad hasta mis islas, donde un montón de negros la profanaba. Se reunían a brincar y a beber sobre ella, a apostar y a bailar en giros y saltos, hasta que nadie se atrevía a pasar cerca. Eran sus alrededores lugar de encubrimientos de unos a otros en fuga, hasta que el corazón del Virrey se movió a sepultarla y dejamos de sentir pena.

Fue así como, queriendo recuperar aquellas coincidencias estelares, queriendo unir el cielo en dos puntos, que mitigaran el dolor de vivir este mundo nuevo que cumplía ya un siglo, los abuelos bendijeron nuestra unión dos veces.

¿Te acuerdas, Miguel Mauricio? ¡Doblaron las campanas! ¡Hubo fiesta en las afueras, en los dominios de la heredera! La gente de otros rumbos se acercaba, hasta que hormigueó de gente, de jolgorio y de ruidos. Padre Francisco vino a Zacatlamanco del vecino Convento de Iztacalco a celebrar la liturgia y un grupo de los nuestros tocó música de viento y atabales, acompañando la comparsa que formaron nuestras familias. Recorrimos todos el islote, deteniéndonos especialmente en las cuatro esquinas, honrando en cada una a los dioses, con soplos del caracol, el sonido primordial que eleva en volutas nuestras súplicas y las hace llegar a los oídos de los dioses.

Vivir ahí, en alguna de las treinta islas en torno a México Tenochtitlan, permitía celebrar sin censura como en los tiempos idos, cuando la bendición de poder procrear se colmaba con una fiesta de días, en la que todos participaban. Aquí en las islas podíamos añorar los tiempos cuando nuestros varones casaban una, dos y tres veces, asegurando una descendencia numerosa, como las arenas del mar.

Había pasado un siglo, pero los frailes decían con desprecio que en los tiempos de la gentilidad procreábamos como hatos de ovejas y ante la prohibición de la iglesia, los hombres debieron conformarse con una sola mujer. A aquellos amancebados, sorprendidos con más de una, se les untaban los cabellos con resina para prendérselos como tea, en escarmiento.

En nuestras bodas, mi isla escuchó la melodía de nuestros instrumentos, tan distinta a los órganos de iglesia. Los ojos de los abuelos conminaron a Miguel Mauricio a encabezar la comitiva y todos comimos y bebimos y luego cerramos los ojos, sintiendo la música de la tierra, regresando en el ensueño, al primer amanecer que encendió el fuego nuevo allá en Iztapalan, levantando hogueras simultáneas encendidas con el fuego traído de la montaña y que llegaba a todo el orbe, islas y tierra firme, hasta que el valle brillaba poderoso como el sol.

Con el llanto y el crujir de huesos, las órdenes del monarca español prohibieron que descendieran las antorchas en 1556 y diez plagas trabajosas castigaron entonces a esta tierra de la Nueva España. Viruela, sarampión, el hambre, la guerra y la esclavitud de los nuestros siguieron acabando con nosotros, los gentiles.

Los frailes culpaban a todas esas calamidades y a las idolatrías, que no habían terminado de extinguir. Así que no hubo más fuego nuevo. No habría de renovarse nuestro mundo, ni se repetiría la suntuosa ceremonia. El nuevo ciclo para honrar al dador de la vida, de majestad más grande que la del mismísimo monarca español, quedó en el olvido.

Cuando Padre Francisco ofició nuestras bodas, al día siguiente, los cantores elevaron sus voces para acallar los recuerdos. Sus ojos azules, de agua, brillaban satisfechos. Tras un largo sermón, nuestras bodas habían de culminar con el bautizo en el atrio de una muchedumbre ¡cuántas vidas, purificadas de todo pecado, se rescataron ese día!

Los nuestros ya solo observaban, sabían y aceptaban en silencio, inclinando la cabeza y entornando los ojos como lo hacían frente al sol.

Por ser principales, se nos permitió bailar en el atrio. El tlatoani de San Pablo Teopan, el Señor en persona, danzó, y vinieron los otomíes de Tenayucan, y los nuestros, de Iztacalco, también danzaron con ellos. Los abuelos pidieron permiso al fraile para situarnos en una estera elevada para recibir los parabienes y nos obsequiaron pródigamente ajuares y atavíos y el vino alegró nuestros corazones al atardecer.

Para conmemorar el atisbo de esperanza, los abuelos nos pintaron en papel de amate frente a frente. Miguel, sentado en un *icpalli* sin respaldo, como corresponde a los jefes menores y a su linaje, que no era el mío. Eugenia, nahua, mexica, en el piso, desbordando en la estera la sencilla tela que confeccionaba su vestido de bodas, labrado el pecho en hilos de mil colores, brazos y tobillos en plumas rojas y cascabeles que celebraban la unión santa, haciendo de mi cuerpo un instrumento musical vivo de celebración.

Hija del Señor que porta la vara de justicia, disfruté el privilegio de aparecer en el libro de papel plegado que guardaban los nuestros, con la esperanza de continuar la historia, de conseguir nuevamente la alineación, honor solo de las mujeres principales.

Con nuestra unión, el cabildo español resolvía el paso franco de las mercancías que iban y venían más allá de la laguna, y que los nuestros estrangulaban de tanto en tanto, con cualquier pretexto. El abasto de hortalizas, la principal preocupación, y las flores de mil colores de la chinampería en tierra firme, continuaría.

Para el tiempo de nuestra unión, la ciudad se estaba llenando de palacios, construidos también con la piedra de nuestros templos, y los entramados de cañas sobre el agua no eran suficientes para asegurar la alimentación.

Sujetamos nuestros vestidos en un nudo y Miguel Mauricio volvió después de los esponsales al Colegio con sus diecisiete años, a continuar trabajando en la manufactura de obras sacras en madera, en el año de 1595 de Dios Nuestro Señor.

La mayoría de los indios latinos que concluían sus estudios en Política, regresaban a sus lugares de origen a dirigir a los suyos al modo español. Pero Miguel Mauricio, dedicado a las artes, quedó suspendido entre ambos mundos. Su vecindad le permitía ir y venir periódicamente y las barcas que surcaban las aguas, veloces, comunicaban Zacatlamanco y Tlatelolco de la mejor manera.

Miguel Mauricio alcanzó un lugar importante en el taller de Talla y Escultura, hasta encabezarlo. Que un tronco inerte cobrara vida le venía de la cantería, que hacía brotar orlas de encaje del basalto, allá en Coyoacán. Su familia había sido obligada a trasladarse a Tenochtitlan en cuanto el Marqués del Valle decidió la traza y sus ancestros colaboraron en la reedificación, con los materiales que ellos tan bien manejaban.

El Conquistador iba repartiendo por todo el reino su devoción a la cruz, que había bendecido sus rutas, al facilitar sus andanzas, ganando tierras para Su Rey. Elegiría para su Cofradía de los Caballeros de la Santa Veracruz un par de solares al norte para edificar un templo para la nobleza española y un hospital que aliviaría el cuerpo y el alma de la población española, que iba extendiéndose.

Canteros indígenas de Coyoacán, la sede del Marquesado, labraron cenefas y querubines en su portada y desde entonces su trabajo se preferiría para disciplinar en la fe a cuantos podían leer los discursos en piedra representados en sus fachadas. Su familia demostró tal perfección y valía en la piedra de basalto, que su fama se extendió por el reino, separando a sus miembros y enviándolos a realizar trabajos por todo el territorio, haciendo el encaje de las portadas de un sinfín de iglesias, que la minería de plata y la fe iban financiando.

Los que fueron despojados de su nobleza, pelearon mercedes de tierra en litigios de años, esgrimiendo ciertos linajes nobles plasmados en genealogías de amate, que nosotros llamábamos títulos primordiales. Había muchos huecos de parentesco que no aparecían en los títulos, mapas llenos de color y detalle que probaran su dicho. La familia de Miguel Mauricio, apoyada en el trabajo que habían prestado al Marqués, consiguió por fin mercedes de tierra en Teopan y títulos, aprovechándose de los huecos en las genealogías. Todos lo sabíamos y jamás se conocerá cuántas familias más recurrieron a esta argucia.

El papel de Europa, sellado ante notario, sentenció en aquellos primeros años el otorgamiento de prebendas para la familia de Miguel Mauricio y gracias a su rango tuvieron el privilegio de educarse en disciplinas que a los profanos les estaban prohibidas.

Con el futuro asegurado, pudieron abandonar el duro trabajo de la piedra y explorar otros materiales. El Cristo de los Siete Velos fue la primera incursión de los suyos en la talla de madera, infinitamente más sencilla que el basalto, y les abrió el paso hacia las efigies de santos, cientos de vidas ejemplares que los clérigos deseaban representar, con sus atributos, que ensalzaban vehementemente desde el púlpito.

Porcionista e interno, después de nuestras bodas, Miguel Mauricio volvía al lecho conyugal sólo una vez al mes, visita insuficiente en la que intentábamos infructuosamente prolongar nuestra estirpe. Sus visitas se espaciaron desde el principio, pretextando los rigores y la disciplina del Colegio. Lo cierto era que Miguel Mauricio pertenecía a esa generación educada en las luces del Colegio. Criticaba constantemente los haceres de la isla; el mundo hispano había ejercido todo su poder en él, cuestionando cada momento afuera y también, cada momento adentro.

Su compañero Hernando de Alva, mestizo del Colegio, no cesaba de encomiar la estirpe indígena de sus abuelos y el valeroso papel de defensa de su noble familia al conquistar tierras para la Corona, pero también exhibía el orgullo de llevar tres cuartos de sangre española, ¡más que ninguno entre los párvulos! De habla clara y elocuente, en cuanto completó su formación, dejó el Colegio para convertirse en Gobernador de Texcoco, llevando orgulloso a tierra de los culhuas el arte del gobierno que tan bien había aprendido con los padres españoles.

Después de las horas de clase, de las labores del taller y la madera, Miguel Mauricio gustaba de recorrer los alrededores del Convento adyacente al Colegio. La huerta era prodigiosa, el agua preciosa que bendecía a los árboles reproducía el paraíso que los padres prometían y era un espacio de quietud e inspiración para reflexionar sobre el verdadero creador de la Tierra.

Y el mercado, ¡ah, el mercado de Tlatelolco! Proverbial por todos sus géneros, surtía a través de los comerciantes a tierras lejanas, al árido norte que estaba creciendo, llevando delicias del trópico por el Camino Real de Tierra Adentro o viajando a los confines, más allá del Soconusco, en Chiapas, lleno del bullicio de pregones de venta y disputa, el aire aromado de sus flores y frutas complacía los sentidos.

Los comerciantes nuestros fueron verdaderos embajadores entre los reinos y aquellos que conocían los caminos, tuvieron algunas dispensas españolas para continuar ejerciendo. El aprovisionamiento del territorio permitía a los nuestros comerciar en toda clase de bienes, salvo armas y sedas españolas, y la Corona les autorizaba a mantener hasta seis caballos como bestias de carga. Los recibían con música y danzas en algunos pueblos, pues además de traer mercancías, traían noticias de lugares remotos.

La iglesia de Santiago de Tlatelolco recibía continuamente peregrinos y comerciantes que agradecían las ganancias obtenidas con el jade y el coral de los mares y la llegada con bien, a pesar de los salteadores de caminos. Hacían dos paradas obligadamente, una aquí, terminando sus negocios, y otra en el Tepeyac, para agradecer a la Madre.

El enorme aljibe, que recibía por el acueducto todos los manantiales del norte, irrigaba las huertas y surtía con sus aguas a todos los vecinos de los diecinueve barrios que conformaban esta poblada República de Indios.

Tlatelolco fue capital, siempre. Fue el lugar del asedio final, donde cayó el último de nuestros tlatoanis, y donde se consumó la guerra que trajeron para mandar sobre nosotros. Montados en sangre y fuego, llegaron y conquistaron, igual que lo hicimos nosotros.

Teníamos ahí un ciento de templos dedicados a la tierra, al viento, la lluvia, el sol y al comercio y todos se hallaban ahora cubiertas de tierra. Sus piedras mejores habían levantado el convento de los padres franciscanos y los constructores, indígenas como yo, habían sugerido alfardas como las que apuntalaban nuestro Templo Mayor, gemelo de Tenochtitlan, para la iglesia, tan solo para recordar.

Allá también, como en las islas, como en tantos lugares, escondimos lo nuestro: flechas, macanas y símbolos tallados en las orlas de piedra de la fachada y la diosa de la tierra en una esquina del templo, presidiendo la vista a la magnífica huerta.

Las plantas de nuestros pies sabían que caminaban sobre el antiguo esplendor y así lo relataban los padres a los niños, en murmullos. Los huesos sagrados de nuestros gobernantes divinos daban forma a los cuatro evangelistas que en las alturas miraban hacia el altar, recubiertos de estuco, en las pechinas. Nadie sabría jamás lo que guardaban los cimientos, piedras angulares y sostén del edificio.

Así lo decidimos, así lo hicimos en casi todas las construcciones de aquellos primeros tiempos, para recordar, para evocar, para que quienes nacieran después, indios nuevos, jamás olvidaran esas memorias.

La caja de agua estuvo terminada una década después de la caída. La primera necesidad era el líquido y cortar su suministro había acelerado la derrota. Agua en movimiento, cristalina y cayendo en una pequeña cascada, calmaba la sed de esta república y como lo hicimos siempre, sus paredes al aire libre fueron embellecidas por murales magníficos que reprodujeron la Creación. En nuestro imaginario, el jardín bíblico era como este valle que habitábamos, rodeado de montañas y cinco lagos.

Tanta vida como había en sus márgenes fue pintada con humildad y el reino del agua, de caracolas, garzas y tortugas, quedó sumergido en el espejo líquido. Sabíamos qué colores aplicar para no perderlos en la humedad, presidida al centro con la imagen del Hijo, crucificado.

Allá iba Miguel Mauricio en días de salida, buscando evitar la nuestra, la Casa de la Sal, su nueva morada. Desde nuestro matrimonio, ya no se debía a Teopan, ya no se debía a ningún sitio, más que a Iztacalco y a Zacatlamanco, de legítima y mucho más antigua estirpe que la suya, de picapedreros. Pero él evitaba las islas, demasiado rústicas en su agricultura y extracción de sal, y prefería permanecer en Tlatelolco, de agitada vida cotidiana, perfumada de madera y pigmentos, llena de los nuestros que venían de todas partes, por todas las calzadas. El orden del mundo que había preferido estaba ahí, en la quietud de las huertas, de los manantiales, del Colegio.

Las mujeres llevaban sus cántaros a llenar a la Caja de Agua bajando cuatro escalones, siempre cuatro, que sumergían en el espejo, más bajo. Inclinarse a llenarlos era un acto que los artistas habían ideado para que todo aquel que acudiera, realizara una reverencia al Crucificado. O quizá al jaguar, posado sobre la corriente de un manantial, que caminaba rumbo al oriente. O al águila, descansando sobre una planta de hojas rizadas, que mira en sentido opuesto, al occidente, ambos, símbolos de nuestras ciudades gemelas, que nos resistíamos a olvidar.

Al ingresar, todos empapaban sus sentidos en los colores espectaculares, en el sonido del agua, que suavizaba las penurias del día por iniciar. Sus ojos atrapaban mariposas y colibríes en un lago transparente, en el que infinidad de peces nadaban, con expresiones infantiles de gozo.

Los pescadores, de facciones indígenas y europeas, formaban una alegoría que postraba a ambos mundos adorando al Salvador. En sus redes se hacía eco el canto de peces que mi gente había aprendido: "Somos nosotros, los mexicas, como pececillos de arena en el agua color de jade. A la tierra seca nos arrojaron, nos quitaron el agua a nosotros, peces, a nosotros mexicas, y anduvimos de aquí para allá, saltando en el pastizal, sofocados, asfixiados, reluciendo como perlas, pero buscando un hilillo de agua que no volverá jamás".

Todos sabíamos que era éste un lugar sagrado, de ceremonia, y él era feliz ahí, como en ningún otro lado, con sus meditaciones y su maestría. En Tlatelolco, era él, Miguel Mauricio, el artista de mucho y delicado ingenio, titular de los orfebres de la madera.

> A la tierra seca nos arrojaron, nos quitaron el agua a nosotros, peces, a nosotros mexicas.

Yo, en cambio, continué al cuidado de los míos, llevando cuentas de las cargas obligadas de tributo en flores, frutas, zacate y sal que se enviaban en canoas al veedor, esperando nuestra cita mensual con desespero.

Su llegada era anunciada por los gritos de los niños y entonces mi corazón saltaba de gozo, a pesar de su vergüenza, a pesar de que él vendría con aquella manera elegante de hablar el náhuatl estilizado del Colegio, imponiendo una frontera insalvable que comenzaba con su refinamiento. Nosotros éramos la gente de las sementeras, de los campos, del zacate y la sal, pero tan necesaria en el reino, nuestra fortuna y su oprobio en este nuevo orden.

Él, tallando figuras del Niño para las iglesias y yo, que esperaba recibir el siguiente Fuego Nuevo rodeada de hijos, lloraba mi vientre estéril desde hacía tiempo. La pila bautismal del convento de San Matías, en Iztacalco, de ángeles con alas de águila y mazorcas de maíz, nuestro sustento, había esperado en vano un hijo nuestro. El aro del sagrado juego de pelota, que apuntalaba una de las trabes, esperaba vacío a su guerrero.

Allá en Tlatelolco, la madera y las pinturas echaban al olvido a la esposa sin fruto, a quien cada vez le costaba más trabajo visitar. En otros tiempos podría haber tomado mujer nuevamente, pero los frailes predicaban la continencia y el castigo del fuego eterno resultaba aterrador.

El año de 1610 de Dios Nuestro Señor sería la fecha para inaugurar allá en Tlatelolco la nueva Iglesia dedicada a Santiago, en agradecimiento digno por su apoyo decisivo. Los conquistadores relataban cómo el santo apareció volando en la batalla contra los nuestros, para apoyar a sus ejércitos y darles la victoria.

La contienda se recreaba anualmente en una fiesta, sahumando con incienso perfumado los crucifijos, y representando un drama litúrgico que culminaba con la aparición de Santiago, armado en cañas y pasta de maíz, el que combatió a los moros y luego a los indios, descendiendo por los aires, degollando con sus filos a los infieles y abriendo paso a las huestes de Cortés.

Con todo el trajín que estaba ocasionando la ornamentación del templo, las exigencias a los doradores estaban desquiciando el pausado ritmo del taller. Miguel Mauricio huía de la madera, buscando sus meditaciones en la caja de agua, de cartelas pintadas en latín y ello espació aún más sus visitas.

Se estaba perdiendo a sí mismo.

Fray Juan de Torquemada, Guardián del Convento, no había decidido aún cómo habría de elaborarse el motivo central del retablo mayor. La empresa monumental también lo estaba desquiciando, riñendo por la perfección del relieve frontal de la iglesia, que llevaría el escudo de la Orden. Había golpeado hasta la muerte a un indio nuestro, que juzgó insolente, uno que ya había probado antes los rigores del cordón de su hábito, al negarse a dorar en domingo una obra que estaba destinada a Xochimilco.

> **Se estaba perdiendo a sí mismo.**

Los indios constructores habían contemplado este segundo azote en silencio, entornando los ojos y sintiendo en sus propias espaldas cada golpe del látigo. Tras una columna, un mulatillo lloraba, sorbiendo los mocos, repitiendo en su media lengua que él era testigo de que el indio jamás había proferido insolencia alguna al santo padre.

Miguel Mauricio salía del aljibe, cuando el cuerpo sin vida era arrastrado, por las losas del claustro.

En aquella hora roja de la tarde, cuando ya los cántaros del agua descansaban en las cocinas de las chozas, la vista del indio muerto arrastrado, golpeando las losas con su cráneo inerte, un perfecto batidor de hoja de oro, despertó el fuego en su corazón. Las manos maestras que colgaban de su espalda sangrante eran las de Agustín, que manejaba la fundición y las aleaciones como nadie. Era el indio de dedos finísimos que acariciaba cada curva de la madera con un suspiro de oro para reflejar en mil haces la luz de la fe que el fuego de las lámparas de aceite iluminaba.

Tras una noche en vela, con los ojos henchidos de sollozos, se recibieron en el taller las instrucciones giradas por Torquemada, el fraile del agravio. Mandaba decir que la estampa que traía el mensajero sería el modelo que Miguel Mauricio debía utilizar como motivo central para el retablo. ¡Al fin lo había decidido! Un Santiago Apóstol combatiente, el Mayor, el hermano de Juan, el evangelista del Apocalipsis, hijo del trueno, que en todas sus apariciones blandía su espada contra los paganos infieles e insolentes.

La sumisión con la que todos aparentaron recibir las instrucciones contenía la rabia por el homicidio de la noche previa. Miguel encontró una salida a su furia en los trazos enérgicos que esbozó en la hoja de papel de Europa: el santo, montando a caballo, aplastaba justiciero a los indios idólatras, sembrando el camino con sus cadáveres.

El guardián Torquemada se cuidó muy bien de hacer saber que se retiraría a las soledades unos días, en recogimiento de penitencia, mientras pasaba el temporal, y durante esos días Miguel trazó una y otra vez la imagen monumental, con la capa del discípulo de Cristo ondeando triunfante, esperando desafiante la aprobación del fraile con respecto a las licencias que se había atrevido a introducir. El apóstol era la viva imagen del fraile.

Cuando concluyó el ayuno y los azotes, padre Torquemada echó una ojeada rápida al dibujo terminado, aprobándolo sin objeciones, fingiendo mayor atención a las vetas de la selecta plancha de madera que esperaba los filos del buril. Cuando el fraile salió del taller, las lágrimas escurrieron por las mejillas del artista, amenazando con manchar los trazos en el papel inmaculado, ansioso por plasmar el dibujo en la plancha de madera que ya lo estaba esperando.

Como finas turquesas llovizna el llanto.

Ahora se dispondría a enfrentar la escena que sus ojos tanto habían evitado. Los nuestros, rotos en pedazos, rodando entre las patas de la bestia que montaba el santo, formaban una encrucijada y dedicaría los próximos meses a conciliar esa batalla de emociones que llevaba dentro.

Aquella tarde, mi bien, cuando volviste a la isla, el rumor de las olas no pudo apagar los fragores de tu alma. El agua había acompañado tu debacle, chocando contra las barcas, y cada rizo juzgaba duramente todos los años en que te habías educado en el *trivium* y el *quadrivium*, las siete artes liberales que incluían la gramática, la lógica y la retórica, junto con la aritmética, la geometría, la música y la astronomía.

Al desembarcar pude notar cómo observaste los dedos toscos del remero, atracando, desviando tu mirada hacia tus manos de marqués, de dedos largos y morenos, indígenas, de artista.

La barca había traído hasta las islas a este indio de ropas españolas, que descendió con porte en la orilla, evitando manchar sus medias con el fango. Eugenia, su esposa, cacica gobernadora, supo por tu semblante y tu fastidio, que ahí en la orilla moría la última esperanza de lograr un fruto de su lecho.

Decidiste extender tu estancia unas noches más, enfrentarte a los abuelos, a sus reclamos, a sus súplicas. Bajaste la mirada en las conversas, como hacemos siempre ante los ancianos por respeto, sin mediar palabra alguna en tu defensa. ¿Por qué tardabas tanto en venir?, te preguntaban, sin comprenderlo.

Ya en nuestra casa, cuando se apagó la vela y la habitación quedó a oscuras, escuché tus suspiros, velé tu insomnio, y nuestros cuerpos juntos, espalda con espalda, pero separados por miles de leguas en el pensamiento, rumiaban cada cual nuestros anhelos en aquella dolorosa penumbra.

La última tarde vagaste por las cuatro orillas de nuestras islas. De espaldas a la casa de la sal, la casa del zacate, con la vista perdida en el horizonte, en dirección a los volcanes de la historia, buscabas respuestas más allá de Iztacalco, más allá de Zacatlamanco.

Yo sabía que debías ahora arrojarte al fuego, imitando a los dioses viejos. Entrar en la hoguera de tu pena hasta consumirla y transformarla después en astro luminoso, para dejar luego que el viento soplara suavemente hasta llevarse la última ceniza de tu incendio. Morir para renacer.

La barca te llevó de prisa y, de vuelta en el taller, el fino brocado que envolvía la tabla de pino que habías cortado en la luna menguante de enero, descubrió a la madera que recibiría por fin la obra esperada, una que dejara alguna huella para los nuestros.

Miguel Mauricio, artista entre los artistas, haría brotar vida de aquellas vetas secas y daría a cada uno de los personajes un rostro y un corazón.

Y sabía que no volverías.

Habías partido hacía apenas unas semanas, cuando la enfermedad, siempre rondando, alcanzó nuestras islas. No tuve tiempo para atender mi propio derrumbe. Nueve de cada diez de los nuestros morían. Nueve de cada diez, aquí, ahora. Salvos de las epidemias, con el agua como escudo de por medio, nunca había habido mayor mortandad. Nueve de cada diez. Así nos extinguimos, nos acabamos, terminamos, a cien años de que ocurrió todo aquello, dos atados de cincuenta y dos cañas, dos fuegos nuevos desde la herida. Muy pocos quedamos, desde aquel día funesto. Sólo unos cuantos.

El humo de las piras se llevaba el gran hedor de los cuerpos sarnosos y la niebla lo cubrió todo: los cabellos esparcidos, las casas destechadas, de muros enrojecidos. Ni el tributo, el trabajo o el servicio alcanzaron para liquidar esta deuda que no contrajimos y que la enfermedad cobró con creces.

Arrobas de zacate y panes de sal, gallinas de la tierra, fanegas de cañas y flores eran el pago que mis islas hacían a la Corona, sin contar lo que consumía el ganado de los frailes, errante en nuestras tierras, apacentado por sus sirvientes, negros loangos que arreaban los rebaños ayudados por largas jaras en tierras ahora desiertas.

Nuestros frailes, ocupados en las cosas de Dios, recibían también una parte del tributo para sostenerse, empeñados en la instrucción religiosa, en imprimir en nuestras lenguas libros, gramáticas y catecismos. Su lento avance continuaba, pero de todas aquellas conversiones ya no quedaba nadie. Algunos apenas aceptaban la fe en el lecho de muerte.

Las bestias que habían cruzado el mar con ellos se habían multiplicado y devoraban la campiña con una sed de enfermo, invadiendo y destruyendo las sementeras y, cuando necesitaban la sal, insuficiente en el zacate que consumían, se abrían paso hacia la orilla del lago, hasta la Casa de la Sal, rompiendo y devorándolo todo, masticando por horas las costras blancas de las playas, hasta saciarse.

Toda clase de pleitos y derechos, basados en títulos primordiales, pintados primorosamente a nuestra manera y forma, eran presentados por los nuestros a los alcaldes españoles, denunciando principalmente las invasiones, pero pronto no hubo quién más siguiera el curso de los juicios, pues estábamos todos enfermos, diezmados.

Cuando la flecha de los cocoliztlis hería una casa, se dejaba todo a su suerte. Se prohibía a los enfermos buscar consuelo en los templos y allá en las chozas todo lo que se comía eran lagartijas, golondrinas, la envoltura de las mazorcas, la grama salitrosa que peleábamos a las bestias, algunas yerbas ásperas y aún, barro.

Los negros esclavos, inmunes, fingían llamar a las bestias a gritos, pero cuando la mortandad acababa con una familia, saqueaban las chozas y no había reclamos. Los expedientes morían lentamente en los escritorios de la justicia, como moríamos nosotros.

Habíamos gozado días en que la sal de las playas del lago había bendecido nuestra fortuna. Era aderezo y sazón inmemorial de nuestros alimentos, se utilizaba en la curtiduría, en el vidriado de cerámica, el teñido de textiles y la conservación de carnes y embutidos. Desde que llegaron los bergantines, aquí en Iztacalco, aquí en Zacatlamanco, la sal pasó a ser interés principal, mucho más cuando el minero sevillano Bartolomé de Medina trajo al Mineral del Real del Monte de Pachuca la manera de obtener hasta el último real de plata, incluso de las vetas de ley más baja, con el proceso de beneficio de patio:

—"Muélase muy fino el mineral y mézclese con revoltura de salmuera cargada, agréguese azogue y sulfato de cobre y revuélvase bien, diariamente, por varias semanas. Tómese muestra del mineral hecho lodo cada día, pues la plata se descompone por la sal y forma aleación con el azogue, hasta que se complete el beneficio y la plata relumbre, brillante, titilante".

Así se fue abandonando el proceso de fundición que consumía bosques enteros y en la cercana Provincia de la Plata al sur, o hacia el norte, allá a donde llevaba el Camino Real de Tierra Adentro, azogue, sal y sulfato eran triturados conduciendo mulas en círculos, que pisaban la mezcla de reactivos y mineral mojado extendida en grandes patios. Después de días, lograban separar todas las impurezas y el proceso se repetía al infinito en las minas de Zacatecas, Guanajuato, Taxco o Temascaltepec.

Las colleras de arrieros transportaban por valles y sierras costales maiceros de ixtle, llenos de los reactivos, atados con sogas a lomo de mula y vaciaban su contenido en los beneficios apresuradamente, para volver a llenarse del precioso metal que aliviaría las cargas financieras de la Península.

El hambre de sal arrasaba con todas las fanegas producidas y los nuestros trabajaron en las salinas hasta que la epidemia de granos grandes, que llenaba de hoyos las caras, llegó. Luego las ratas consumieron los desechos de los enfermos y, sin saberlo, fueron llevándose consigo el tifus, la fiebre amarilla, la viruela, el sarampión, el tabardillo o la enfermedad del dolor de costado.

Las ratas arrasaban también con el maíz que habríamos de administrar durante el año y así, tras cada episodio de gran enfermedad, llegaba el hambre. Pero el azote jamás fue tan grande para los nuestros como cuando te fuiste, Miguel Mauricio.

Habíamos sido más afortunados que los de tierra firme, que habían sido reubicados en los beneficios y abandonaban a sus familias pálidos de tristeza, añorando sus barrios, reubicados en parcialidades remotas, por donde se descubriera una veta.

Las mujeres que quedaban sin sus compañeros se aferraban a las nuevas devociones y encontraban en ellas un gran consuelo espiritual y en los templos podían expresar libremente su dolor, rezar a voces, descomponer sus cabellos y vestiduras en las procesiones, desgarradas por la ausencia. En las parcialidades, que se vaciaron de sus mejores hombres, la noche se hizo para siempre. Fueron llevados al norte o al trópico, a climas que jamás habían imaginado, y decir "se lo llevaron lejos" era decir "más allá de Huitzillan, al sur", "de Ehecatitlan, al oeste", "de Tecpantzinco, al norte" y "de Yyacapan, al este".

Entonces los negros, los de la piel quemada, los tlitic, comenzaron a abundar. De buena estatura, con el pelo crespo y las narices anchas, que aguantaban el trópico y el calor seco del norte, empezaron a ocupar los lugares que iban dejando los nuestros. Tenían prohibido habitar entre nosotros, que éramos indios nomás.

De camisa y calzones de manta, medias de lana musga, y borceguíes de gamuza, los negros eran trabajadores y capataces en los minerales. Ya los conocíamos, como propiedad de españoles aventureros, y abundaban sobre todo en los puertos. Bajaban como ganado, de noche, por decenas, temblando de rabia y de un miedo que transformaban en encono contra nosotros, cuando eran nombrados capataces y debían dirigirnos y mandarnos.

Los que subían a los barcos en las islas de Cuba ni siquiera venían en las listas y en poco tiempo su fortaleza y su estatura los hacían sentir tan señores como sus amos. Negras robustas se usaban en las haciendas de mineral o como pies de cría. Sus hijos, a veces clareados por la seducción del amo, seguían siendo esclavos desde su nacimiento; crecían a gatas en los túneles y galerías, desaguando y sacando tierra, mezclando minerales con los pies desnudos, pies de niño, deshechos en grietas por la corrosión.

Los nuestros, a leguas de distancia de sus familias, preferían dejarse morir; pasaban días sin probar el maíz cocido y pedían la muerte por clemencia a algún vecino o se mataban ellos mismos. Todos sabían que uno había alcanzado su hora cuando rompía sus vasijas, apagaba el hogar y se untaba ceniza en el rostro, vencido. Muchos clavaban una flecha en sus cuellos, se arrojaban al barranco o se anudaban cuerdas al cuello para morir como muere el sol cada noche, antes de que la indignidad se llevara incluso las últimas fuerzas para disponer de su vida.

Invitábamos a danzar a la muerte en nuestros festejos y eso aterraba a los frailes. La muerte es lo opuesto a la vida y en derrotarla está cifrada nuestra celebración. La vida triunfa siempre y, cuando no, la muerte es una amiga más, un nuevo lugar para trascender. Los cráneos descarnados, los huesos y su adoración era una abominación para ellos, un pecado de mala conciencia, perdida y necesitada justamente de la salvación de Dios.

Así nos perdimos nosotros también, Miguel Mauricio.

Hoy, a tantas lunaciones de distancia, recuerdo que aquella tarde, cuando te fuiste, yo sabía bien que era para siempre. Así lo supo mi corazón.

Esa noche tomé la barca y remé hasta el remolino furioso de agua de Pantitlan, más allá de las banderas que alertaban de sus peligros. Allá donde estaba la gran piedra con los dioses antiguos, dando la espalda a mi islote, clamé por la muerte. Sólo debía dejarme llevar por los círculos de agua que tragaban todo, las barcas con sus pescadores, las que estaban decoradas con sus lampazos de China y sus jarcias de amarre. Ahí en el remolino podía dejar la esperanza, las fuerzas y la voluntad.

Dotada con cien reales y con un par de pergaminos viejos con el escudo de armas otorgado a los abuelos de Iztacalco y de Zacatlamanco, la cacica no pudo retener al esposo.

¡Tanto morir iba a iniciar a causa de la plaga y yo deseando morir primero, como aquellos que emigraban y sembraban los caminos con sus huesos!

"Cúbreme y sálvame, Señora Santa Ana, Señora Tonantzin, que ya no hay tiempo para la penitencia y el ruego, el ayuno y el flagelo. Enjuaga la sal de mi llanto y llévatela hasta la ribera, Señora de los Dolores, y no detengas mi barca"-, fue mi oración.

Otra vez será, cuando estaremos juntos, Miguel Mauricio; será en otro momento, en otro lugar, y mientras así ocurre, que luzcan para Eugenia de Olmedo, la cacica de las islas, la música, el canto y la luz perpetua.

Así sea.

CAPÍTULO 6
SER CHINO DE LAS INDIAS ORIENTALES
1629

Vientos de guerra azotaban implacables a la Dinastía Ming. Los ejércitos del nuevo emperador Tian Qi, de tan solo quince años de edad, se hallaban a merced de la voluntad de los eunucos, encabezados por el poderoso Wei Zhongxian, el favorito de su Madre. De condición humilde, la casta de los eunucos era sometida voluntariamente a la mutilación de sus genitales para entrar al honorable servicio de la Corte, en la Ciudad Prohibida, buscando salir de sus condiciones de miseria.

Oficialmente, eran los encargados de reprimir las posibles conductas libertinas entre las concubinas del emperador, encerradas tras los muros de Palacio, y fungían ocasionalmente como mensajeros entre las dependencias imperiales.

Seis lingotes de plata eran pagados a los cirujanos encargados de inutilizarlos sexualmente, manteniendo su aguda voz de mancebos para siempre. Vestían largas túnicas y pantalones grises, se inclinaban al paso de todos, como hacen los criados, y a pesar de que tenían prohibido aprender a escribir, lograron dominar el arte de las letras, hasta que se involucraron en las decisiones de Palacio. Había un joven y nuevo Emperador y su ascenso subrepticio hizo todo más sencillo.

Como amado y favorito de la Emperatriz, Wei Zhongxian se fue haciendo del control de los talleres imperiales, luego se le encomendaron por entero los ejércitos y eran su voz y su voto decisivos para el nombramiento de funcionarios reales.

Una jugada del destino había puesto al joven Tian Qi en el trono. Su padre, un breve emperador, enfermó de muerte a sólo un mes de ocupar el cargo. El joven Tian Qi, al mando del imperio inesperadamente, ni siquiera había completado su educación; no sabía escribir adecuadamente las grafías milenarias que había producido esta grandiosa civilización: cinco mil caracteres diferentes, que transmitían ideas de acuerdo con sus sonidos, orden y entonación.

Con la astucia de sus cincuenta y dos años, Wei Zhongxian, el eunuco, oficialmente secretario de la Oficina de los Ritos y responsable de la Policía Secreta Imperial, asumió entonces cargos en la Corte hasta que se hizo de todo el control. En otras dinastías, los eunucos ya habían estado a cargo de flotas mercantes, de ejércitos que habían controlado a los mongoles y hasta habían desarrollado su propia burocracia, en paralelo. Para Wei Zhongxian gobernar de facto no era diferente.

Tian Qi, de antepasados brillantes y manos hermosas y delicadas, prefirió encerrarse en la Ciudad Prohibida, sumido en los trabajos de madera y carpintería, olvidando en su taller el frío y el calor, el hambre y la sed, y cumplir el Mandato del Cielo al que estaba obligado: ser un gobernante justo y virtuoso.

Manejar un imperio que iba desde las estepas milenarias hasta los bosques de pino del norte, las selvas y arrozales del sur, puertos, desiertos y cimas nevadas no era fácil. Las arcas estaban vacías tras intentar frenar la invasión japonesa durante la Guerra de Imjin, y así, aquella lucha por apagar todos los fuegos, el fuego, quedó en manos de su Real Consejero.

El ejército recorría ahora las poblaciones para reclutar elementos por la fuerza, que reemplazaran las bajas en sus huestes. Arrasaban pueblos enteros para armar batallones a los que arrojaban al frente de inmediato. La amenaza mongola al norte, el freno a las invasiones al este y apagar los amotinamientos causados por el hambre y las epidemias en el sur seguían siendo el principal dolor de cabeza.

Artesanos, agricultores y académicos eran arrastrados contra su voluntad al ejército, dejando pueblos desiertos. El esplendor de la dinastía Ming, de la etnia de los Han, caminaba rumbo a su extinción.

Por omisión, Tian Qi permitió que el viento se volviera un tornado. Golpeó en su furia a los más necesitados y aquel valioso sistema de caminos que unió los rincones más remotos del celeste imperio, sirviendo a las caravanas que comerciaban por tierra a través de la Ruta de la Seda, estaba ahora a merced de los salteadores. Acometían los cargamentos de porcelanas, seda y perlas, camino a las cortes de Europa por el oeste, a través de Isfaján, causando muerte y cuantiosas pérdidas.

¿Qué había sido de aquellos trescientos años durante los cuales la Dinastía Ming había producido lo mejor de las artes, la literatura y el arte del buen gobierno? De ideas liberales, se habían abierto como nunca al Nuevo Mundo, apenas descubierto y portugueses, españoles y holandeses tocaban a las puertas del Imperio, a través de su costa infinita, buscando autorización para establecer puntos de intercambio en los puertos chinos.

Dominar el comercio de Oriente era el sueño de Europa, herida tras el reparto de América que el Papa había resuelto a favor de España y Portugal, y se sentían despojados.

¡Tantas formas de comprender el mundo, de confortar el alma y el espíritu existían en las aguas de los Mares del Sur, además de su riqueza!

Con el vacío de poder que había dejado el Emperador, se estableció un régimen de persecución y terror. Trescientos años de riqueza y poderío se tambaleaban y la codicia extranjera, suspendida como una nube negra sobre el reino en el continente, en las islas, en las costas y puertos, esperaba agazapada una oportunidad para atacar.

Pekín se había impuesto por la fuerza como capital de la Dinastía, que gobernaba este territorio diverso, de tantos dialectos. El Tíbet no había terminado por postrarse ante los Ming, y un nuevo pacto con los mongoles, a los que el Dalai Lama utilizó como su brazo armado, atizó el fuego de la rebelión.

Los europeos estaban luchando también sus propias batallas. España había cedido las Molucas, las codiciadas islas de la especiería, a Portugal, por un matrimonio concertado, y los portugueses, expertos en la navegación y pioneros en ocupar este rincón del mundo, habían negociado amistosamente con la Dinastía, consiguiendo un enclave en Macao desde 1557, la isla que en arriendo serviría a China como un escudo de defensa contra los ataques expansionistas de los holandeses.

Lejos de los tratados, el pueblo estaba muriendo de hambre en los cantones. Las mujeres y los niños mendigaban en los graneros imperiales y una oleada de frío, larga e inusual había extendido los inviernos, mermando la producción de arroz grandemente.

El pueblo moría, mientras la dinastía decidía reforzar nuevamente la fortificación de Chang Cheng, la larga muralla de diez mil li de largo, de ladrillo y piedra, que evitaba el acoso de los manchúes al norte. ¡Tanto se invirtió en la muralla que terminó por vaciar las arcas!

Aquella mañana azul, Huá Tuó llenó su jarra en el manantial del que bebía todo su pueblo. Por entre las resquebrajaduras de la porcelana, más blanca que la nieve, escurrían hilillos de agua que empapaban el azul cobalto y el oro de las oraciones inscritas como lágrimas en su cuerpo.

La hermosa jarra era la metáfora perfecta para representar la situación del Imperio. El asa y la tapa, recubiertas en oro, habían dejado de pulirse, y con tantas quebraduras pronto valdría solo por el metal rescatado, que habría de fundirse para dar paso a una pieza nueva.

Cocida al alto fuego, la elegante ánfora había servido a tres generaciones de su familia y se usaba en todas las ceremonias que exigían el agua pura del manantial, como ofrenda a los dioses. El empedrado, empapado ahora por el líquido que escurría de sus heridas de porcelana, anunciaba su fin, pronto, inevitable.

El manantial comenzaba en las entrañas de la cadena de montañas que protegía a Fujian del reclutamiento forzoso y terminaba en el caserío de Huá Tuó, en las faldas de una colina suave, la última que miraba hacia la costa. Su bosque esmeralda separaba también a esta población costera y era una barrera natural contra las enfermedades y las rebeliones. De cara al archipiélago, miraba hacia el mar y su promesa de tierras lejanas.

Por la ventana del frente, Huá Tuó admiraba el espejo de agua interminable y adivinaba la llegada de los barcos extranjeros que acudía a su puerto. El ejército apenas podía controlar los desembarcos del norte y Huá Tuó, lleno del azul del mar, sólo paraba para el entrenamiento en la espada, en el patio trasero, mientras miraba a las montañas y al corazón de la China de los Ming, tan ajena en este rincón de su mundo.

Los ríos anegaban una multitud de terrazas en las que la gente, doblada por el peso del trabajo, cosechaba este año la mitad de las espigas de arroz.

Huá Tuó, de rodillas en el templo doméstico, doblando la espalda también, su frente tocando el suelo, rogaba a las ocho deidades inmortales por tiempos mejores. Las heladas impedían que todo el grano germinara, quemaban los tallos antes de espigar y las nubes de incienso, el último lujo del que jamás prescindirían, envolvían sus cantos y murmullos, rogando a las deidades, con el corazón preso por la incertidumbre.

El poder de nuestra Señora del Mar llegaría pronto hasta el delta de los ríos; velaba por el bienestar de sus fieles, pero también podía dar la espalda para mostrar su desprecio ante un Emperador indolente, que había cedido la virtud del buen gobierno, traicionando así el Mandato del Cielo.

En estos días, las ofrendas de cítricos escaseaban y la hambruna apenas comenzaba. El pueblo alegaba que este emperador había perdido su favor y el patrocinio de los dioses parecía perdido. ¡Hasta los peces habían emigrado a aguas más cálidas, contribuyendo al desastre!

El joven Huá Tuó no sabía cómo calmar la desesperación de la que era testigo. El arte de sanar el cuerpo había sido siempre el signo de su familia y había aprendido todos los puntos que habían de presionar sus manos o insertar con agujas para traer alivio a un enfermo, pero no había medicina que curara los estragos del hambre y la escasez.

Sabía volver a su lugar las peores torceduras de huesos y balancear el equilibrio de aire frío y caliente de los órganos. El abuelo, el más viejo de su clan de curadores, ya le había permitido intervenir en pequeñas cirugías, y ya podía cerrar una herida sin ayuda con costuras de seda, que hacían la cicatriz imperceptible.

Aplicaba emplastos de vino con polvos de *mafeisan*, la hierba de los hechizos y las visiones de colores, para aliviar la artritis y las reumas, o inducía a los desahuciados al ensueño del humo de opio, para recuperar sus fuerzas. Sus palabras suaves los convertían en valientes guerreros, sin dolor, ni tormento, entregados a la caza del dragón por breves horas y las familias de los moribundos agradecían los momentos de lucidez, tan deseada al final por todos los hombres, para decir adiós y dejar en paz las voluntades.

Había memorizado todos los herbolarios y especieros que el abuelo utilizaba. Sus manos jóvenes y magníficas podían realizar sangrías que multiplicaban la esperanza y ganaban tiempo. Todo eso y más sabía sobre sanar el cuerpo, pero ignoraba cómo aliviar un cuerpo enjuto por el ayuno de días o cómo alentar al espíritu en su derrota, cuando la realidad es una bofetada en la que todo parece estar perdido.

El comercio con los continentes había traído de las Américas una raíz robusta, un tubérculo que daba mejor consistencia a su ración de arroz diaria y saciaba medianamente el apetito hasta el día siguiente. El contacto con aquel mundo del que hablaban los marinos había traído este alimento, que ya habían adoptado en sus dietas, y quién sabe cuánto más, se preguntaba Huá Tuó, habría en aquellas paradas a las que los barcos europeos accedían.

El primer punto para salir o entrar al Nuevo Mundo, decían, comenzaba en Macao, que el imperio había cedido a los portugueses a cambio de rentas. La península era la puerta de entrada a esos mundos y quizá, se preguntaba Huá Tuó, allí existía también el remedio para la desesperanza, que parecía no tocar los corazones de los robustos marinos que llegaban a Qianhun, su puerto, en la Provincia de Fujian.

En estos tiempos de carencia, Huá Tuó atendía partos y deformaciones a cambio de algunas verduras y entablillaba piernas y brazos bajo el fresco de los árboles perfumados. En otros años, la hinchazón, los dolores de costado y las arenillas habían sido tratadas por su familia, y le habían dado honor y fortuna. Hoy, la lánguida luz de una lámpara acudía ocasionalmente a su ventana, de madrugada, rogando la extracción de un molar infectado o el remedio para la fiebre, labores todas pagadas en especie.

La caja magnífica, de madera dorada y estofada, incrustada en madreperla, albergaba las últimas monedas de plata de la familia. Tesoros inservibles, demasiado duros para comerse, y tan inútiles para comprar alimentos en esta tierra sencilla de agricultores y pescadores.

Como el abuelo, Huá Tuó se hizo diestro en el manejo de navajas y bisturíes que liberaban la sangre estancada y restauraban la circulación; drenaba abscesos y pústulas, dominando los secretos de la adormidera, de las tinturas e infusiones que detenían infecciones y cerraban heridas con precisión. Era el heredero de los secretos de curación, pero el llamado de las olas que besaba el jardín de su imaginación era un llamado más fuerte, imperecedero.

En temporada alta, capitanes y tripulantes remontaban la colina para alcanzar la morada de su familia y continuar, sanos, su camino. Venían del norte y seguirían su camino al sur, hasta Macao, por la ruta marina de la seda, que llevaba principalmente porcelanas, pero también piezas de tela e hilos, nuez moscada, hojas de tabaco y betel, hasta destinos remotos.

Macao era una perla y la Compañía Británica de las Indias Orientales seguía empeñada en engastar una joya igual en su corona.

Este verano, los diplomáticos chinos habían rechazado la insistencia británica, estacionada por semanas en mar abierto, esperando pacientes el diálogo pacífico con los emisarios del Imperio. La negativa china fue categórica. Ni siquiera se les permitió desembarcar y la comitiva inglesa regresó, humillada, sin ni siquiera una hoja de té.

Las historias de paso de su puerto habían fortalecido la imaginación de Huá Tuó, adolescente, y cada tarde preparaba la infusión de la merienda contemplando el horizonte, soñando con todo lo que habría más allá. Disponía mecánicamente de los utensilios para servir la bebida del sosiego, hecha de hojas curadas de camelia, que tan bien conforta el cuerpo en las enfermedades, mientras su pensamiento volaba a lugares fabulosos.

Su fervor pronunciaba versos de veneración al bodhisattva de mil ojos y mil brazos, el espíritu de la compasión y la misericordia, pidiendo claridad ante la tormenta que clamaba en su corazón.

> Las historias de paso de su puerto habían fortalecido la imaginación de Huá Tuó; su pensamiento volaba a lugares fabulosos.

Envuelto en lino blanco, sentado en la estera de paja de arroz, había recibido recientemente la unción de gracia que lo nombraba el curador más joven de la familia. Era ahora dueño de su destino y podía elegir mudarse al cantón en el que habría de ejercer, allende la cordillera, o como otros, de espíritu menos inflamable, tomar una esposa en el puerto, establecerse, y atender a una población pobre, pero cada vez más numerosa. Con un poco de paciencia, se acabarían las calamidades y si se permitía la llegada de los británicos, habría muchos recién llegados, que reclamarían sus servicios.

Recibió el aceite de la unción con los ojos cerrados. Invocó la protección de la diosa de ojos benévolos, que sabe de los sueños y los conoce, como todo aquello que flota sobre las aguas. Llevando la frente al suelo recordó la flor efímera de perfecta geometría que habitaba las fuentes del pueblo y sus pétalos, marchando con la corriente hasta perderse de vista y alcanzar el delta del río que se funde con el mar.

Cuando abrió los ojos, su familia se deshacía en abrazos y al disponer del frugal banquete de celebración, sonrió cuando se percató de que los platos principales contenían semillas y frutos del loto, su flor.

Don Gabriel de Hogueira, de la misma edad que su padre, apareció en el umbral de la casa de medicina unas semanas después, cuando la mañana lluviosa había empapado la tierra alrededor. Llevaba herida la mano derecha y excretaba el líquido que todos los marineros sabían antecede al gusano que pudre la carne y corta los miembros a todos por igual.

El extranjero estaba a la puerta, pidiendo ayuda con elegante cortesía y en perfecto cantonés, con el respeto que merece una persona que cura. No era casual que en cuanto los representantes de la Compañía Británica de las Indias habían sido despedidos, el puerto recibiera a una comitiva portuguesa. Lo inusual era que un extranjero se hubiese preocupado por dominar su lengua y justo en su idioma había realizado su petición.

La familia, residiendo en aquella alejada colina, había atendido a señas a muchos, pero ésta era la primera vez que conversaban realmente con un extranjero.

La dolorosa curación hacía al herido más elocuente. El padre escuchaba en silencio cuán populares eran las exquisitas vajillas chinas en las mesas de las cortes de Burma y Siam, y las fortunas que se estaban haciendo con los pedidos especiales de los califatos persas. Esperaban por meses la vajilla de la familia, con su monograma y algún verso del Corán, agradeciendo a Allah su fortuna. Ofrecían banquetes colosales, dispuestos en fuentes de porcelana de mil colores, que él proveía, y era bien sabido que los salones de Bagdad rebosaban con fuentes de carne, fruta, nueces y dátiles por días.

La conversación animada del extranjero contrastaba con las afirmaciones tímidas del padre. Tenía noticias de los toscos holandeses en Batavia, que recorrían las calles húmedas, de calor insoportable, enfundados en opulentos trajes de seda bordada, seguidos de cerca por sus esposas pequeñas, de pies reducidos y un séquito de esclavos negros y chinos.

Cuando toda la infección fue eliminada, el padre invitó a Huá Tuó a la mesa, con el extranjero, y disfrutaron de su conversación hasta entrada la noche. Agradecido por salvar su extremidad de la gangrena, ofrecieron a Don Gabriel de Hogueira hojas de *mafeisan* para fumar. Había sido muy generoso en el pago y, deseando extender el efecto del sopor, pagó muy bien por pasar ahí también la noche. Sabía de la cálida hospitalidad de estas tierras, aunque la cena paupérrima le reveló las condiciones extremas de aquellos tiempos.

De Hogueira había llegado en una pequeña flota como comerciante, pero sus labores diplomáticas le impedían revelar más. Había recorrido el mundo y sabía que, de no ser por los cuidados de este hombre de medicina y su joven ayudante, la herida infligida en el barco insalubre habría tenido las peores consecuencias. El barco llevaba conservas y semillas de su propiedad que deseaba regalarles. ¡Tan agradecido estaba con ellos! Bien administrados, estos alimentos aliviarían las hambres de esta familia por meses.

Acordaron bajar al muelle y el padre insistió en entregarle las últimas monedas de su pequeña caja de la plata en pago, que Hogueira rechazó amablemente. Le estaría siempre agradecido. El té de la mañana selló su pequeña amistad, efímera como las flores.

Cuando amaneció, las nubes seguían derramando agua a borbotones y el ruido de la lluvia hizo dudar a Huá Tuó del giro que estaba tomando la conversación. Precisaban de un buen médico a bordo del "Santo Nome de Deus", que atendiera a la tripulación de la flota de siete barcos, y el extranjero hacía insinuaciones que le hacían dudar, con ese cantonés de tanto acento. Confundido, no comprendía si el médico requerido aludía a la habilidad de su padre o a la suya propia.

Había seguido los relatos de viaje de Hogueira sin perder una palabra, y comprendió cabalmente que era a él a quién se refería cuando el padre se puso de pie y con una sonrisa tristísima trajo a la mesa los frutos secos del loto, viajero de los manantiales, para molerlos cuidadosamente en el mortero y surtir al portugués el tratamiento que la herida requería.

El padre sabía que Huá Tuó era una flor navegante: siempre lo había sabido. Habían pasado horas juntos, mirando el horizonte en silencio, cada uno con sus sueños y sus pensamientos y ésta era la primera oferta, sincera y segura, para que su hijo amado, saliera por fin a explorar el mundo.

No había habido más viajeros en esta familia, a pesar de que el padre siempre había querido embarcarse. ¡Y eran tantas las historias que corrían en el puerto! Los pescadores de perlas, que se habían aventurado a explorar mar adentro, sabían que las tierras más allá del océano guardaban infinitos misterios. Enfermedades desafiantes, tan difíciles de sanar que ni todos los polvos de su botica serían suficientes.

Allende el mar también estaban nuevas medicinas y remedios... ¡y estaban los idiomas, las otras costumbres, los colores de piel que habían avistado a lo lejos, descargando en el muelle o huyendo como una sombra por la selva, ocultándose en la oscuridad, con un cepo al cuello!

Estaba todo aquello que el padre, la espalda encorvada y la reuma azotando, había soñado conocer alguna vez.

Huá Tuó había sido bendecido con el arte de la sanación y, más allá de la buena paga, su curiosidad de descubrimiento sería saciada lejos de este puerto arenoso, del fango de los arrozales y el hambre inclemente.

No le costó mucho animarlo a partir. No habría madre que le advirtiera de las enfermedades del alma, de la añoranza que sentiría por compartir la mesa frugal o la bonanza con los suyos. No hubo quien le recordara de las pequeñas cosas que se perdería y que forman parte de los recuerdos: el recaudo para los platillos, los abrazos fraternos y las sonrisas antes de dormir, repasando los acontecimientos del día. No hubo, pues, quien le pusiera sobre aviso de la melancolía que invadiría cada uno de sus días allá en el extranjero, preguntándose por el paradero de los suyos, que quién sabe cuándo volvería a ver.

La nave partiría en un par de días. No lo sabían, pero el peligro se cernía en China a partir del resultado de las secretas reuniones diplomáticas para detener a los británicos y afianzar los tratados portugueses.

Pero aquí, al interior de esta sencilla familia de curadores, la herida de una soga resbalando en la mano de un extranjero cambió la vida de Huá Tuó para siempre. Él se encargaría de darle vida al anhelo pospuesto de su padre de viajar y conocer el mundo.

A bordo del "Santo Nome de Deus", el joven de diecisiete veranos partió ese septiembre, que en la cuenta de los suyos marcaba con el año 4,323, hacia Áomén, el Macao portugués, el lugar más remoto de la tierra, en su imaginación. Un camino de mar en calma de seiscientos kilómetros mecería su curiosidad suavemente hacia este territorio otorgado por la Dinastía Ming, a cambio de defensa contra los ataques pirata. Ambos habían ganado en la transacción.

Don Gabriel de Hogueira era un comerciante que gustaba de la aventura y su facilidad para los idiomas le había granjeado comisiones del gobierno, que combinaba con sus tratos mercantiles. Amaba Macao y sus contactos hacían de cada viaje un episodio que daba sentido a su vida. Tenía intereses en un par de las naves de la flota y con todo el cargamento de porcelanas, en unas semanas debería realizar su primera parada importante, en la India Mogol. Mohammad Salim Khan, celebraría una más de sus victorias contra los invasores que amenazaban la continuidad de su dinastía, de origen persa y religión musulmana.

La estabilidad que la corte de emperadores mogoles había traído a la India había producido una era dorada en todo aspecto y cada victoria que extendiese las dimensiones del khanato era celebrada con fiestas y banquetes que duraban semanas.

Una vida entera en el comercio marítimo le había permitido a Don Gabriel contemplar toda clase de riquezas, en infinidad de ciudades y reinos. Los largos días en altamar le permitían practicar los rudimentos que conocía de varios idiomas, interrogando a la tripulación por sus costumbres, balbuceando frases y buscando su traducción exacta mientras la estela de espuma desaparecía el murmullo de las conversaciones en la ruta.

La seda, exótica y deseada, las especias, el papel, las lacas y perfumes eran lo usual en los cargamentos, pero él había preferido surtir al mercado de vajillas de porcelana, que se fabricaban en lugares secretos del imperio. Una serie de hornos milenarios ubicados en el Norte, a los que ningún extranjero tenía acceso privilegiaban a De Hogueira, el único proveedor de vajillas reales en porcelana, que acompañaban el fasto que conmemoraba cada lid en los reinos persas y orientales.

Se le había permitido navegar el río Chang, en la prefectura de Jingdezhen, que poseía los secretos del verde jade y el cobalto para pigmentar, pero tenía órdenes de no desembarcar. Esperaba en la orilla los cargamentos producidos por los talleres rurales familiares, que transmitían los secretos de la porcelana sólo entre los suyos, y hacían para él vasijas preciosas, translúcidas, tan delgadas como el papel y tan brillantes como un espejo. Él mismo ordenaba las decoraciones y los emblemas o elegía los motivos tradicionales que después causarían novedad en las cortes.

Su sonido de campanas diminutas, al roce de cucharas y utensilios, eran la especialidad del comerciante portugués. El Buró de la Porcelana, que regía su producción, permitía al comprador supervisar los finos cargamentos. Los administradores del Conquistador del Mundo siempre tenían una boda, un cumpleaños, un título o un nombramiento qué celebrar y su monarca, que amaba el arte como pocos, se ocupó siempre del embellecimiento de mezquitas, palacios y jardines. La belleza era el elemento central de su reinado.

Arcilla, minerales secretos, del magma de los volcanes, y sílice se trituraban primero con molinos de martillos. Después se eliminaban los trozos más grandes hasta dejar una arenilla fina que se humedecía y se sometía a procesos de formado de platos, ánforas, recipientes y jarras. Luego, las piezas se sometían a una cocción preliminar, en horno, y tras enfriarse, estaban lista para la decoración.

Todos los colores se concertaban en ese pedido de cientos de piezas, decoradas con la salutación clásica a Allah, el Justo, el Clemente, el Creador. Un marco de flores y follaje brillante sobre un fondo blanco como la nieve, presentaría las viandas del Khan. Cuando cada platillo se fuera agotando, al fondo se dejaría ver una orla verde jade, bordeando su monograma en oro, rodeado de una frase de agradecimiento y homenaje hacia Aquél que No tiene Nombre.

Por eso era tan especial este viaje. Miles de platos y fuentes más sencillos, utilitarios, irían bajando en siete puertos previos antes de llegar a su destino final. La canela, el macís y la nuez moscada llegarían hasta Puri, en la Bahía de Bengala, antes de terminar el año, ocultando en sus aromas la paja que envolvía las delicadas piezas.

Macao sería su primera parada. Se había fortificado para defenderse de los ataques; los portugueses habían ocupado el mar de Oriente desde 1511 y el Papado les había otorgado estas tierras, frente a la ambición de los españoles, marcando una línea imaginaria de 180 grados de longitud geográfica oeste que habrían de obedecer ambas Coronas.

Expertos navegantes, habían antecedido a los españoles en estos territorios, y todavía no existía Hernán Cortés cuando ya ellos comerciaban con el Sultanato de Malacca y habían aprendido el malayo, la lengua franca del comercio allí en las islas. La Casa de Austria presidía el Imperio Español, el más poderoso sobre la tierra, pero aquí en Nan Hai, el Mar Interior de Oriente, los portugueses mandaban. Cobraban impuestos de puerto, administraban la aduana y el paso de quienes arribaban a sus muelles.

La pugna constante entre España y Portugal había trasladado a este rincón la disputa por el comercio. España llegó después y, como lo hicieron los portugueses en Macao, se establecieron en Asia como todos lo estaban haciendo. Desde Manila establecieron sus propias rutas marítimas, que desde aquí irradiaban hasta América.

De Hogueira había prometido a Huá Tuó que al atracar en Macau, camino a la India, buscarían los remedios que volverían a surtir su botica ambulante. El trayecto desde Fujian le había servido para atender un desfile de marinos y dolencias que vaciaron de compuestos sus frascos de porcelana y aquí estaban, a punto de llegar.

Entró a la ciudad como protegido de Hogueira, que pasaría la tarde revisando sus negocios y cargamentos en el muelle. El esquife que condujo al médico a tierra firme, desde la nave capitana, tenía para él una grata sorpresa. Comenzando por el remero, todos hablaban cantonés, su lengua, y todos también, en el muelle. Macau era territorio chino y ¡con qué emoción, con qué alegría, estaban atracando en sus aguas!

¡Por fin Macao! Debía apresurarse a agradecer a la diosa de los mares y la medicina, este inicio venturoso. Había iniciado la travesía de su vida, alcanzarían la Bahía de Bengala en unas semanas, una joya remota en los portulanos, y tenía un lugar de preferencia en la flota. Haría una ofrenda en el templo, rogando por la salud y larga vida del comerciante portugués, su benefactor, y el humo del incienso llevaría al cielo todos sus anhelos.

La emoción del mar vibraba en su alma y lo hacía sentir más vivo. Una fina lluvia enjuagaba sus cabellos, cuidadosamente peinados y sus calzas bordadas, de suela de madera, claqueaban en las baldosas que ascendían al templo, siguiendo a la multitud.

Unido al continente por un listón de tierra angosto, el lugar estaba dedicado a su diosa, Ma-Tsu. Macao era el lugar dedicado a Ma, *A Ma Gao*, era el nombre que los oídos portugueses escucharon cuando llegaron por primera vez y que conservaron como buen augurio.

Huá Tuó se abrió paso entre los vendedores de frutas y los carros de mano hasta alcanzar el templo. El barullo de lenguas, portugués, cantonés, malayo, y el castellano quebrado y fuerte de los sirvientes, se quedaron atrás, en el dintel de sus puertas magníficas y la vara de sándalo purificó todo su cuerpo en giros de humo, para hacerlo digno de ingresar al Pabellón de la Madre.

Junto a él, un rico terrateniente era descalzado por su esclava y en el carro que lo había transportado por el trópico, dos elegantes negros de absurda librea en seda esperaban inmóviles a su amo. A su vista, recordó al esclavo huido que había atravesado como un animal herido el patio trasero de su finca, allá en Fujian. Dejó que sus ojos se acostumbraran a la luz de las velas y a la opulencia de rojo y oro del templo. Sus pasos descalzos atravesaron hasta el frente de la sala de oración.

Con humildad se arrodilló frente a su diosa, Ma-Tsu, la del tocado de cristales finos que tintineaban con la brisa marina. Besó el suelo con su frente, rendido ante la Señora de las Aguas, y agradeció esta responsabilidad por la salud de la tripulación con la que remontaría el océano. Embriagado por el sentimiento y el perfume de las resinas, pidió sabiduría y conocimientos para consumar todas las curas. Secó una lágrima de dicha de su mejilla y salió a disfrutar del sol que abría.

La gente abandonaba el templo y caminaba en oleadas hacia distintos puntos. La colosal iglesia de San Pablo, de los misioneros jesuitas portugueses, dominaba una de las colinas y a sus faldas, más allá de la huerta, todo era el verde del campo. Pensando en recolectar ahí plantas y raíces, siguió a la multitud, que ascendía por la escalinata. La iglesia era extraña y cuando la tuvo frente a sí, titubeó para ingresar.

Estuvo mucho tiempo admirando la fachada imponente, decorada con toda clase de símbolos, sin tregua, y fijó la mirada en una pequeña dama grabada con majestad que pisaba a un monstruo de varias cabezas con la leyenda en caracteres chinos: "La Santa Madre destroza la cabeza del dragón". La dama no era, de ninguna forma, alguna de las diosas que él había visto en sus templos.

En la parte trasera del templo, algunos artesanos acarreaban materiales, trabajando todavía en las portadas laterales de la iglesia. ¡Había tantos detalles!, pero Huá Tuó no podía dejar de mirar a esta mujer grabada en la piedra con majestad, a la que alguien le había permitido someter al dragón, y hasta tallarlo en actitud de derrota, postrado bajo sus pies.

¿Quién habría permitido que el emblema de los dignatarios, el dragón, que dominaba la fuerza de las tormentas, los tifones y las inundaciones se doblegara de esta manera? Los suyos, que merodeaban en los alrededores, ni siquiera levantaban la vista ante lo que consideró un sacrilegio. El templo, al que ingresaban devotos cristianos europeos como Don Gabriel, permanecía indiferente a su inquietud.

Su asombro cedió, llamado por los sonidos de un instrumento extraño, un clavicordio, y un coro compuesto en su totalidad por negros que elevaban notas en sus voces como jamás había escuchado, a un ritmo totalmente desconocido para él.

Era un mundo extraño, nada parecido a su puerto de Fujian. Siguió observando largo rato a los recién nacidos, alados y de ojos redondos, tallados en la piedra, tocando trompetas, rodeados de crisantemos, barcos, veleros y champanes chinos. Cruces y esqueletos completaban la portada, coronada por una paloma de cobre desplegando las alas por encima del sol, la luna y las estrellas.

¡Quién diría que el león poderoso se hallaba relegado a una esquina, en la cornisa, y no a la entrada, imponente, flanqueando las puertas principales, como el guardián milenario que era para los suyos!

Supo que esta iglesia estaba dedicada a la Madre de Dios. Otra, que él no conocía. Tenía una capilla especial para su devoción, y como Ma-Tsu, Gran Señora, empezó siendo humana, muchacha silenciosa de una familia de pescadores, de vestido rojo y vistoso, que servía de guía a los marinos desde los faros de la costa.

Confundido, rodeó la iglesia, que abría paso al edificio del Colegio Jesuita de San Pablo, de misioneros vestidos de negro que mezclaban el idioma de Hogueira con palabras que él entendía y bordeó la muralla que rodeaba la vasta propiedad. Tras ella se extendían las tierras de los campesinos locales, a las que las autoridades chinas habían prohibido a los portugueses acceder.

Tras el muro, un ciento de manantiales abrigaban plantas curativas en sus humedades y Huá Tuó decidió recoger cuantas le fuera posible. Calculó que todavía tenía unas horas para volver a la embarcación portuguesa, a pesar de que sus pasos maravillados por el bullicio le habían llevado hasta aquí, buscando su templo, pero temía provocar el enojo del mercader, que hasta ahora había probado ser magnificente.

En el muelle, los comerciantes reforzaban el número de la tripulación que decidía quedarse aquí, empleando marinos locales para substituirlos. Allá en el norte, en Quanzhou, la ciudad de diez credos y culturas, se había embarcado con toda su porcelana, pisando la ribera que había tocado Marco Polo, cuatro siglos antes.

También ahí había empleado a muchos ayudantes menores que iban huyendo de la leva y se alquilaban por cualquier cantidad, con tal de salir de las entrañas desgarradas del Imperio. Pagados por anticipado, la parada en Macao era una oportunidad para un nuevo comienzo, todavía en su lengua y en su territorio, pero sin decidirse aún a dar el gran paso de abandonar las raíces para siempre.

Macao, lejos de las batallas, era la tranquilidad y el sosiego, el último punto para ordenar sus pensamientos. De ahí, Cantón se hallaba tierra adentro, a un par de días, remontando el Río de Perlas, de cien pueblos pesqueros. En su rumbo, los jóvenes que aquí quedaban tal vez tendrían una última razón para detenerse, afianzarse en la costa y olvidar el canto del mar, que tarde o temprano llamaría a algunos a buscar lo desconocido.

De Hogueira y los de su gremio reacomodaban la carga con nueva gente y mercancía, antes de continuar por los mares del sur. El oleaje estremecía el muelle y en este siguiente tramo se aprovecharía hasta el último espacio en cubierta, con más carga. Todo lo exquisito y admirable llegaba desde las Indias Orientales, de ahí el éxito de sus empresas. Los nuevos aventureros que acababan de embarcarse, quizá encontrarían en Siam, Ceilán, Kerala o Persia lo que andaban buscando.

La misma escena se repetía en todos los puertos orientales y, en cada uno, cientos de hombres y mujeres de valía, de arte y gran esmero se embarcaban, siguiendo las rutas de las compañías mercantes.

Yakarta, de estirpe hindú, era la Batavia de los holandeses, que establecieron la Compañía de las Indias Orientales en esta parte de las islas con el amanecer del siglo. Pelearon por encontrar un lugar a pesar de los portugueses pioneros y los advenedizos españoles, sometiendo muchas ciudades de este inmenso archipiélago, y planeaban continuar estableciendo puestos de avance desde la Joya de Asia.

Mientras el hemisferio portugués y su delimitación seguía en litigio con los españoles, los holandeses ya se habían adueñado de una parte de Formosa, a pesar de que la isla hermosa le correspondía a los portugueses, de acuerdo al meridiano. Dos mil hombres ya protegían ahí los intereses de los Países Bajos en la ciudad que nombraron Zeelandia, causando el terror de las naves que cruzaban el estrecho de Tayouan.

Las historias acerca de la crueldad holandesa habían llegado a escucharse por años hasta el puerto de Fujian. Alguna vez los pobladores habían atendido a los sobrevivientes de una nave china que habían escapado de su ira, con las orejas cercenadas por los holandeses.

Ocupar Formosa envalentonó sus ambiciones y allanar la Macao portuguesa se les había convertido en una obsesión.

El primer cañonazo enloqueció el corazón de Huá Tuó. Ocupado en escarbar raíces con sumo cuidado y reflexionando todavía sobre los símbolos del templo jesuita, nada lo había preparado para el estallido. Apretó contra sí la frazada en la que guardaba su colecta y permaneció en cuclillas sin saber qué hacer.

Un rayo atravesaba el cielo anunciando otro aguacero y reverberó doblemente con el segundo estallido, abriendo una herida de luz en el cielo que multiplicó su aturdimiento. Titubeando, se arrastró a orillas de la muralla, acercándose al punto desde donde podía avistar el muelle. La humareda le impedía ver con claridad lo que ocurría y su mente, enfrentándose por primera vez a la realidad de la destrucción, lo dejó inmóvil. Un tercer estruendo se apoderó de sus oídos, sordos ya a los rumores del campo y la copiosa lluvia.

Apretó la cabeza entre sus manos, esperando la vibración del suelo y el muro con la descarga siguiente y contó cada sacudida hasta que perdió la cuenta del número de disparos. Cuando tuvo el valor de asomarse de nuevo, la flota de siete barcos, su flota, emprendía la huida. Desde la colina sus ojos alcanzaban el horizonte que teñía de naranja algunos naufragios, vaciando el resto de metralla que los cañones escupían contra los invasores.

El buque insignia de la flota holandesa se estaba hundiendo y sólo una nave pretendía la lenta retirada, formando un lienzo con toques de plata, como aquellas marinas que reproducían los artistas en los talleres de Flandes.

Hecho un ovillo, sin saber qué hacer, perdió el sentido con el último disparo que alcanzó la muralla con precisión. Luego la tibia madrugada lo encontró echado en la hierba, enfrentándose al terror y al silencio. Estaba solo. La multitud que deambulaba por las calles había desaparecido. Nunca supo que el estruendo más ensordecedor provenía de la batería jesuita de esta fortaleza, a unos metros suyos de distancia, y que había respondido también al ataque.

El amanecer llenó de dorado la playa desierta, los restos humeantes. El joven comprendió que de Hogueira y sus barcos se habían esfumado. La población, acostumbrada a estas amenazas, se había recogido en silencio y así siguió, confundido, hasta que el sol salió en pleno. Se levantó como un ebrio, caminando sin rumbo, y comenzó a silbar una tonada lenta de su infancia, que sus oídos no pudieron escuchar.

Olvidó todo, cómo llegó ahí y hacia dónde se dirigía.

Cuando por fin descendió de las alturas de la Fortaleza do Monte, el muelle seguía desierto. Los habitantes habían repelido el ataque junto con los barcos anclados y el *Santo Nome de Deus* se abrió paso para escapar con su valiosa mercancía, soltando las amarras, flanqueado por una de las naves que resistió las escaramuzas hasta que se inclinó del lado de estribor.

Los destrozos parecían menores desde la fortaleza. Aquí abajo, recorrió uno a uno los esquifes, mirando indiferente los cuerpos destrozados que el mar regaba en la playa. Pero ninguno tenía el *Santo Nombre*, nada que lo hiciera recordar y salir del pasmo.

Su corazón latió apresurado cuando presenció reuniones fraternas, adivinó gritos de sorpresa y el llanto de la gente local que comenzaba a buscar noticias de los sobrevivientes. A él, ¿quién lo buscaba?

Siguió en el muelle observando las bocas que parecían describir relatos de terror; por todos lados, en portugués y en cantonés, se repetía que una vez más, la misericordia de Nuestra Señora los había protegido y cada uno levantaba la vista a la colina e inclinaba la cabeza en reverencia, agradecido. Cuando no hubo más arena y el muro que separaba la concesión portuguesa del territorio chino apareció, dio la vuelta para seguir caminando sin rumbo, subiendo hacia la villa hasta que al caer la tarde alcanzó los alrededores del Templo de San Lázaro, sucio y hambriento.

En el sendero empedrado, un par de ancianos luchaba por mover los últimos baúles que contenían el archivo que se trasladaría a la nueva sede de la Diócesis. Se había recibido la autorización eclesiástica para elevar la *Igreja da Sé* a la categoría de Catedral, y dado que el trabajo evangelizador irradiaba desde Macau a todo Oriente, era necesario que la Diócesis mudara a la catedral para contar con instalaciones más adecuadas que beneficiaran la obra de Dios que llevaría el cristianismo a toda China y el Japón.

> A él, ¿quién lo buscaba?

Ni los rayos del sol inclemente, ni el ataque holandés habían detenido esta mudanza de documentos y registros que daban cuenta de las décadas de conquista religiosa y, en cada descanso, el par de viejos cargadores renegaba de las razones de los Padres, interesados en salvaguardar el archivo, testigo de su avance, amenazado por el calor y la humedad de este trópico.

En tal faena, un joven de mirada perdida se acercó para ofrecer a señas sus brazos fuertes y mover los atados de documentos, una bendición enviada por el cielo que daría tregua a su jornada. Movió bultos y baúles, diligente, acostumbrado a servir a los ancianos de su familia y ahí estuvo, esperando atento la siguiente instrucción, mientras dibujaba siluetas de barcos con las manos.

La vida seguía su curso. Al atardecer, la población pretendió haber olvidado el ataque, enterró a sus muertos y organizó brigadas para retirar los escombros y reconstruir las veredas. Los ancianos habían vuelto a su trabajo y cuando habían sacado la mitad de los documentos y pertenencias, se sentaron a descansar, admirando el mar naranja a la sombra de una acacia fragante, tan apreciada por los perfumistas desde que Oriente había ofrecido este árbol a Europa como una curiosidad.

Desenvolvieron los alimentos que llevaban y ofrecieron compartirlos con su inesperado ayudante bajo una lluvia de flores de oro. Estaban seguros de que era uno de los suyos, que comprendía su mismo idioma, sus ojos los mismos, pero no lograron que emitiera una sola palabra. Pronto desistieron, repartiendo aquellos panes de arroz y pescado, y sus almas sencillas dejaron de preguntarle por su silencio inexplicable.

Gente de tantas calidades iba y llegaba al puerto con la marea, hombres de cuerpos rudos y manos encallecidas y mujeres de habla fuerte, curada en la lucha por la supervivencia. El joven trazaba ensimismado figuras en el aire y pronto no supuso mayor atención.

Huá Tuó, privado de la facultad de hablar, aturdido por el choque de los acontecimientos, parecía uno de tantos. Sólo el más viejo reparó en sus delicados dedos, que escribían en el aire un monólogo, para después volver a la comida, devorando. Terminó primero que ellos y se adelantó, comprendiendo que debían llenar la carreta de bultos, para completar la tarea antes de que el sol se ocultara. Bregaron juntos las siete calles que separaban a ambos templos y la noche los encontró a punto de cerrar la puerta del cuarto encalado que sería el archivo.

Animados por la compañía inesperada, los viejos bromeaban sobre el posible origen de este chino fuerte, sin voz y sin nombre, que los siguió en silencio por la vereda, rogando abrigo con sus ojos tiernos, sin mediar palabra.

Los ancianos eran budistas devotos, pero sus piernas débiles sólo habían encontrado paga cargando y limpiando para la iglesia católica de San Lázaro. Luego, siguieron empleándolos en la reubicación de la Diócesis, transportando su multitud de legajos en un ajetreo que envolvía mapas del imperio chino, diccionarios y todo aquello que pudiera apoyar a las congregaciones en Hirado, Yamaguchi y Bungo.

El movimiento de misioneros que se repartía al interior de Asia era minúsculo, comparado con la fuerza de los credos existentes, pero no cesaba. El Tratado de Zaragoza delimitó las zonas de influencia portuguesa y española en Asia, considerando la labor de extender la cristiandad por todo el Celeste Imperio y más allá, donde reinaban la moralidad y la política confucianas.

Adormecidos los sentidos por el calor y el cansancio y tendido sobre la estera que los viejos compartieron con él esa noche, Huá Tuó se había olvidado hasta de su diosa, cuya misericordia estaba a sólo unos pasos, en el pequeño altar casero, oculto en la penumbra del humo del incienso que impregnaba esta casa cantonesa de aroma familiar, en la que el joven se sintió nuevamente protegido.

Al día siguiente, se levantó con ellos, dispuesto a seguirlos. Habían bebido juntos el té de la mañana y no había comprendido que, para los pobres ancianos, su estancia debía reducirse a sólo esa noche. Ignoraban su condición de médico y cómo los disparos habían hundido su voz en un hueco profundo y sus únicas pertenencias, sus frascos de porcelana, se habían esfumado con las naves huidas.

No lo sabían, pero el perfume del sándalo le había devuelto el sosiego, aunque seguía sordo y las palabras continuaban perdidas en el estruendo, extraviadas, sin encontrar el camino para llegar de nuevo hasta su boca.

Para ellos, los baúles llenos de libros, cuentas, registros y actas, de palabras civiles en aquel portugués de sonido nuevo, eran sólo resmas de papel en caracteres incomprensibles; fardos por acomodar que esperaban las instrucciones del diácono para organizarse en muebles y repisas.

Por fin, una voz de fuerte acento, en un cantonés de vocabulario limitado, se escuchó en el umbral. Su dueño mudó el tono de autoridad inicial por una mueca de dolor en un instante. Con la frente perlada, la presencia de Huá Tuó exigía una explicación y los ancianos se deshicieron en detalles sobre cuánta ayuda les había brindado el día anterior y qué útil sería contar con sus servicios si Su Ilustrísima autorizaba un empleado más a partir de ese día. El diácono, portugués, cojeando y sosteniendo su inmensa humanidad sobre uno de los baúles, meditó la propuesta, temblando.

El dolor lo hacía torpe; la mudanza apenas había comenzado, y apretando los dientes, calculó que debía negociar con este sirviente la paga a la mitad para afianzar su autoridad. Aceptó la ayuda adicional de mala gana; el extraño recibiría el desayuno, como ellos, e ignorándolo pasó a recalcar a los viejos la urgencia de terminar para despachar y escribir registros antes de terminar la semana.

El exceso de ácido úrico estaba matando los ánimos del religioso. El pulgar del pie derecho, enorme e inútil, y la pierna hinchada, le hacían arrastrar la extremidad. Sólo el alcohol mitigaba la estocada, que lo hacía desplazar su cuerpo con furia por las habitaciones.

Los viejos terminaron esa segunda jornada dando pequeños saltos, explicando a Huá Tuó lo afortunadas de las condiciones de su nuevo empleo. El religioso volvió con la paga diaria y el joven sólo atinó a observarle las sandalias fijamente. El dolor lo atenazaba y estuvo a punto de darle un puntapié al sentir su mirada insistente. El joven salió al solar sin inmutarse y todos pensaron que la paga era tan poca que había abandonado el trato. Los ancianos suspiraron, resignados a terminar de acomodar sin sus brazos fuertes. Con menos años encima, ellos también se habrían marchado.

Una hora después, Huá Tuó volvió con un líquido verde oscuro que había filtrado en las faldas de su camisa. La mancha parda de la poción oxidada que había destilado en su vestido lo hacía verse todavía más desaliñado. Corrió por la pequeña jarra de vino de consagrar e, ignorando el sacrilegio, vació la mitad del contenido mezclándolo con el destilado en un cuenco de madera. El diácono, mudo de espanto ante tal licencia, recibió el bebedizo santiguándose mientras el joven lo obligaba a beber vino de consagrar, señalándole el pie enfermo.

¡En casi un siglo Portugal había aprendido tanto de Oriente! La herbolaria china había aliviado muchas dolencias y el diácono ya había visitado a algunos curadores, sin remedio. No sabía si confiar en el mudo, de rostro cándido y sudoroso, que señalaba la bebida y su sandalia insistentemente.

Se había prometido alejar todo licor de su mesa en la mortificación de esa mañana, pero ofrecería esta excepción a Dios Nuestro Señor. El dolor era insoportable y a pesar de que habían transcurrido solo unas horas, su promesa ya estaba flaqueando.

Vació el cuenco de un solo trago.

El calor adormeció su cuerpo y por un momento dejó de sentir las extremidades. Una oleada se llevó la tortura del dolor y, expectante, sintiendo que tal vez el tormento regresaría, se negaba a reconocer a un hombre de medicina detrás de los harapos sudorosos del cargador. Huá Tuó sonrió humilde cuando calculó los efectos del remedio. Así fue como consiguió un espacio para dormir en el piso del archivo.

El diácono debía repetir el remedio varias veces al día y él podía seguir acomodando los salones, aderezar el aposento para los sacerdotes, llevar agua o disponer de los objetos litúrgicos para celebrar la Santa Misa. El religioso sabía que pronto llegarían desde Ke Cham, Cochin China, los restos del mártir André de Phû Yên y faltarían manos para disponer la iglesia para recibir las honrosas reliquias.

Los clérigos que establecerían un vicariato en el lugar del martirio llegarían en unas semanas y con ellos varios misioneros franceses que acomodarían en el convento y en la pequeña posada que tenía la Catedral.

Las manos de Huá Tuó terminaron haciendo falta en todo. El clero secular no era tan rico como la Orden Jesuita y sus dos iglesias de madera rústica, en la parte baja de Macao, contrastaban con la Fortaleza do Monte y el Convento de cal y canto; el lugar de los disparos. La orden recibía el favor de las fortunas chinas, que educaban a algunos de sus hijos en la Universidad Jesuita, la primera de corte occidental en Oriente.

Los misioneros llegaron al mes siguiente, ardiendo en fiebre. Comenzaba la época más calurosa y pensaron que habían sobrevivido a la disentería. En el camino, habían arrojado por la borda a varios miembros de la tripulación, incluyendo los cuerpos de diez esclavos de Joao de Abrantes, que había venido a Macao para entregar en limosna un hermoso Cristo de marfil, en ocasión de la consagración de la iglesia como Catedral.

Su devoción estaba haciendo muy buen dinero comerciando crucifijos y otras figuras sacras de marfil y en sus santos cargamentos llevaba algunas gemas, que luego vendía a las cofradías españolas, para recamar faldones de santos o de María Inmaculada.

Todos recibieron albergue, mientras en la cocina, la sopa de verduras acompañó los polvos que Huá Tuó administró para detenerles el flujo de vientre. De Abrantes era el único que no había enfermado aún, pero apreció el remedio, que estimó preventivo.

De esa manera, el chino se había ganado la estima de todos. Dormía, cargaba y curaba en silencio a los eclesiásticos, cerrando los ojos para palpar mejor las dolencias y administrar el remedio preciso. Así transcurrió un año.

La amenaza holandesa había sido alejada con la llegada de milicias de refuerzo, pues Portugal no podía permitirse el lujo de perder el dominio de su entrada a la China y los Ming encontraban en los impuestos de arriendo portugueses un importante refuerzo a sus arcas. Aunque de vez en cuando una comitiva de oficiales realizaba visitas, Macao era autónoma y llevaba como nadie la seguridad del enclave.

Hasta ahora, nadie había pensado en bautizar a Huá Tuó, que se escurría como una sombra entre la nave mayor y los corrales traseros, siempre atento a que nada faltara en el Santo Sacrificio. Recibía instrucciones en portugués, parpadeando docenas de veces hasta comprender, y luego continuaba su arduo trabajo en silencio, escabulléndose de la Liturgia de las Horas en latín. Nadie había insistido en su presencia.

Su mirada vagaba más allá de los ajuares de las ricas chinas y malayas, casadas con comerciantes portugueses, que asistían a las celebraciones como una ocasión social para dejarse ver, mientras murmuraban en el atrio sobre la apostura del sirviente cantonés, perdido en la bruma que se había instalado en su memoria.

Todavía no se atrevía a salir más allá del camino entre la Catedral y la vieja sede y en sus ratos libres recogía hierbas y raíces, empapado en el agua del monzón.

Sus sueños de aventura y conocimiento se habían hecho líquidos y corrían por el empedrado en hilos hasta alcanzar el mar. El olvido había anestesiado sus aspiraciones, sin recordar quiénes eran los suyos, pero aquí podía vivir por siempre, sin temor a la guerra y al hambre que corrían al norte, sobre la costa.

Para llegar a Macao, la ciudad del Santo Nombre de Dios, "No hay Ninguna más Leal", había que cruzar el globo a través de un mar pacífico, libre de tempestades, si éste se compara con el Atlántico furioso.

Manila había avisado que enviaría a algunos emisarios españoles a Macao, previo permiso. La disputa por los límites del meridiano continuaba; la línea imaginaria que repartía Asia se movía de acuerdo a los intereses y enturbiaba todos los tratos. La diócesis portuguesa permitía sólo al Consulado de Comerciantes español el uso de sus dormitorios y hasta allá llegaron los ilustres capitanes novohispanos, Juan Morales y José Nebra, que habían solicitado el permiso de las autoridades portuguesas para que el patache que los transportaba pudiera atracar en su puerto.

Venidos de la Nueva España, se habían detenido unas semanas en Manila para descansar. ¡Habían cruzado el mundo! Iban comisionados por el Cabildo a cargo de la construcción de la Catedral de México para realizar un pedido especial. Sevilla estaba en sus anhelos siempre, pero estaban siguiendo fielmente el modelo de Santa María de la Sede, en Sevilla, la catedral gótica más grande del mundo, para construir la de México. Los constructores y patrocinadores de Santa María se habían propuesto hacer una iglesia incomparable, grandiosa, que los que la vieren labrada los tuvieran por locos; ellos también podían lograrlo.

A pesar del retraso y el rechazo a su imposición, el diezmo de los españoles, a partir del tributo indígena, estaba financiando las obras de construcción. La salud espiritual de los fieles estaba primero. Pero para el procurador y canónico en turno estaba siendo un dolor de cabeza recaudar el diezmo al que estaban obligados, pues los amos españoles cambiaban con los indios el tributo en dinero y en especie por servicios personales y así evadían entregar efectivo para el financiamiento de la construcción.

Pero había también grupos, cofrades, hermandades que se habían propuesto contribuir con donativos en especie a la obra magna para evitar este molesto retraso que quitaba lustre a la ciudad española de sus sueños, aquella que deseaban reproducir fielmente en México.

Los capitanes Morales y Nebra pagarían de sus arcas el viaje al único lugar que habría de construir la reja más primorosa para el coro de su catedral: China. Sus orfebres eran famosos por sus obras y en América no habría otro virreinato que tuviera un adorno de tal manufactura, venido de oriente.

En metal del príncipe, tumbaga y calaín, que es como decir oro y cobre por mitades, la reja es la puerta que abre el lugar que ocupan los ángeles que cantan la gloria de Dios en el cielo. Aquí en la tierra, es el punto que une a las almas terrenales con el paraíso; es cerca y entrada. En toda catedral, el coro en la nave mayor canta la gloria divina, alaba a Dios Todopoderoso y Eterno, justo en el corazón de la construcción.

Los planes de terminar por fin la majestuosa morada de Dios Nuestro en México iban bastante adelantados y ya contemplaban la decoración de las capillas, la colocación de un órgano monumental y la erección del coro. Aunque llevaban años de retraso, todos estaban de acuerdo en que en este joven virreinato era preciso deslumbrar a los fieles con obras que no tuvieran igual en el mundo.

En una suerte de competencia por conseguir los materiales más selectos que rendirían pleitesía al Señor de los Cielos, el enrejado que Nebra y Morales habían venido a encargar, sustituiría la simple estructura de madera que actualmente bordeaba la zona y estaban seguros que nadie en el reino español podría reproducir la exigencia en el trabajo de los metales, como los sangleyes extranjeros del Imperio Celeste.

Las autoridades portuguesas ya habían agotado todas las preguntas con respecto a lo inédito del pedido, cuestionando cómo si las manos de los artesanos novohispanos eran tan perfectas en todos los rubros del arte sacro, por qué se había acudido al otro lado del mundo para ordenar la hechura catedralicia.

Finalmente se convencieron de que quienes financiaban su manufactura deseaban la reja más rica, hermosa y única que jamás se hubiese visto en las Indias occidentales. Los comisionados traían consigo diecisiete mil pesos en plata de América para realizar el encargo, suficientes para dotar y mantener a cuarenta monjas o comprar un ciento de esclavos de los mejores en África.

Animados por los favores terrenales y celestiales que la Iglesia rendiría a los Capitanes en pago a su arrojo al aceptar esta empresa habían llegado a Macao. A pesar del peligro, Oriente surtía los caprichos de mayor lujo y poseer sus mercancías era la medida de toda posición y nobleza. ¿No por ello habían buscado los holandeses posiciones comerciales en Batavia y Zeelandia? En la medida de lo posible, se trataba de eliminar intermediarios que incrementaran el precio de las mercancías. Por eso estaban aquí.

Y es que así había empezado todo. Desde las especias para los platillos más sofisticados hasta la porcelana en azul y blanco para servirlos, todo era suplir la demanda de lujo, que día a día se incrementaba hasta niveles que rozaban la locura. ¡Los holandeses se habían atrevido incluso a enviar secretamente artesanos a oriente con la misión de copiar sus platos y fuentes! La porcelana Kraak, de blanco níveo y azul cobalto, evocaba en su nombre las carracas portuguesas que la habían llevado a Europa por vez primera. El tono de azul, azul de cielo y ensueños, había sido el color elegido para distinguir a la Dinastía Ming y tenía un vidriado y belleza perfectos, que los artesanos de Delft buscaron copiar con denuedo. No lograron nunca alcanzar la perfección china, pero sus porcelanas sí estaban al alcance de los holandeses de mediana fortuna.

Las copias posaban en las mesas en un lugar central, como un tesoro, repletas de frutas y flores. Pretendiendo pasar como objetos admirados de la China Imperial, fueron inmortalizadas en bodegones por los pintores flamencos de las Provincias.

Desde la *Igreja da Sé*, Huá Tuó observaba a lo lejos las carracas portuguesas que abandonaban el puerto de Macao, repletas. La línea azul del horizonte hablaba de distancias que las naves españolas pocas veces remontaban, internándose en Oriente sólo desde Manila, en las Filipinas, sus únicos dominios. La estancia de Morales y Nebra, en Macao, era una excepción. Habían logrado el permiso para negociar directamente la manufactura del enrejado con Quiauló, el representante del gremio de sangleyes chinos, los artesanos de estas latitudes. Los novohispanos iban preparados con planos y dibujos detallados, que el Maestro Pintor de la Catedral de México había elaborado cuidadosamente, con las medidas exactas de la hechura.

Los portugueses accedieron a permitirles la entrada, siempre y cuando el diácono sirviera de intérprete. Bajo su escrutinio se abundaría en los detalles, se concertarían los tiempos y el anticipo. La Catedral máxima de la Nueva España merecía estas consideraciones. Después de rezar vísperas, los capitanes pasarían la noche, hospedados en los dormitorios de la iglesia.

Huá Tuó guió con ceras encendidas a los viajeros hasta el cuarto donde pasarían esta noche de luna, vacía de curso. Al día siguiente se harían las negociaciones. Recorrieron los pasillos, ignorando en la penumbra los peligros del trópico. El aguijón que en el pasillo hirió el brazo sudoroso del Capitán Nebra, siguiendo los pequeños saltos de Huá Tuó, habría avisado su peligro si hubiera sido visible el imperceptible rastro brillante de carbolina que manchaba la pared, a oscuras.

El grito de Nebra hizo tambalear la luz de las velas, que regaron cera sobre las frescas baldosas de piedra, sumiendo el pasillo en la negrura. El haz del insecto desaparecía en un resquicio y Huá Tuó supo que debía avivar los rescoldos de su estufilla para limpiar en seguida la herida con agua hervida.

Cuando supo que se trataba de una picadura de escorpión, el brazo hinchado, la angustia hizo suplicar a Nebra a gritos por un remedio, que Huá Tuó apresurado ya estaba preparando en el mortero. El emplasto de hierbas y aceite de oliva logró atenuar el ardor y el hormigueo, pero se necesitarían unas horas para conocer el efecto del veneno.

Cuando el sol apareció de nuevo en el horizonte líquido, el español supo que le debía la vida al curador, que había pasado la noche en vela entregado a su cuidado, temiendo las oleadas de fiebre mortal, que sin embargo nunca llegaron.

Desde el ataque del puerto, Huá Tuó dormía poco y mal, y ahora agradecía esta noche ocupada e insomne. Sólo hasta que estuvo seguro de que el Capitán dormía profundamente, fuera de peligro, salió a respirar la brisa salada. Lo habían instruido para posponer la visita del jefe de artesanos, el sangley chino, para el mediodía.

Ya repuesto y habiendo degustado del arroz y la carne con especias de estas tierras, Nebra deseaba terminar de una vez por todas las negociaciones de la reja para regresar al clima templado y sin peligros de la capital de la Nueva España.

Recibió a la comitiva de artesanos y el que parecía ser su líder y los representaba apenas abría la boca para ofrecer detalles técnicos con respecto a pedestales, molduras y estriados, que los novohispanos solicitaban sin descanso. El coro es el lugar aquí en la tierra en el que músicos y cantores replican a los ángeles del cielo, explicaban. La alta clerecía, el tabernáculo y la lectura de la Sagrada Escritura tienen asiento ahí. En la nave principal se une el universo, que le canta al Creador, y su puerta de acceso, la reja en cuestión, era la entrada figurada en donde la música de órganos y clavicordios y las voces humanas cantan su Gloria, produciendo una epifanía divina.

Los capiteles llevarían festones con racimos de un número preciso de hojas de vida y uvas y una puerta rematada con cornisas, crestería, relieves y medallones. Las figuras de bulto que representaban a los ladrones, crucificados al lado de Jesucristo, y las campanillas y discos, que tocarían los aleluyas completaban la profusión de detalles. Pasaron la tarde explicando y traduciendo los dibujos con la ayuda del diácono y entregaron el anticipo al anochecer, deseando abandonar Macao cuanto antes. Nada más los detenía ahí. Habían acordado que el patache saldría a Manila al día siguiente, de madrugada, antes de que el puerto bullera en movimiento. Cuanto antes, mejor.

Tendido sobre la hierba, escuchando los sonidos del amanecer, Huá Tuó se incorporó en seguida cuando los españoles salieron a la puerta. Arrastró el baúl de Nebra, todavía un poco enfermo, y se aseguró como buen sirviente de que el equipaje quedara bien atado al techo del carruaje.

Habían ofrecido en sacrificio a Dios Nuestro Señor y a la Santísima Virgen todos los peligros del viaje, pero deseaban dejar esta isla infecta, de portugueses altivos y sangleyes de habla escueta, cuanto antes, satisfechos de que el encargo hubiese llegado a buen fin. Comentaron el regocijo con el que el Cabildo recibiría la noticia del pedido y desearon que el año siguiente transcurriera pronto y sin novedades para recibir en Acapulco los cajones con la preciosa herrería de ángeles y serafines. La Asunción de Nuestra Señora, elevada en un trono de nubes, y un crucifijo coronarían la obra, decían, y secretamente sabían que todo este esfuerzo garantizaría un lugar en el cielo para los emisarios.

Huá Tuó trepó al asiento de un salto para revisar el vendaje en el brazo de Nebra y apretarlo. Los españoles sonrieron y Nebra se llevó la mano al bolsillo buscando las monedas que expresarían su agradecimiento. En ese momento, el fuste animó a las yeguas a avanzar por entre las calles desiertas. El calor subía lentamente y los juncos de los pescadores chinos comenzaban en la playa su ajetreo. El mar brillaba tenue y limpio.

Cuando estuvo satisfecho de la firmeza de las vendas, Huá Tuó se dejó caer en el asiento exhausto, insomne, de frente a los españoles, dormitando un instante, mientras el carruaje avanzaba presuroso por las calles dormidas. Ya en el muelle, desató los dos baúles y los colocó con cuidado en la arena mientras Morales ofrecía su brazo a Nebra para abordar la embarcación. El joven los siguió por el puente, naturalmente, acomodando el equipaje en su camarote, sin dificultad, ni queja. Nebra se apresuró a alcanzar la cama mullida y Huá Tuó acomodó las almohadas, cual fiel enfermero, pendiente del paciente en su cámara, en todo momento. Así le habían enseñado.

Volvió a revisar la hinchazón y tocó su frente, mientras la brisa inflaba levemente las velas y el sol naciente estallaba en colores, como un canto de coros celestiales sobre las aguas.

La nave había levantado el puente y ahora avanzaba, besando las olas suavemente. El aroma de la cocina, donde el motil preparaba el cocido de papas y pescado con agua de la dársena, se extendió por la cubierta. Observando la línea de la costa, la luz del amanecer en pleno bañó al joven médico en un halo que parecía elevarlo a los cielos, a la morada de su diosa. Cuando el potaje estuvo listo, se acercó como todos con un pequeño tazón de porcelana barata, defectuoso, a esperar el último turno.

La flota se despidió de Macao," No hay Ninguna más Leal", y atrás quedó el último rizo del continente, los muertos y la guerra, el hambre y las intrigas de los eunucos, los templos confusos y el ruido.

Las grullas y los cisnes pintados en azul cobalto, mirando al cielo sobre un fondo blanco, seguían pintándose al norte, en los martabanes, como cada mañana. Los baúles seguían llenándose con joyeros para las cortesanas, tazones para servir arroz y lebrillos decorados con damas esbeltas, de ropajes ondeantes como las velas de este barco, que admiraban desde sus terrazas ríos de olas como sus cabelleras.

> La luz del amanecer en pleno bañó al joven médico en un halo que parecía elevarlo a los cielos.

Allá en el muelle, todas las piezas de exportación en kraak, porcelana azul y blanco de la Dinastía, se inventariaban sin falta, mientras los oficiales registraban impuestos de puerto y salida, como todos los días.

Huá Tuó se fue como había llegado, sin rumbo conocido, dando la espalda a las rocas. Libre. Sin nada a cuestas.

PARTE II
LA TORMENTA

CAPÍTULO 7
SER DE AGUA
1629

Me llamaron "La Tromba de San Mateo". La gente decía que siguiendo el mandato de los cielos yo me había propuesto desatar todas las furias juntas, en castigo a sus pecados. Pero no fue así; nunca fue de esa manera. Yo no hice más que seguir mi naturaleza y reunir en una sola todas las lluvias del siglo.

El resto, lo hicieron ellos.

Por milenios, los aguaceros arrastraban hasta el lecho de mis lagos troncos, piedras y desperdicios naturales que bajaban de las montañas circundantes. Setenta ríos desembocaban en la majestuosa Laguna de México y todos nacían en la cadena montañosa que rodea este valle. Cuando llegaron ellos, los indígenas, se las fueron arreglando para convivir con mi cauce, asentándose en las riberas y hasta en los islotes. Diseñaron canales que bordeaban parcelas flotantes que se iban inventando conforme crecían en número, y espacios para sus cultivos. De su limpieza y mi libre paso dependía

> Yo no hice más que seguir mi naturaleza; el resto, lo hicieron ellos.

enteramente su existencia y así hicimos las paces, durante cientos de estaciones.

Desde que llegaron y se asentaron, aquí vivieron. Daban movimiento a mis aguas, en el lago central, con el tráfico de miles de canoas y el albarradón, la compuerta construida por cierto rey poeta que tenían en gran estima, dejaba escapar el exceso de líquido cuando los niveles de tantos años de negociar juntos se derramaban. Así controlaban las cinco grandes lagunas, de agua dulce y salada, con cada época de lluvias.

Un buen día, los augures descifraron presagios funestos y los cantares no hablaban de otra cosa que de una invasión. Con la llegada de los otros, con sus naves desconocidas, de gran calado, comenzó la destrucción. Diques y esclusas dejaron de mantenerse, pues se hallaban ocupados, peleando. Las calzadas de agua se llenaron de inmundicias y la enfermedad que llegó con ellos se propagó, por tantos descuidos.

Luego la higiene se olvidó y se construyeron multitud de palacios, residencias y templos sobre las ruinas, que luchaban por encontrar estabilidad en tierras artificiales de fondo cenagoso. Tanta edificación a un tiempo, las compuertas rotas, el dique derruido, terminaron por azolvar las avenidas por las que yo siempre había transcurrido.

A partir de entonces, se habían intentado soluciones para deshacerse de los torrentes y yo no hacía más que regresar, desafiante, y fluir por sus caminos, ocupados ahora por construcciones que olvidaban mi memoria de siglos.

Algunas obras de ingeniería intentaron deshacerse de mí, llevarme lejos, hasta que en 1629 decidí levantar la voz y decir, con un grito fuerte, de días, que éste era mi sitio, que aquí quería quedarme, convivir y ser testigo de todo esto que estaba floreciendo, transformando la faz de la tierra conocida, modificando poco a poco a la Nueva España hasta el último rincón.

Septiembre traía siempre mis últimas lluvias, así que debía apresurarme. Comencé como una llovizna tímida que con el paso de las horas arreció y todos corrieron a guarecerse. Una hora, diez, días, sin descanso. Toneladas de agua saturaron los empedrados que pronto desaparecieron, sepultados bajo el fragor de mi tormenta y supieron que el relato de los púlpitos era verdad y así murmuraban todos, asustados en la oscuridad de sus viviendas. El diluvio ya había cubierto una vez la faz de la tierra, descarriada y pecadora, ¿por qué no habría de hacerlo nuevamente?

Los relatos de los sirvientes indígenas del palacio del Arzobispado intentaban también dar explicación al desastre. Decían que por fin se había cumplido la predicción, que de la cueva que escondía el remolino de Pantitlán, en el extremo oriente de la Laguna de México, se elevaría a los cielos una columna de agua que, en un conjuro de nubes, juntaría todos los cauces guardados en el corazón de las montañas. Todos caerían algún día de una sola vez, a un tiempo, inundándolo todo, cubriéndolo todo.

Más allá de sus historias, para mí era un gozo recuperar el terreno que con la reconstrucción había perdido. Con las primeras gotas, llené el Valle de fragancias, que sacudieron la memoria de todos. La pestilencia de las acequias, que una vez fueron limpias y ahora eran un drenaje abierto, se olvidó por unas horas y la tierra mojada evocaba la melancolía de quienes me habían conocido antes, reinando sin límite; de los recién llegados y de la gente de paso que me rendía culto.

La añoranza está hecha del olor de la lluvia, de su sonido, de su frescura en las manos y de la vista de los relámpagos que anuncian la tempestad inminente.

Aquellos días de septiembre mis aguas lo cubrieron todo y a partir de ahí, pude retozar a mis anchas, desperezarme hasta alcanzar los techos de todo edificio, obligando a la gente a subir sus pertenencias en las azoteas. El rico y el pobre acomodaban en pilas cacharros de metal, porcelanas finas, ropajes de seda o sencillo algodón; cubrían con tablones sus tesoros y sus recuerdos, para tratar de protegerlos, pero era inútil, pues yo conseguía entrar por todos lados.

A la altura de las techumbres, las canoas de hortalizas navegaban bajo la lluvia, que a ratos amainaba, ofreciendo sus mercancías al doble, ahora que el hambre campeaba; ofrecían traslado y resguardo a quienes podían pagarlo, para alcanzar la ribera, allá en tierra firme, mas ¿cómo decidir qué embalar apresuradamente de entre las pertenencias amadas, sin saber cuándo habrían de volver?

Después de semanas, muchos se resignaron. Algunos dejarían a un sirviente al cuidado de sus pertenencias; otros asegurarían con aldabas y candados sus fincas, temiendo vándalos y saqueadores. Pagaban fortunas por un pasajero y una carga pequeña y eran tantos los que estaban abandonando la ciudad que las canoas comenzaron a circular hasta de noche.

Tallas y marfiles de Oriente, laca Namban, atriles, arquetas y cajones incrustados en madreperla, que guardaban herencias de la Península, linos y ajuares bordados en pedrería, eran amontonados en las canoas de los saqueadores.

Un mes después, la gente oraba a voces, pidiendo la clemencia de los cielos. Las lecciones del libro se habían ignorado. La construcción de arcas, decían, preparadas con antelación, hubiera podido rescatar bienes, niños y ancianos enfermos, pero nadie imaginó que la situación alcanzaría estos límites. Horas y horas de lluvia sin descanso estaban agotando la paciencia de los habitantes, mientras en la Sala de Audiencias la autoridad virreinal culpaba a la hidráulica del desastre.

En Palacio, se había llamado al ingeniero holandés, Adrián Boot, director de las obras del desagüe hacía diez años. Tratando de moderar su temperamento, expresaba su desacuerdo con los planes que había venido a imponer el cosmógrafo alemán Heinrich Martin. Enzarzados en una lucha de nacionalidades, Enrico Martínez estaba ahora a cargo de la arquitectura del desagüe, pero ni los planos de uno, ni del otro habían prevenido que ocurriera este desastre. El Consulado de la noble ciudad había desdeñado el ambicioso proyecto del holandés, de construir un cerco que rodeara la ciudad y en el que una serie de diques, compuertas y calzadas expulsarían las aguas sobrantes de mis lagos usando la energía de máquinas de viento, como las de Holanda, para impulsar molinos de harina y obrajes, construyendo canales que servirían también para la navegación.

Él había presentado verdaderas soluciones al Virrey, decía, basado en su experiencia en casa; medidas definitivas que sin embargo no fueron aceptadas por su costo, relevándolo del cargo en favor del cosmógrafo Martínez, que al castellanizar su nombre pareció adquirir mayores derechos. Para aprovechar su venida de la Germania, la Corona se deshizo del holandés y sus molinos, enviándolo a fortificar los dos puertos principalísimos de Acapulco y Veracruz.

Presupuestos, denuncias, recriminaciones, intrigas, sospechas. Llevaban años discutiendo obras hidráulicas magníficas que luego se olvidaban hasta que yo descendía de nuevo, poderosa, en la siguiente temporada de lluvias, transformando la pretendida planificación en apresuradas medidas de emergencia.

Por eso cuando llegué, irrumpiendo con mi vestido de tromba, arrasé con todo. Los barrios más pobres, en las afueras de la ciudad, vieron derrumbarse sus casas de adobes en una escena que se repetía en torno a los arrabales de las calzadas y aún en las islas, mientras las construcciones de cal y canto sólo crujían conforme el aguacero transcurría.

La fe resurgió entonces, en oleadas. Las iglesias, inundadas, el culto suspendido, despachaban a sus clérigos para oficiar misa desde las azoteas y los vecinos se reunían en torno, devotos, para tratar de expiar sus culpas y que se levantara el castigo de agua, llorando a gritos y olvidando en la intemperie el respetuoso silencio de los templos. Las campanas tocaban a rebato y el arrepentimiento subía en volutas, que se evaporaban con el sol del amanecer.

Con los primeros cuerpos flotando, la confianza y la tranquilidad desaparecieron en la corriente, para conmoción y espanto de los feligreses. Todo fue caos y crujir de dientes. En la ciudad, hija de los pantanos, la podredumbre inició unas semanas más tarde. El agua alcanzaba los balcones y, frente a las ventanas, corrían restos de carruajes, con sus bestias amarradas, de vientre inflado, flotando entre trastos y trapos, muebles y aves, en un desfile macabro de enfermedad y epidemia que comenzó a reclamar muertos por cientos.

Cuando el agua para beber que llegaba de Chapultepec y Cuajimalpan se agotó, roto el acueducto, el éxodo comenzó, para alarma del Virrey Pacheco y Osorio. Sin agua, la nobleza clamaba por reubicar la capital en tierra firme, lejos de este lago funesto que cíclicamente rebasaba toda previsión. Meses antes, el producto de la sisa del vino se había destinado a pagar el refuerzo de la arquería, pero como los fondos desaparecieron o no fueron suficientes, jamás se concluyó la reparación.

Además, antes del diluvio, muchas acequias habían sido tapiadas, buscando unir terrenos que mi paso estorbaba y partía en dos partes. Otras permanecían sin reparaciones, ni mantenimiento. La limpieza y el orden de las cajas de agua y encañados de antaño eran trabajos sin paga realizados sólo por los naturales y fue una ironía constatar que ellos, a pesar de sus forzadas diligencias por mantenerlos como podían, sacando horas a sus jornadas implacables, habían sufrido más la mortandad que nadie; siempre los pobres, siempre primero.

El Santísimo Sacramento, de oro macizo y cuajado en gemas, era llevado a enfermos y moribundos en canoa, mientras el custodio cubría su nariz con pañuelos de encaje de Brujas, para evitar la peste, bregando en los caminos de agua, cobijado en sombrilla de seda para cuidar su rostro del sol.

El arzobispo tuvo la idea de traer la mismísima efigie de la Santísima Virgen de Guadalupe, bajándola de su santuario en las montañas del Tepeyac, a una legua de México, para obtener su intercesión. La estación de lluvias pasó y la ciudad continuaba sumida en las aguas, temiendo que los meses de secas no alcanzaran a evaporarlas antes de la temporada siguiente.

Diminutas hechuras de brazos, piernas, cabezas y ojos, en oro y plata, metales preciosos, eran prendidas con alfileres a las faldas de vírgenes y santos, en rogativa por el alivio de padecimientos derivados de la gran inundación. Crecieron las arcas en cantidad de figuras de plata, palios y manteles de seda y brocados, ofrecidos en limosna a cambio de los favores celestiales.

Desde el Santuario de los Remedios, la venerada Virgen del Rosario también fue sacada en procesión. Su paso acuático entonó antífonas en canto llano por semanas hasta que la imagen, de ricos vestidos, profanados con lodo y zarpas, volvió. Con nuevos ropajes, su saya sucia fue vendida como reliquia entre los devotos. Su Precioso Hijo estaba castigando a los pecadores y el desastre podría empeorar, si cabe, así que traer consigo unos hilos de su tela como amuleto quizá los protegerían, bajo su intervención.

Los indios, antes renuentes, comenzaron a lucir rosarios en el cuello y hasta rezaban las ciento cincuenta Ave Marías con veneración, aunque en lo secreto sabían que el descuido y el olvido en que habían caído sus altares había desatado el poder devastador de sus dioses.

Llegó también de España una imagen de Santo Domingo, fundador de la orden, abogado intercesor. Su efigie, decían, había sido pintada en el obrador del cielo y estaba respaldada por numerosos milagros en la Península. En cuanto pisó la Nueva España –o sus aguas, para ser más precisos– la silueta del santo se reprodujo en estampas, en número de seiscientas, detallando sus milagros para rezarle con fervor. Fue tal el consuelo que otorgó que para agosto del año siguiente los fieles ya le habían prometido cera, fuegos y música para celebrarlo en el Convento Mayor, indemne, pues fue de los pocos que no alcanzaron las aguas, por la altura de sus terrenos.

–"Santo Domingo de Guzmán, que estás en los cielos al lado del Creador, ¿qué pedirás tú por nosotros que no alcances?", rezaban los frailes.

Entonces los milagros comenzaron. Isabel, la negra esclava, preferida de don Vicente de Monroy, había bebido del aceite de la lámpara que alumbraba el nicho de Santo Domingo y quedó buena y sana de disentería. Pedro, el chino del contador Tomás de Chandiano, había resbalado en la azotea, caído y dado por muerto, y por intercesión del santo se levantó, salvo y sin lesión alguna. Al niño Luis, hijo del platero Don Luis de Azuara, enfermo de calenturas y sin querer mamar, se le pagó una misa al santo patrono y cobró la salud de inmediato, al término del oficio. En sus arrebatos místicos, las religiosas de claustro comenzaron a escuchar mensajes celestiales que prometían la misericordia divina y en sus visiones escuchaban respuesta a sus ruegos.

-"¡Recuérdanos, Virgen y Madre! Escucha la oración de tus siervas. Obra el milagro antes de que lleguen las lluvias de nuevo.

Parecía que el nivel iba cediendo y la Orden de Predicadores se adjudicó el logro, y Santo Domingo fue nombrado Patrón de la Ciudad. Sin embargo, once meses después de que la ciudad padecía el naufragio, al año siguiente llegué de nuevo puntual a la cita.

Ahora los indios horneaban piedras al fuego para arrojarlas en las charcadas, purificar las aguas y beber. Con cánticos y atados de hierbas pretendían llamarme a rendirme y a tantos dioses como tenían, alabados en la clandestinidad, pedían socorro, uno más propicio que el otro, y cada cual para una especial necesidad.

Mixtecos y zapotecos tenían capilla en el Convento de Santo Domingo y acudían a ella a rezar por la tribulación, desde cualquier rincón de la ciudad que habitaran. Su devoción había crecido, pues los Predicadores se entendían con ellos en sus lenguas; se habían esmerado en aprenderlas y publicaban en ellas catecismos y administraban los sacramentos a sus naciones. Llegaban hasta el atrio muchos enfermos de gravedad; mujeres con sus niños a la espalda, tendiendo puentes de madera a la Sala del Entierro, y constatando el nivel de mis aguas, vistas desde su mirador.

En su Capilla de Negros, a veces en armonía y otras en disputa, los fieles de las naciones africanas pernoctaban y por las tardes oraban a voces, mientras se flagelaban y hacían promesas frente al altar. Luego la noche los encontraba, tumbados en el atrio, escuchando a lo lejos mis rumores, tratando de conciliar el sueño, mientras la peste ascendía y se esparcía como los espíritus de sus creencias. Indios y negros libres, viejos y enfermos, habilitaron norias tiradas por mulas, sobre tablados, para tratar de bombear el agua estancada. No tenían a dónde ir.

La petición de mudar la capital del virreinato llegó a la Corte de Felipe IV. Se consideraba imposible rescatarla y proponían la cercana Tacubayan o la vuelta a Coyoacán. ¡Pero sus habitantes tenían tanto invertido aquí! Veintitantos conventos cerraron definitivamente, poniendo a buen resguardo las joyas de vírgenes y santos. Los tribunales no habían reanudado sus trabajos, ocupados en rescatar legajos, flotando como lirios en el agua y los talleres, sin producción y luchando con cuencos, comenzaron a despedir a sus aprendices.

El arzobispo Manzo de Zúñiga había escrito a Su Majestad que ya habían perecido, ahogadas o entre las ruinas de las casas, más de treinta mil personas y emigrado más de veinte mil familias.

Sólo las cimas de lo que fueron las principales islas, Tlatelolco y Tenochtitlan, estaban a salvo del agua. Los cajones de comercio habían perdido sus mercancías, las casas, abandonadas, se estaban desmoronando lentamente. Los que podían pagar, daban cristiana sepultura a sus muertos en fosas comunes, abiertas en las faldas de los cerros, por control sanitario y por piedad santa. Todo el grano almacenado en la alhóndiga se humedeció, germinó y luego comenzó a pudrirse; pegajoso y agusanado alcanzó a consumirse, a cuartillos hasta que el piso de piedra pulida relució, vacío.

A más de un año, el agua bienhechora, la que propicia las cosechas y limpia las caras de los niños, seguía haciendo estragos. La ciudad valía ya millones de pesos en oro y a pesar de todos los destrozos era preferible destinar cuanto más se pudiera para completar las labores del desagüe, que mudarse y recomenzar.

Habían nombrado a mis lluvias, que sepultaron la grandiosa capital de la Nueva España en una inundación que alcanzó dos varas de alto, poco más de la estatura de un hombre, en honor a San Mateo, el publicano, recaudador de impuestos en Cafarnaúm, pues las primeras gotas comenzaron a caer en el día dedicado al apóstol, una tarde del 21 de septiembre.

El cambio es la constante. Mi paciencia ante el desvío despiadado de ríos y manantiales para surtir estancias de ganado se había desbordado y en el día de San Mateo, el predicador de una fe que había cambiado el curso de la historia, yo cambiaría también el rostro de la Nueva España. Para siempre.

∙ ∙ ∙

Los cantos de mar se fueron transformando en cantos de río en voz de la negra. Pablo Paxbolón abrió los ojos grandes cuando avistó el inmenso espejo de las lagunas, de las que tanto hablaban en Santa María de la Victoria. Desde esa altura, todas eran una. Habían descendido desde la Puebla de los Ángeles, fijándose poco en los lugares, ocupados como estaban en ignorar el frío y rescatar a la mulería que los transportaba de los lodazales en su necesidad de alcanzar la traza, la capital de la Nueva España.

En cada silencio, cuando sólo los cascos sobre las piedras del camino se escuchaban, Rosario cantaba con toda su voz, que se había ido templando con los arrullos que acompañaron el ascenso a las cumbres, cuando abandonaron el tibio mar en calma de las tierras chontales, hasta convertirse en un timbre vigoroso e incansable que recuperaba los sonidos del Bani, el río de su infancia, que bañaban su garganta en tesituras de gozo inexplicable.

Rosario cantaba para Pablo y ambos eran del río. Habían unido sus cauces primero por agradecimiento y luego por un afecto simple que fue subiendo como las armonías que encerraban las canciones de la negra, de letra desconocida.

Se habían echado al camino y Rosario le había confesado a la abuela de Pablo que se le habían omitido ya dos lunaciones. El arsenal herbolario del enclave chontal se había llevado la sífilis tratada a tiempo y Rosario agradecía cada nuevo día, sin esperar nada del siguiente.

La anciana, en el escondite, promulgó que la negra debía recuperar el equilibrio. El alma de Rosario, decía, andaba perdida y errante por la violación, la captura y el naufragio y estaba sufriendo. Ella había entendido todo ese misterio sólo a medias, tal y como ellos apenas habían comprendido de dónde venía y cuánto más sufrían su cuerpo y su mente al saberse tan lejos de su remota aldea. La brecha del lenguaje los separaría siempre, pero los gestos sustituían a las palabras y lograron confortarla. Ella sabía para sus adentros que sus verdugos, que habían tomado a las mujeres en tumulto, le habían traído las fiebres, las úlceras y la enorme llaga en el corazón.

Cuando pudo sentir la salud de vuelta, decidió que el espíritu de las aguas había labrado así su destino y que precisaba de todas esas penurias para llegar hasta aquí. Determinó que había recibido suficiente y que el sartal de caracolas que pendía de su cuello la protegería, pues simbolizaba todo lo bueno y lo malo que le había traído el mal gálico. Así, entornó los ojos sintiendo el sol bajo la fronda del bosque, agradeciendo.

Su río y su aldea parecían ahora tan lejanos, como de otra vida, y puestos en este camino, cuando pudo por fin escuchar el canto de los pájaros y cantar como ellos de nuevo, supo que el día en que Pablo la tomó, comenzaba una nueva cuenta de sus días. Cuando la abuela supo que el aroma de Pablo se había acumulado en Rosario en suficiencia y que dos lunas ya habían transcurrido, saboreó el triunfo. Concebir era la prueba de que sus artes habían derrotado verdaderamente a la enfermedad.

Fue entonces que Pablo decidió buscar fortuna en otras aguas. Santa María de la Victoria iba a terminarse y el comerciante que llevaba en la sangre le hizo ver que podría aprovechar las rutas para establecer contactos con la colonia mixteca y el centro. Esta inquietud, bien lo sabía, le venía de otras vidas.

Con la carta de libertad de Rosario, una carreta y sus mulas jóvenes, habían emprendido el camino. Se habían acostumbrado a dar explicaciones y a hacer tratos en los mercados de paso en cada ciudad y pueblo que atravesaron. Rosario esperaba en la carreta cuidando la mercancía que iban intercambiando, a veces tiritando de frío, mientras algún español esperaba al dueño del hato de mulas para preguntar por el precio de la negra.

Hubo incluso alguno que se atrevió a intentar meter los dedos en su boca para comprobar su dentadura y afinar su postura de precio. La escena había enfurecido a Pablo y cargado con sus bultos había alcanzado a gritar en castellano quebrado a lo lejos que la negra tenía dueño y que no estaba a la venta. Ya más calmados, ambos amarraron los bultos, mientras el pretendido comprador huía, volteando la vista y pretendiendo examinar las mantas que las indias labraban al pie de sus puestos.

Las tejedoras se mordían la lengua, divertidas ante la sarta de bravatas que Pablo profirió en su idioma, y que ponían en duda la virilidad del español, burlándose de su olor rancio, de su ropa de días, y de la sopa que haría con sus huesos, a pesar del semblante flaco y amarillento del español.

El otro, de dientes podridos, no tenía la seguridad que da una bolsa de monedas quintadas y se alejó, aumentando una onza más al rencor de su alma, sin mediar con el indio, en desdén, palabra alguna.

Pablo y Rosario emprendieron el viaje cuando el calor de la costa menguó. En Santa María de la Victoria había desembolsado una fuerte cantidad por notarizar la carta de libertad que ponía por escrito la realidad de esta negra atezada, sin seña de hierro, reservada sólo para él, ..."por habérseme dado de contado a mí, Pablo Paxbolón trescientos veinte y cuatro pesos para pagar la libertad de la negra Rosario y que en justicia tuve hacerle esta buena obra para redimirla".

Así, con el nombre cristiano que le había sido dado y este apellido de los indios chontales de Acalan Tixchel, Sekondi envió al olvido toda aquella otra vida, aunque todavía siguiera despertando algunas madrugadas sintiendo el agua salada ahogándole mil gritos en la garganta, sudorosa y desencajada.

Conforme las siembras y reclamos de tierra de los españoles crecían, el escondite de los suyos, allá en la espesura de la selva, no habría de durar más tiempo. Pablo había ganado cierto respeto y muchos se estaban mudando ya a la nueva capital, en la Villa Hermosa. Con su pequeña fortuna y aquella carta notarizada podía transitar con la negra, entre ambos mundos.

Algunos indios se habían aferrado al enclave; ahí estaban sus familias. Era sabido que las expediciones de castigo capturaban a los indios huidos, igual que a los esclavos, y que eran llevados sin compasión en grupo a los cañaverales y parcelas más próximos. Cada redada en los pantanos, la arena revuelta, las matas en trozos, eran una alerta. No podrían estar ahí más tiempo, así que los abuelos enterraron los ombligos de algunos miembros de la familia a la vera de un camino blanco, como indicio, y obligaron a Pablo y a Rosario a partir, haciéndoles jurar que regresarían sólo si las condiciones cambiaban, si el peligro se iba, como si eso fuera posible. Todos salieron con diferente rumbo, sólo los viejos a los que ya no forzarían a nada, de encontrarlos, permanecieron.

Ahora, ante la vista fabulosa del lago, en el corazón de la Nueva España visto desde las alturas, Pablo detuvo a las mulas terminando el bosque y despertó a Rosario para contemplar la vista a sus pies. A partir de este punto el camino descendía, dejando atrás los pinos y la niebla; el cristal azogado que era el lago se extendía sin fin, salpicado de pequeñas islas e islotes, dejando visible lo que parecía ser una ciudad de grandes construcciones y altas torres de campanarios.

No habían visto algo igual. Rosario se mareó con la vista y la altitud y regresó a la carreta a tenderse, mirando al sol y extrañando más que nunca la tierra roja y seca de su infancia. Habían caminado la fina arena blanca, se habían mojado en la espuma de turquesa y en las cañadas que habían cruzado en el camino. Su piel amaba ya este sol y esta tierra, que ahora se extendía en una alfombra de agua interminable.

Con la vista perdida, Pablo se preguntaba si las canoas que había previsto, montadas en las carretas, servirían para acercarse a la parte central y seca de la ciudad, que resplandecía. Lo sabrían al día siguiente.

Acamparon con el sol estallando en naranja, tiñendo la laguna; la sal de las playas en la ribera refulgía. Pablo hurgó entre las mantas labradas, hasta el fondo, y con reverencia rescató el envoltorio de tela, flores secas, semillas de cacao y plumas preciosas que resguardaban la efigie sagrada de piedra, la del negro antifaz.

Habían logrado sortear todos los obstáculos del camino con su favor divino, así que debían apresurarse a bañar en miel la imagen para rezarle, antes del último rayo del sol. Comenzarían una vida diferente aquí, bajo su auspicio, y le debían adoración.

Tenían razón los relatos. Esta ciudad era grande en verdad, magnífica, y el porvenir se abría ante ellos como una flor.

Antes de cerrar los ojos, repasó una vez más el mensaje que recitaría a los ancianos, allá en la capilla, donde los dominicos.

Con ellos se entendería para encontrar alojamiento, establecer contacto con la colonia milenaria de mercaderes y averiguaría si el palo tinte tenía aquí demanda o habría que empezar de nuevo.

Mientras, allá abajo, en el centro, cortinajes, fragmentos de hueso, hebillas, medallas, pequeñas cruces, alfileres de oro, una biblioteca completa y restos de vasijas de porcelana flotaban sobre las aguas pestilentes. Los Predicadores hacían sonar las últimas campanas de la noche, llamando a los fieles a completar la liturgia de las horas en sus casas:

-"Abre, Señor, mis labios y mi boca pronunciará tu alabanza".

• • •

Escribir bajo el imperio de la emoción. Conjugarte en diferentes tiempos y formar las esquinas de tu rostro con palabras en mi mente:

-"Te busqué. ¿Lo notaste? ¡Te extraño!; ¿Dónde estás?".
-"Me llamo Diego".
-"Yo soy Lucía".

La rama entre mis manos repetía aquella magia primera de pronunciar palabras en un idioma nuevo, que aprendí con el tesón del negro Miguel, y que ahora intentaba transformar en los signos, aprendidos con el fraile. Muchos se quedaron conmigo tras ensayarlos en el suelo a toda hora, trazando en una pizarra de tierra húmeda una y otra vez hasta aprenderlos.

Escribir nuestros nombres dio paso a palabras más complejas: alma, castigo, cielo e infierno, y a frases que dibujaba la rama, en magia proveniente de un lugar oculto:

-"¿Qué es lo que haces con mi alma, Diego? ¿Te has fijado en mí? Soy Lucía. ¡Extrañé tanto no verte en el batán hoy! Tus manos, trabajando el cerco, dejan un paso de fuego en mi corazón".

> **Conjugarte en diferentes tiempos y formar las esquinas de tu rostro con palabras en mi mente.**

Escribir todo esto seguía teniendo la misma emoción que aquel descubrimiento, en las montañas, cuando rumbo a la Laguna de México, supe temblando que mis pensamientos podían cobrar forma en mi aliento; que podía hacer palabras, hacerlas salir de mi boca y formar signos invisibles con ellas, en el viento gélido.

Fue entonces que todas aquellas lecciones aprendidas en la costa con el viejo negro Adouma después de sobrevivir al naufragio, volvieron. Las repeticiones, pronunciadas con voz fuerte, mientras sus dedos trenzaban nudos y vueltas que hacían cuerdas, y su empeño en hacerme recitarlas, se volvieron niebla viva.

De sus labios salieron siempre nuevas voces, mil voces, silenciando la música de nuestro idioma compartido y oculto. El hausa sólo volvía cuando su voz ronca, inolvidable, intentaba explicar un término que mis ojos no comprendían y luego se limitó sólo a un arrullo reservado para la noche, de rumores de selva e infancia; de rostros de madres que molían y amasaban para un montón de chiquillos que, como yo, corrían desnudos bailando entre el humo de la fogata de estiércol, bajo otro sol, igual de ardiente.

El negro Miguel se había empeñado en desterrar de mi voz todo acento:

-"Para que no burlen de tí, negrita, cara quemada, para que hable uste' bien, como gente de repeto. Diga así, a ver, mire, repita, así."

Pocos meses después, en la siguiente vuelta del amo, Pablo Paxbolón, se concretó mi venta. Llegaron nuevas fragatas y algunos preferían comprar esclavos que ya se hubieran aclimatado a los humores de estas tierras para arriesgar menos su inversión.

El amo Pablo aprovechaba los desembarcos para hacerse de mercancías, sobre todo las de contrabando; de paso ofreció a la esclava de buenos modales, instruida en las artes domésticas, lista para la crianza de negritos, sirviendo doblemente como ama de leche en cuanto quedara preñada.

El atardecer llenó los bolsillos del amo Pablo con mi precio y sus canoas, con enseres de hierro. Viajar sin conocer la extensión y los alcances del reino no suele ser novedad, después de haber conocido el abismo profundo del mar. Mi nuevo amo, que acababa de adquirir una hacienda en almoneda a la Santa Madre Iglesia, dispuso que dejáramos la costa insalubre cuanto antes. Soñaba con plantar trigo y, con tantas varas de solar como su propiedad tenía, el ganado correría a sus anchas y el olivar de su infancia, allá en Alcalá, cobraría vida aquí en la noble Nueva España, una réplica de sus recuerdos.

¡Tanto por venir! ¡Tanto porvenir!

Obedeciendo el mandato, en cuanto la parte de su herencia fue situada allá en Santa María de la Victoria, se repitió el consejo que su difunto padre le hiciera tan encarecidamente:
-"Que los primeros reales en que gastáredes sean en una esclava para que os sirva en el camino y que tan pronto como pudieres, os hagáis de más, atentos a vuestro modo y maneras, para que en adelante os sirvan con los de la hacienda, como corresponde a vuestra fortuna".

La negra Lucía fue su primera compra esclava, fuera de la Península y, con tan buena suerte, que la mucama hablaba la lengua de Castilla. Le había dado Dios una curiosidad ilimitada y había memorizado todos los lugares de los que oyó hablar a marineros y funcionarios en Santa María, sin perder detalle.

En sólo una temporada de muelles y descarga sabía de mezquitas en el Sahel y complejos catedralicios en la España del Rey, donde negrillos mulecones de librea entraban en catedrales imponentes. Sólo mostraba disgusto hacia las historias de océanos, plagados de piratas. Esas le cerraban la garganta con el gusto salobre que desde el naufragio jamás la abandonó. Hablaba sin tregua y se llamaba Lucía, la que aprendió de un negro militar hausa, peón de la caña, la piña y la cuerda, todas las palabras siendo una niña. Esa, era yo.

El conjuro de la letra escrita, ensayada a las faldas del fraile dominico, había trasladado su magia a la rama que daba vida a la tierra apisonada del atrio y que luego siguió en la hacienda, repitiendo durante los quehaceres de la casa la consigna, sin comprenderla muy bien:
-"Escribir como pronunciamos y pronunciar como escribimos, escribir como pronunciamos y pronunciar como escribimos, escribir…"

Sudando a mares por las largas faenas de la costa y viajando en alas por mundos interiores, supe que una palabra podía representarse en el polvo, aunque su entonación y sus matices escaparan al escribirlas. Todo lo que no consigue atraparse, todo lo que uno siente al pronunciarlas, captura, factoría, naufragio, lunación, Lucía, venta y puertos, seguramente van al mismo lugar en donde flotan los recuerdos.

La casa grande en Santa María de la Victoria, el río y sus arrabales, los caminos de agua, la servidumbre, los modales aprendidos y los manteles de encaje de Holanda, tendidos al sol, antecedieron mi venta y cambiar de dueño le dio otro giro completo a mi vida.

Las guías de derroteros, las habitaciones de brocado, la pronunciación pulida siguiendo el idioma de la casa, del mesón y de la plaza, esperaron por semanas noticias de Don Pablo Paxbolón, señor del comercio de los ríos.

Serví en la casa grande, de muros puntualmente encalados después de los huracanes, y me había convertido en una negra limpia y amable, de conversación, que había perdido el acento y los modales de bestia de los arrabales. Cuando dejé de hacer cuerda y empezaron a alquilarme, el anciano Miguel quedó ahí, en aquella choza, olvidado, arrastrando las piernas varicosas e hinchadas como fardos, supurando, sin poder moverse.

-"Lucía, que so' mala, so' mala, que te va'".

Era una negra de mano, sirvienta, que firmó la muerte lenta de Adouma-Miguel cuando salí por la puerta, por manda del amo Pablo.

No fue sino hasta fines del año, cuando el mortero de encalar esperaba el fin de las aguas para blanquear de antiséptico los muros, que un mulatillo llegó a la casa grande con noticias. El viejo Miguel había muerto y su cuerpo enorme, lleno de pena, fue arrojado a la corriente por las almas de la caridad que lo encontraron.

Decían que, en el estruendo de la crecida, el muelle aulló de dolor cuando recibió su cuerpo en la orilla lodosa, y que gritó su nombre, Adouma, el único, el que le oyeron sus captores portugueses, el de su clan, el de los pueblos que hacen canoas en madera de okumé, que por siglos han remontado el Ogowe, el Sebe, el Loula y el Libiri.

Con la noticia de su muerte, ahogué en la tormenta los gritos de añoranza que encerraban todas las pérdidas del último año, la aldea caliente, los juegos, el secuestro de los esclavistas y las moscas devorando desperdicios, allá en el calabozo de Elmina.

El muelle pareció tambalearse con mis sollozos; mis lágrimas aumentaron el caudal y con eso comenzó la inundación y el desastre que expulsó de una vez por todas a los últimos españoles de Santa María de la Victoria.

Antes de dar la espalda a las olas, pronuncié en su memoria y mejor que nunca las palabras de adiós en castellano que él tanto procuró enseñarme. Mis empeños honrarían su recuerdo y ahí estaría él, siempre, cuando mis labios imitaran el acento del dueño de la casa o el de su vieja nana de Cuenca; el ceceo del mandadero, bastardo del alférez, puesto en servidumbre, aunque su tara murmurara obscenidades, prendado de la vista de mi pecho, mientras desparramaba la arroba de harina que cocería el pan de la tarde.

Fue en castellano el idioma en el que don Pablo Paxbolón finalmente pactó mi venta como esclava de Don Luis de Dueñas, que estaba de paso por la Villa. Su ama de llaves española había enterrado en las aguas del trayecto a otra negra, víctima de un aborto reciente, y su recién adquirida hacienda debía organizarse de inmediato a su llegada. Puesto al tanto de mis lunaciones, don Pablo dejó instrucciones para venderme y el caballero Dueñas igualó el precio en oro que Don Pablo exigió.

Así salimos de Santa María de la Victoria una mañana de agosto. No todo era la minería del Camino de Tierra Adentro. Habían encontrados vetas en la Provincia de la Plata, que se abría por el ancestral camino de Taxco, y las mercancías, que por cientos de años inundaron los puertos del Golfo y el sur del continente, se estaban aventurando en esta ruta que ahora transportaba mineral, herramientas y enseres para la explotación.

Don Luis de Dueñas, flanqueado por sirvientes indios, empujaba mulas y carga en los pasos de río, hombro con hombro junto a los esclavos, en camino hasta su nueva propiedad, a orillas de la Laguna de México, mientras Lucía, esclava de casa, de modales elegidos, daba tumbos entre sacos de cacao, instrumentos de labranza, herramientas y refacciones de batán.

Ya estaba en edad de procrear con alguno de sus sirvientes y sabría darle a Don Luis descendencia que apurara las labores de la huerta, los maizales y las tierras mercedadas a orillas del río Magdalena, que ahora eran propiedad de este caballero al servicio de su Majestad.

De Puebla quebramos el camino en cuanto pasamos Atlixco para alcanzar en Cuautla a don Bernardino de Dueñas, primo hermano de don Luis y dueño de un par de placeres pequeños en Sultepec, al oeste del camino de Taxco. Ahí intercambiarían barras de minero, almádenas, cuñas, picos, fuelles y balanzas, tan útiles en las vetas que corrían por esta tierra, por doce esclavos que completarían la cuadrilla que Don Luis ocuparía en la hacienda.

Don Bernardino estaba haciendo una fortuna mediana en esas tierras. La Provincia de la Plata había sido bendecida por el Cristo del Perdón y la producción del Real de Arriba, de su propiedad, lo cubriría de riquezas hasta el fin de sus días. Lo de la plata apenas comenzaba aquí. En Cuautla cumpliría también la jura de mandar a hacer una pintura de la Virgen de la Luz para la parroquia y estaba seguro de su devoción iluminaría su siguiente búsqueda de mineral.

El amo Luis había notificado de la hacienda por carta, ofreciendo los utensilios y herramientas, tan faltos en estas tierras, para traerlas a su familiar, de tan gran estima. Ahí pasaríamos unos días y luego, ya sin los enseres, las carretas transportarían a los esclavos que don Bernardino había cedido al amo Luis, a cambio de las herramientas. Habían eliminado intermediarios y esta sería la única ocasión para aprovisionarse en directo, a mejores precios.

Don Bernardino había traído una docena de esclavos bambara, lunda y mandinga, sumamente apreciados por ser los más expertos en las herramientas. Las vetas superficiales del Real de Arriba se habían agotado y se había retirado temporalmente de la actividad minera, buscando conseguir el capital de varias capellanías administradas por la Orden Carmelita para financiar la excavación profunda a cambio del pago de rentas.

Así era la minería. Una serie de capítulos de auge y declive donde las fortunas eran un río veleidoso, como los recios bantús que se incorporarían a nuestra comitiva.

Fue un fastidio convivir por días con el peso de los fardos y aquel hato de negros, sucios y desaliñados. Como unidos en hermandad, en cada parada se burlaban a lo lejos de mis esfuerzos por trazar signos en la tierra. Eran sólo un montón de diablos negros que no entendían que el traqueteo de las ruedas era un repaso rítmico de lo que había aprendido con el viejo Miguel.

Sus manos agrietadas y callosas y sus pies ajados aseguraban los aparejos, orgullosos de su fuerza y su destreza para manejar a las bestias y jamás entenderían.

La visita fortuita de Don Luis, que comenzó cuando dejamos los ríos caudalosos que desembocaban en la costa y empezó a sentirse el frío de la sierra, tampoco fue sorpresa. Yo ya estaba acostumbrada a calmar las ansias de los amos, aquéllas que los frailes tanto condenaban en el púlpito, a cualquier hora y en cualquier parte. Desde la casa grande, tomar mujer y engañar a la naturaleza, derramándose en la tierra, ocurría casi a diario, incluso dentro de la carreta en movimiento. Aquellos encuentros duraban sólo unos minutos, con las nieves blancas derritiéndose en los picos más altos, como fondo y testigo a lo lejos.

Cuando el amo acababa, comentaba unos minutos lo provechosa que había sido la transacción de la hacienda o la conveniencia de aumentar los trabajadores para sus tierras de labor o qué largo era el camino para llegar a ocuparla. Yo pretendía escucharlo, a pesar de la mugre y el sudor de días en el cuerpo, confundiéndose con el olor a óxido y hierro de las herramientas, tumbada entre sacos y baúles. Había comprendido que en cuanto fuera posible debía descifrar la tinta sobre el papel arrugado que llamaban mi Título de Venta. Mi impaciencia deseaba tenerlo entre mis manos, dominar su lectura, comprender cómo su contenido me sujetaba y especificaba duración, custodia y dominio.

Este viaje había encendido una luz, allá en la sierra, cuando Lucía, y todo lo que soy, comenzó a flotar en palabras que dibujaba mi aliento en el frío. Esclava, montaña, sirvienta, frío, morena y ladera fueron exhalaciones que el alboroto por la proximidad de la ciudad de México se llevó, anunciando el clima templado.

La boca de todos se había desatado con historias de residencias fastuosas que las fortunas estaban erigiendo. Decían que los negros mineros hablaban entre sí en sus lenguas, desafiantes a pesar de que les estaba prohibido y montando, cuchicheaban en sus idiomas sin temor a ser reprendidos.

¡Vive Dios que sólo aquí era así! Descarados, siempre que podían hablaban entre sí. Don Bernardino se los había permitido allá en su patio de beneficio y el ama de llaves de Don Luis, una española recia que lo había seguido por años, reprobaba a diario tal conducta. Los negros nunca olvidan, decía, y estar en grupo nos hacía fuertes. Repetía que ella se encargaría personalmente de advertir al capataz de la hacienda, al llegar, para prohibir esta conducta. Ninguna de sus lenguas era la mía y yo sabía que el fuete se encargaría de su atrevimiento en cuanto llegáramos a nuestro destino.

Llegamos a Coyoacán antes de ponerse el sol. ¡Kumuhameka Nzambi! ¡Alabado sea Dios! Sólo hasta que avistamos el campanario de San Juan Bautista y pusimos pie en la finca, supimos que estaríamos a salvo de las aguas. En Cuautla, el primo de Don Luis nos había puesto al tanto de las noticias. La laguna de México se había desbordado y la ciudad se hallaba totalmente anegada. Trató de acercarse a Coyoacán pero en estas proximidades, las noticias se volvieron alarmantes, y aunque su fe era mucha, su necesidad no.

Olvidó su pintura por encargo, feliz de contar con una excusa para su conciencia y su bolsillo, y decidió volverse al Real. Su fragilidad española huía de cualquier foco de enfermedad y bien sabía que tras la inundación llegan las epidemias. Se despidió de sus fieles negros mineros, tranquilo de dejar a su primo esclavos que ya habían vencido al paludismo de otras veces.

Desde Cuautla supimos que los palacios y jardines que los españoles construían allá en México llevaban semanas sumergidos. Los ojos de agua y los riachuelos eran ahora un mar revuelto de agua dulce y salada, sus playas, ocultas bajo los escombros.

Todo resultó cierto. La mancha de plantas acuáticas y desperdicios era visible desde que el camino, en suave descenso, miraba al inmenso lago que moría en reflejos de cristal. Los despojos se arrinconaban en las orillas de la calzada que venía de la traza y continuaban hasta que se perdían de vista, camino a Mexicalzingo.

Frente a las puertas de la "Hacienda del Apantle", destacando por su sonrisa enorme, la noche joven iluminó con estallidos de plata el rostro de Diego, mayordomo de la hacienda, que esperaba paciente desde la tarde la llegada del nuevo dueño.

Mi cuerpo supo enseguida al verte, Diego, que comenzaba un incendio que arrasaría con todo, hasta calcinarlo. Ante la vista de sus nuevas propiedades, el amo olvidó el cansancio y escuchaba embelesado los pormenores sobre el estado de la Hacienda. Tú sabías todo lo que ocurría aquí, hasta el último rincón, Diego. Fue en el Apantle que te hiciste un hombre y el amo daba saltos, entusiasmado, al comprobar la extensión y la abundancia de sus nuevas tierras.

El apoderado que había concretado la venta para él tuvo razón. El obraje y las tierras de labor eran los más productivos y ya discutirían sobre las cifras de los libros al día siguiente.

El ama de llaves certificó que el viejo despensero en la cocina estuviera habitable y el ángel labrado en el dintel sonrió al crujir de la puerta para recibir en este aposento a la negra Lucía.

Lawalo, mi nombre en hausa, jamás habría soñado convertir una rama en punta de pluma escribana. ¡La vida había dado tantas vueltas desde que fui capturada en la aldea y mis dedos largos se encargarían ahora de barrer pisos, aceitar el clavicordio, pulir los cazos y las mancerinas de plata, contándole al ángel de la puerta cómo hasta la letanía del rosario dedicado a la Virgen, María Santísima, podía modificarse en un nuevo rezo:

—"Diego en la salud y en la enfermedad, casa de oro, arca de la alianza, puerta del cielo. Diego".

• • •

Ocho monjes agustinos oraban antes de comenzar sus alimentos en el refectorio cuando llamaron al enorme portón de relieves que representaban la Pasión de Cristo.

La rueda aguadora que hacía funcionar el molino se hallaba quieta, después de un largo día de trabajo y la compuerta que alimentaba las cisternas se había cerrado. Allá, tras los enormes muros de cal y canto, la corriente volvía cristalina a alcanzar el embarcadero del lago. La fuente de San Nicolás Tolentino suministraba la mejor agua que hay en el reino y, desde hacía unos años, alimentaba también las tareas intramuros de los agustinos.

La piedad de la caravana había dejado a Alonso y al negro Sebastián a las puertas del Convento de Culhuacán, rehusándose a entrar con ellos por el camino de México. No querían llamar la atención. Pactaron encaminarlos a las puertas del convento, que contaba con un par de habitaciones de hospedería, nada más avistar la laguna. Convencieron al negro angustiado que ahí en el convento quizá podría alquilarse por unos días, para pagar su estancia y la de su amo, asumiendo que era su esclavo. De ahí podrían saltar a la vecina Coyoacán o a Huitzilopochco para buscar el destino que el enfermo tanto pronunciaba entre sueños.

Dejaron Orizaba cuando el esputo sangrante y la fiebre de Alonso habían cedido. La arriería del azogue que los había empleado se había ido y no se molestó en preguntar por el estado del rubio español, que junto a su negro y otros sirvientes cuidaban a la caravana de los salteadores. Cuando por fin decidieron reemprender el camino hacia México, los preparativos sólo eran opacados por los accesos de tos violenta de Alonso, que lo dejaban sin fuerza. Todos se fueron.

Tardó un mes en sentirse mejorado y, animado por Sebastián, pidieron la caridad de aquella familia que pasó la noche en la venta de Orizaba para volver al camino. México los esperaba, el amo Alonso cumpliría ahí algunos encargos y la familia estimó que el pálido español y el negro podrían contribuir a cuidarlos de los asaltantes; dos hombres más apoyarían también su coartada.

Sebastián siempre en vela, siempre fiel a sus pies, acomodó a Don Alonso al fondo, entre los enseres de la carreta y se dispuso a atender a las mulas en el primer manantial, sobando y limpiando sus patas con ungüento de hierbas y aceite; cazaba y sabía ahumar la carne del venado que alimentó a la familia. En fin, se dispuso a ser útil.

Habían avanzado veloces, casi detenerse, echando mano de los encurtidos sin parar más que unas horas para relevar a los animales de la carga y darles descanso. En el último tramo, cuando remontaron el interminable bosque de pinos, el sol glorioso avisó que el clima por fin se estaba templando. Los fríos eternos se habían quedado atrás y podrían acampar una noche completa antes de dirigirse a la ciudad.

Los únicos dos niños de toda la caravana estaban hartos. Sólo la compostura de sus modales y la cercanía de su madre los aquietaba, siempre pegados a ella, asomando apenas la nariz por entre los cortinajes de la carreta cubierta. La cercanía con México les daba a todos alivio y el padre, de escasa conversación, se alejó como de costumbre, unos pasos, como siempre lo hacía en todas y cada una de las paradas.

De pie, erguido y de frente al camino, nadie podía adivinar que todas las veces cerraba los ojos, tocando su antebrazo izquierdo con su mano derecha y que su pulgar e índice hacían un aro que partía desde el codo y se deslizaba lentamente, siete veces, hasta alcanzar su muñeca y el dedo medio. Parecía murmurar algunas palabras que el negro jamás comprendió. Cuando paraban y el padre avanzaba al frente, caminando, hasta casi perderse de vista, nadie se atrevía a interrumpirlo.

Sebastián se preguntaba qué mal aquejaría a aquél hombre, que frotaba sólo una de sus extremidades y cómo hacía para volverse y tomar las riendas con determinación, amarrar los fardos o mandarlo a buscar agua sin ninguna expresión de sufrimiento. No era dolor lo que padecía, cuando tocaba su brazo.

Para todos, ésta sería su primera noche completa, durmiendo bajo las estrellas. Bajaron las frazadas y Sebastián arropó a Alonso con las únicas mantas que pudo conseguir con el trabajo de un mes, barbechando, en Orizaba. Los niños bajaron corriendo del carro en cuanto la madre se los permitió y el niño comenzó a brincar entre los troncos caídos; todos agradecían poder estirarse a sus anchas. La niña limpió y aplanó un espacio en la tierra y comenzó a girar una peonza de madera que Alonso miraba ensimismado.

La peonza giraba y las vueltas ocultaban los grabados entintados en cada una de sus cuatro caras. Los rizos de la niña brillaban con el fuego encendido y el pequeño trozo de madera giraba y giraba en perfecto balance, que ella detenía cuando estaba a punto de parar. Alonso recordaba un juguete similar al de ella entre sus manos, en una calle de Sevilla lejana, hoy imposible como un sueño.

Pronto, las estrellas desaparecieron y el canto de las aves trajo un nuevo día. Llegarían al Convento antes de caer la noche. "Nuestra Señora de los Desamparados", el barco que había traído a esta familia, había dejado Cádiz cuando empezaba el verano y un par de frailes agustinos en camino a Tlayacapan, en estas tierras del reino, había conversado ampliamente con el padre en cubierta, relatándole con diligencia los esfuerzos que su congregación estaba haciendo para extender la fe en estas tierras. El fraile, elocuente, lamentó que la familia se dirigiera al norte de tantos peligros y dedicó una tarde a advertirles de las dificultades que encontrarían tierra adentro.

Hacia la tarde, la comitiva se detuvo ante las puertas enormes del convento. La familia dejaría a Alonso y a su negro sin tocar siquiera, ni buscar la hospitalidad de los frailes, que bien recibían por una noche a familias como aquella en la hospedería antes de tomar la última calzada que conducía a la traza. Mostraban una prisa inusual por partir y el padre estaba agradecido con los forasteros. La historia de los suyos estaba llena de éxodos y cautiverio y era su deber reconocer el resguardo que el Dios de Israel le había enviado en la figura de estos dos extraños, a quienes demostró su agradecimiento, rogándoles que aceptaran una generosa limosna para los agustinos.

El dinero pagaría unos días ahí para estos compañeros de camino y su alma podía partir tranquila para llevar a su familia a buen destino. Era viernes y por alguna razón deseaban estar instalados con sus familiares antes de que cerrara la noche.

La niña asomó la cabeza por entre los cortinajes cuando el padre azuzó a las mulas y ofreció a Alonso la figura de madera tallada que tanto le había entretenido. La peonza en sus manos le arrancó una sonrisa a Alonso y le devolvió de un golpe todos los recuerdos.

-"Nun, Gimmel, Hey, Shin", podía leerse; la abuela girando un trozo de madera igual, de olor precioso, grabado con los mismos símbolos que formaban un acrónimo, "un gran milagro ha ocurrido aquí", explicaba, iniciando un relato bordeándolos, con sus dedos viejos, llevándose el índice a los labios, la advertencia de silencio que Alonso tan bien conocía.

Tocaron el grueso aldabón de hierro de la fortaleza cuando la caravana se perdió de vista. Sebastián se encargaría del pago y los arreglos, como corresponde a los sirvientes, mientras las fábulas de reinos maravillosos, de jardines colgantes que se habían rendido al Único, al Sin Nombre, volvían a Alonso atrás, en la memoria, a las historias que, decía la abuela, sólo se cuentan para conciliar el sueño.

Cuando estuvieron instalados en la alcoba agustina, hizo girar la pequeña pieza de madera sobre la austera mesa, la abuela canturreando, preguntándole a Alonso cuál sería su suerte, en qué cara acabaría la peonza: todo, nada, la mitad o coloca una parte más de la apuesta inicial, pagada en alverjas secas del huerto.

Dejarlo todo al azar o decidir cada cual su futuro; romper el dictamen de la suerte, que se reduce a sólo una de entre las cuatro opciones o elegir todo o conformarse con ganar solamente la mitad de las alverjas de la apuesta.

Alonso guardó el juguete en su bolsillo y con una sonrisa brillante, en la que refulgió de nuevo su hermosura, se cubrió con la manta hasta los ojos como cuando era un niño, mirando el techo artesonado y escuchando la respiración pausada de su negro enfermero, dormido.

La tos cedió esa noche y ambos durmieron profundamente, al arrullo del manantial que brillaba en aquella luz de plata que habían observado tantas generaciones, mientras Alonso iba cerrando los ojos, rezando débilmente una oración de su infancia.

• • •

A ti, dueño del cerca y del junto, te llamo. Mis suspiros te ofrezco aquí, donde ya nada florece, donde todo se encuentra sumergido en el llanto. Se cumplió el presagio de los nuestros y la cueva de agua de los ancestros, la cueva en Pantitlán, en donde los nahuas, elevó una columna de tormenta que después cayó con furia en el lago, enloqueciéndolo todo.

En otros tiempos, una inundación de este calibre habría sido atendida por los Señores. Habríamos hecho concierto, los ancianos se habrían reunido para dirimir, para proponer, para decidir las medidas y a través de uno de ellos hablarían todos los dioses y entonces haríamos lo que hay que hacer. Se habría llamado a los que con su ingenio hacen las cosas, las calzadas, los diques, las cortaduras, los que juntan y dirigen a todos, los que organizan las obras que acompañan con cantos.

La pequeña casa de Iztacalco, la casa de Zacatlamanco, ya no eran más. Fuimos tan sólo ceniza en esta cuenta de los días, un hilo de maíz volando al viento. Algunos habíamos sobrevivido a las epidemias, pero nada podíamos hacer contra el agua, que acabó ocupándolo todo.

Semanas más tarde, comprendimos que debíamos abandonar las casas. Treinta islas en torno al lago, de distintos tamaños e industrias, de ermitas y conventos superpuestos sobre nuestros antiguos templos, comenzaron a vaciarse por los cuatro rumbos y sus habitantes escapaban a tierra firme.

Una treintena de islas, que lo mismo producía sal, flores y hortalizas o servía de apuntalamiento para las mitades de calzada, se vaciaron por completo. Se cegaron las avenidas que llevan al centro desde Tepeyac y Tenayucan, Tlacopan o Iztapalapan, y que irradian como los rayos del sol; son su corazón las islas mayores de Mexico y Tlatelolco.

El dique albarrada que corría desde el Tepeyac hasta Iztapalapan, reparado con tablas y argamasa, se había desbordado y las aguas saladas de la Laguna de Texcoco habían traído su agua revuelta. Por esto tuvimos que partir; nuestros corazones andaban afligidos, con sus penas de siempre. Pero fue mayor desgracia ver la furia de los antiguos dioses, en forma de agua, recordándonos que eran éstas sus moradas y nosotros las habíamos descuidado.

Antes de despedirnos de mis islas, todos nosotros, nahuas, pasamos las manos por los arcos del Convento de San Matías. La tromba había sido llamada así, en nombre del Santo. Los jefes principales tocamos los muros de la Iglesia de Iztacalco antes de partir, pues abajo está lo nuestro, oculto. Nuestros artistas constructores habían dejado en sus muros evidencia de los que habíamos sido, serpientes, espirales y otras formas que sólo los nuestros conocen. Todavía al oriente del convento, ahora cubierto de agua, asomaba un talud que construimos para nuestro templo. Su flanco quedó como custodio del sitio y los ángeles que rematan las cuatro columnas de la iglesia, a salvo del agua, ataviados con el copilli, nuestro tocado de plumas preciosas, llevan los rostros de jóvenes nuestros, héroes de lozanía observante que esperarían nuestra vuelta, allá arriba.

Las siete ermitas de terrado que los frailes habían construido sufrieron más daños y aunque eran más pequeñas, sus cimientos también guardaban armazones de varas, atados nuestros, y figuras de amaranto amasadas con miel, ocultas a los padres. Los dioses de amaranto los protegieron, pero permanecieron inexorables ante el resto de las casas y ninguna otra edificación se salvó. El agua había subido hasta casi cubrir los arcos del Convento en las primeras semanas de la tormenta, y aunque Padre Francisco y sus ayudas podían pernoctar en el segundo piso, seco, ¿quién les proveería de sus mantenimientos? No quedaba nada de las hortalizas, ni del zacate para alimentar a los animales que no arrastró la crecida. Tuvimos que irnos.

Nadie imaginamos que el desastre y la penuria iban a durar tanto tiempo. Agua y tierra a menudo éramos uno solo desde que el conquistador hizo destruir el dique principal en distintas partes para dejar pasar a sus trece bergantines, alineados, según relataban los abuelos. El albarradón, fracturado era antes también calzada, con una anchura de ocho varas y más de tres leguas de largo. Era puente para los treinta barrios de los colhuas de Iztapalapan, que desde aquí alcanzaba el santuario del Tepeyac andándola y era dique que contenía las aguas bajas de Texcoco.

Las reparaciones, los rellenos de tierra y los apuntalamientos hechos a fuerza, por los nuestros, no tenían buena factura, pues los que sabían de la hidráulica ya habían muerto. Ahora los cargos se pagaban en reales y sin pasar los exámenes de conocimientos, sin las maneras, los modos, que transmitían cuidadosos de la boca al oído, ¿qué más sabiduría había para reconstruirlo; qué otros brazos para trabajar?

Toda edificación quedó cubierta por las aguas. Únicamente los puntos más altos de nuestras islas principales, sólo la Plaza Mayor, sólo el barrio de Tlatelolco, quedaban secos. Los indios fuimos a buscar abrigo con familiares y a pesar de la separación, tú eras el más inmediato, Miguel Mauricio, y las aguas me llevaron nuevamente contigo.

Mi corazón menesteroso aceptó cobijo en el barrio de los tlatelolcas, el lugar del montón de arena, el sitio de aquellos que tan mal nos miraban al resto, pues ellos habían sido los más valerosos, habían resistido y fueron los últimos en caer. Sólo hasta que cayera el último de ellos, olvidarían.

Miguel Mauricio ya era hijo adoptivo de aquella urbe, y aunque por años no supe de él, sí se escuchó hasta las islas el rumor del fasto en el que incurrieron las ceremonias de dedicación de la Iglesia de Santiago. Con los años, yo incluso había olvidado el retablo del que tanto me había contado hacía una vida y que ahora presidía el altar, resplandeciendo en sus muros.

Sólo en una ocasión había tenido breve noticia por el Padre Manjarrez, de la Orden de Predicadores, que tan bien hablaba la lengua de los nuestros.

-"¿Sabéis, Eugenia, que vuestro Miguel Mauricio logró una hechura grandiosa y conmovedora allá en Tlatelolco?

Así, con la premura con que la que te fuiste, no hubo tiempo de desatar el nudo, de romper las vasijas como estaba permitido a las cacicas que deseaban separarse. Mi esperanza -o mi soberbia- creyeron siempre que algún día volverías a mi cuerpo, que las ofrendas a la diosa surtirían algún efecto.

Pero ya había pasado el tiempo de los remedios de hierbas, de bailar con cascabeles en las pulseras, de quemarle copal a la Señora Santa Ana y a Toci, de arrancarse los cabellos y rasgarse las vestiduras por este vientre hueco, como jícara que guarda agua que riega, pero que sin semilla jamás germina.

Regresé a lo nuestro, a la sal en flor obtenida por la cocción de las aguas, a las ollas atizadas con cientos de troncos ardiendo que habían desolado a las islas. Aquí en Iztacalco, los iztatleros, los artesanos de la sal, eran los mejores para separar la sal de condimento de la oscura, para la alfarería, la minería y los hechizos.

Panes de sal de distintas calidades se guardaban en sacos para los reales mineros, mientras las esclavas negras, sirvientas de tierra firme, acudían a menudo, enviadas por sus amas a comprarla para preservar las carnes o como componente para supersticiones. Ungüentos con hierbas medicinales, velas y cruces de sal eran herejías que habían venido de las tierras de los esclavos. Por su color cenizo, aquí se les atribuían tratos con el maligno y poderes de magia negra, como su piel.

Estas inficionadoras de las ánimas cristianas preparaban talismanes para enviar al destierro al enemigo, pócimas para lograr venganzas y castigos, filtros y oraciones adulteradas para satisfacer a amantes desdeñadas o atraer relaciones prohibidas e imposibles. Yo bien lo sabía, que la tiranía del amor no correspondido era el motivo principal para creer en la efectividad de estas embaucadoras. El despecho ha sido siempre la herida principal que abre caminos y el dolor que produce es llaga sangrante que busca enloquecida cómo sanar. Y vengarse.

La sal funcionaba también para desear la peor de las suertes, esparcida con disimulo en los rincones de una vivienda. Rociada en la mesa adivinaba el paradero del perdido o daba firmeza a la diminuta figura en barro de un amante, para asegurar su fidelidad por siempre.

Las faldas de las marquesas ocultaban preciadas estampas envueltas en sal y artilugios, a las que rezaban rechinando los dientes, con el juicio trastornado por la infidelidad y aconsejadas por su vieja nodriza, una mulata fiel y sin dientes. Cediendo al sufrimiento de su ama, a quien habían criado con su propia leche, buscaban la mejor sal para frotar con hierbas su cuerpo y mitigar el incendio de la pasión o los celos.

En el tráfico de las embarcaciones, surcando caminos de agua, los médicos y sus pacientes tocaban también nuestras riberas. Aquí llegaban puntualmente las que venían a suplicar el favor de Santa Ana, señora de los partos. Su número se multiplicaba con la luna crecida, y pasaban la noche entera en el templo, el único autorizado para permanecer abierto, susurrando, suplicando, sollozando, prometiendo.

Por la fertilidad, como en otras causas, rogábamos por igual nosotras, las indias, que las españolas, las mulatas y las mestizas. En cada mente y en cada corazón cantábamos en silencio, en nuestras lenguas, inclinándonos reverentes, con los ojos cerrados. Nos unía el mismo empeño. Nuestros hombres, decíamos, eran la causa de nuestros vientres vacíos, pero éramos nosotras las de la mirada baja, las que veníamos a la súplica. Las que ya habían sentido un hijo en el vientre que no había llegado a buen término, aullaban de dolor en la noche cerrada y cada grito, como de parto, cada historia, quedaron atrapados en estos muros.

Y, sin embargo, en todas las islas o tierra firme, no hubo filtro, rezo, ni conjuro que curara lo nuestro, Miguel Mauricio.

> Por la fertilidad, como en otras causas, rogábamos por igual las indias, que las españolas, las mulatas y las mestizas.

Con los pies hundidos en la ciénega, cargué mi barca para bregar entre los escombros que flotaban. Los claveles y las amapolas enmarcaban como en sangre las aguas y al llegar a la isla de Tlatelolco, apenas encontré espacio en la orilla. Pocos había que recibían a los suyos en el embarcadero y yo cargué a rastras mi alforja, mi propio envoltorio de grandeza que guardaba los objetos de mi fe, garantes de quien soy, de mi genealogía auténtica.

La Caja de Comunidad que con celo atesoraba, guardaba dentro la historia de mi pueblo, los títulos primordiales que demostraban la propiedad de nuestras tierras comunales o la posesión ancestral de un Título de Nobleza, vano y vacío ahora como mi vientre, en esta tragedia de aguas.

Me recibiste en silencio. No tenías nada qué darme.

Los dormitorios de los talleres tenían prohibido albergar mujeres y sólo por la caridad de los frailes y porque a casi nadie se le había ocurrido refugiarse en el corazón del desastre, aceptaron recibirme unos días. Hacia allá fui, a cerrar el círculo, y en cada paso iba aceptando que en cuanto los padres celebraran la Natividad del Señor, renunciaría a ti, Miguel Mauricio, para siempre. Sólo después de la misa de aguinaldo, sólo después de conocer tu retablo.

Era ése un día de regocijo en el que las parcialidades donábamos a los templos los frutos del trabajo agrícola y se ofrecía a los fieles una comida fuerte, en retribución. Pero la iglesia no se daba abasto atendiendo espiritualmente a treinta barrios y siete pueblos de visita y ahí estaban ahora, con el suministro del manantial que llenaba la caja de agua destruido, con la inundación, muriendo. Sólo la elevación de esta ínsula, resultado de edificar sobre los restos de todo lo nuestro, había salvado al convento.

Ofrecí mi ayuda en los comedores que atendían el hospital de los frailes, ahora repleto. Los frugales alimentos de los internos se preparaban sencillamente y la huerta aquí se había salvado. La escasez complicaba enormemente el trabajo en las cocinas y exhausta, al terminar, pedí a tus ayudas, Miguel

Mauricio, sus servicios de intérpretes para pedir permiso a los frailes de rezar Vísperas dentro de la iglesia.

La deferencia hacia tu persona por parte del anciano guardián Torquemada, que te vio crecer en arte y pericia junto a Domingo Francisco, aquél que se volvió a gobernar Texcoco, le concedieron su favor al intérprete. Padre Torquemada había vuelto de España a habitar éste, su amado Colegio, entregado al estudio y la reflexión, y tú agradeciste, Miguel Mauricio, que tan frío como había sido el recibimiento, cruzando miradas entre las mesas, yo desapareciera en los pasillos, sin pedirte explicaciones. Ésta sería la única ocasión para ver el fruto de tu maestría, la última obra que apenas discutiste conmigo.

En cuanto abrí el portón de madera y herrajes forjados, un espectáculo de luz iluminó el altar, deshaciéndose en destellos de hoja de oro. Caminé escuchando el eco de mis pasos en la soledad de la iglesia. El ajetreo comenzaría con la fiesta empobrecida, al día siguiente.

Y ahí estaba el retablo, en toda su grandeza.

Santiago monumental, al centro de toda la composición, montando victorioso, interviniendo a favor de los conquistadores, pisando miembros cercenados, regados en la batalla, y llamando a sus legiones a continuar la ofensiva. Santiago deslumbrante y guerrero pasando sobre los infieles, rotos y despedazados, como ya lo estábamos en vida, enmarcando todo con un despojo: una hermosa pierna indígena torneada, cercenada y sobrepuesta, formando una escuadra macabra en el ángulo derecho del retablo principal. Los nuestros, heridos, desfallecientes, sufrían la derrota en la pieza, clamando como almas quemándose en las llamas del purgatorio.

Supe enseguida que el motivo, así dispuesto en la madera, había resuelto tu dilema y tus angustias. El triunfo del Santo era la victoria de este mundo de arte y letras que tanto amabas y que yo no comprendía, alejada por este idioma tuyo que tan bien dominabas y que podías hablar sólo aquí, en tu taller y tu Colegio. Un mundo que había encendido tantas luces y fulgores en tu alma.

El cincel y las gubias te devolvieron la paz, debatiéndote siempre entre tu formación y la tradición de los nuestros. Cada rizo que fuiste desgastando en la madera borró la culpa que sentías al preferir este mundo. Santiago había ganado tu batalla y al preferir los padres tu trabajo y colocarlo justo al centro del retablo mayor, presidiendo el altar, concluía tu llanto por el fin del mundo que tuvimos. Habías preferido el Colegio, mientras otros aún seguíamos añorando lo que no volvería nunca, transformado por el ímpetu de la Conquista, por los mares y su victoria, exactamente cien años atrás.

El barniz y las tintas arroparon tu corazón y ahora el agua, también lo supe, se estaba llevando los últimos vestigios de aquel mundo nuestro enjuagando, limpiando, purificando.

Quisieron mis ojos ver en tus relieves a los aliados que al final facilitaron la derrota y sí, nuestros hermanos tlaxcaltecas, que se habían unido como tú al conquistador, vestidos a la usanza española, acompañaban en tu retablo la batalla, peleando lado a lado con los extranjeros. Muy bien te habías cuidado de cubrir las junturas de la madera hasta hacer crecer el retablo en tamaño. La superficie inicial, tú lo sabías, habría sido insuficiente para desplegar la magnitud de tu dolor y tu duelo. El tamaño de lo que había sido una realidad.

Padre Torquemada había conseguido la joya que coronaría su obra y la consagraría en 1610, 3 tecpatl; una iglesia monumental de la que él, sin ayuda, fue trazador y maestro, y tú lograste, Miguel Mauricio, volver a ver la aurora con la belleza de tu ejecución. Dejaste atrás la encrucijada y cada uno, en su medida, se fue así reconciliando con la magnitud de lo ocurrido.

Las puertas del templo, cerrado con la emergencia de la inundación, se abrieron a los fieles sólo hasta esa mañana de Navidad. El agua llevaba cuatro meses enseñoreándose por doquier y yo me había prometido partir al día siguiente. Después del banquete exiguo, los vecinos de aquí y los cofrades con su imagen de la Cruz, los cantores y los colegiales, se irían también a tierra seca, a los alrededores.

Las campanas sonarían esa noche y el templo recibiría con austeridad la natividad de Dios nacido. El fuego ardería en el atrio y el niño de porcelana en el pesebre, rodeado de cera y aromado en incienso, aseguraría un ciclo más en el calendario que ahora seguíamos.

Te fingiste ocupado, embalando una talla que habría de viajar al norte, enviada al mineral de Zacatecas, así que al término de la misa sería nuestro único encuentro. La muchedumbre, venida de rincones tan lejanos, como a veinte leguas, allá en el Real del Monte de Pachuca, sabían apenas de las calamidades que la tromba había traído.

El santuario del Tepeyac los había recibido para la veintena y sus peregrinaciones tenían dobles motivos. Nuestra Señora seguía apareciéndose a los nuestros, decían, así que venían hasta Tlatelolco, de lugares remotos, a aprender de las cosas divinas, pasando por donde la madre Tonanzin para completar su recorrido.

Éste era el único día en que las teas de pino, que dan mucha lumbre, se permitían dentro de la iglesia. Los hombres las sostenían en vilo, separados de las mujeres y los que se habían educado aquí comprendían cada palabra en latín y discurrían sobre el misterio de su mensaje en sus corazones. Las mujeres sujetábamos candelillas de cera atrás, algunas pocas que apenas pudieron conseguirse, y en resplandor de luces asistíamos a la culminación de lo que apenas comprendíamos.

La española de andrajos y porte de reina, sonriéndote insistente al final del pasillo, me miró a los ojos fugazmente, buscando entre el perfume y las luces tu mirada. Sirvienta del Conde, de piel blanca como la espuma de las salinas, como las perlas de un manto, llevaba en los brazos, triunfante, lo que yo, Miguel Mauricio, jamás habría de darte.

El coro se deshizo en canciones de algarabía y desesperación, en medio de la inundación. La doncella había dado a luz a un niño: -"¡Bendita eres entre todas las mujeres, porque un niño os ha nacido y la soberanía reposará sobre sus hombros y será su nombre Admirable Consejero y Príncipe de Paz, por siempre".

• • •

Seiscientas millas náuticas separaban a Macao del puerto de Cavite, aquella costa en forma de gancho de pesca, en la Bahía de Bacoor, Provincia de Manila, en las Filipinas, nombradas así en honor de Su Majestad, Felipe II.

Con tan buen tiempo, avistarían su muralla protectora en breves días. María Santísima, madre de Dios y Patrona del Galeón había evitado el acoso de los holandeses y el barco habilitado para los ilustres Capitanes españoles, Juan Morales y José Nebra y Enciso, terminaría su misión cristiana en breve tiempo.

Pasarían unos días en la ciudad, dándose algunas pequeñas licencias, bien merecidas tras cumplir el encargo sacro. La reja del coro estaría lista en un año y la Catedral recibiría el arte de oriente para el coro que presidiría la nave central, a imitación del Templo de Salomón.

Volvían con un tripulante más a bordo, Huá Tuó, el curador, y en pocas semanas, sus servicios se les habían vuelto imprescindibles. El paso de la gente de Dzin -o Chin, en castellano- a las Américas estaba sumamente restringido, aunque los juncos chinos transportaban mercancías por todos los mares del Sur y atracaban en Filipinas, gestionando incluso la licencia española para comerciar en el Parián, el mercado extramuros que tanta fama y fortuna daba a Manila.

Desde que España se había adueñado de las islas, la gente local superaba en número a los españoles en una proporción de treinta a uno. Eso no era obstáculo para que España controlara por completo el enclave, a donde se situaban millones de pesos en plata para pagar el exotismo del lujo de Asia, de tan gran demanda. En Cavite, municiones, pertrechos y vituallas se almacenaban para equipar a la Nao en su camino hasta la corte novohispana.

Los habitantes de este extremo de la Tierra provocaban la desconfianza de los españoles, les atribuían malas mañas, los tachaban de inconstantes y llenos de mentiras y codicia. Además, adoraban a sus propios dioses, infieles. Por eso, el registro de las jornadas de navegaciones, desde y hacia los Virreinatos de la Nueva España y el Perú, trataba de ser meticuloso y los habitantes de estas tierras tenían prohibido viajar y afincarse ahí, con excepción de aquellos vendidos en esclavitud, que ingresarían a cargo de sus amos siguiendo las reglas de estos puertos.

Nebra calculó que podrían seguir hasta Acapulco y que la atención respecto al curador sería la usual, ¡había tantos como ellos en el puerto! Si contaban con una buena historia, Huá Tuó podría hasta llegar a ejercer la medicina libremente. La gratitud que le tenía por salvar su vida y seguirlo a ciegas, aún sin proponérselo, hasta estas tierras remotas de la Corona, era mucha, pero su rectitud jamás compraría la voluntad de algún notario.

Su orgullo militar sabía que su rango bastaba para declarar su calidad de súbdito, a las órdenes del Real Ejército Español al que él pertenecía, y en ese entendido le otorgó el permiso de portar libremente espada y daga, para el ornato y defensa de su persona, en ocasión del grado que le estaba otorgando, y que estaba seguro le abriría el paso por doquier.

El heroísmo que detallaba el nombramiento del médico especificaba que su dominio de la espada lo habían hecho imprescindible en la reciente defensa que repelió a los holandeses invasores, en la Macao portuguesa, por extensión, parte del reino español.

Calculó, soberbio, que empeñar su palabra por escrito como Capitán de la Milicia era suficiente para ayudar a Huá Tuó a alcanzar el corazón de la Corte, cuando así lo decidiera. Nadie dudó que el recién nombrado Caballero podría ejercer la medicina libremente y que recibiría, llegado el momento, los honores correspondientes.

La ola de calor recibió a los españoles en los sucios muelles de Cavite. Montaron el carro que los llevaría a Manila, bordeando su bahía de media luna hasta la hospedería adosada a la Basilika Menore de Kalakhag, a orillas del río Passig. Ahí esperarían la partida de la Nao para dejar esta ciudad ruidosa, que intramuros ofrecía lo inimaginable: comida fresca, almacenes, hospital y colegios de las órdenes dominica, agustina y franciscana. Fuera de ella, los Capitanes harían algunas visitas para mantener sus contactos comerciales y dedicarían todas las mañanas a inspeccionar hasta el último cajón del Parián de los Sangleyes, buscando novedades locales en este mercado, que habrían de ocupar como moneda de cambio.

Huá Tuó los acompañaba, admirado. Sus finos dedos de cirujano distinguían rápidamente la porcelana de los talleres reales de las imitaciones. Fijaba su atención en los detalles del marfil tallado que reproducían en un colmillo mil elefantes o una matrona benévola, como su diosa y con sus ojos, acompañando al que parecía su esposo y su hijo, de detalles tan diminutos como las fibras del cordón que ataba su manto.

En cada incursión, se echaba sobre los hombros un par de sillas de enconchado en nácar que adornarían la estancia del Capitán o paquetes con lienzos de etérea seda o una dalmática rosa que cabía en un solo puño, para cubrir por las mañanas los blancos hombros de la señora de la casa de Nebra y Enciso.

Las compras en esta colonia española fueron llenando los días de espera hasta que las Naos, cargadas con toneladas zarparon en un ambiente de fiesta. El sol se reflejaba como hojuelas de oro del manto bordado de una Virgen y un silencioso Huá Tuó, en lino blanco, seguía al último séquito de arcones. Nebra le había concedido reunir cuanto instrumento quirúrgico deseó en los mercados y una caja de taracea con divisiones y docenas de frascos guardaba los poderes de sus plantas y raíces maceradas.

Cuando toda la carga había subido, "Nuestra Señora del Buen Remedio" zarpó y un poderoso ruido de cañón resonó en el puente. Un par de salvas más estallarían en despedida, mientras el pueblo entero salía de su rutina soñolienta para despedir en fiesta a la flota.

Con el primer estruendo, Huá Tuó sintió desfallecer a bordo todos sus miembros. Estaba colocando las últimas gasas de seda en un arcón oscuro de laca maki-e, terminado en polvo de oro, cuando los lienzos flotaron de pronto ante sus ojos. Las gasas imitaban a su cuerpo que perdió el peso hasta quedar inconsciente. Se sumió en un desmayo profundo y vacío, hasta que la orilla desapareció completamente.

La flota giró hacia el horizonte y el médico seguía aturdido por el vaivén, tendido sobre la estera del diminuto camarote en popa que compartiría con los capitanes. Cuando despertó, se preguntó varias veces si éste era el viaje que el porcelanista había pactado con su padre la noche anterior. O si seguía sirviendo en aquel templo de religión desconocida y era ésta la nave que traía las reliquias del joven mártir, para quien preparaban un magno recibimiento.

¿Pero qué hacía él a bordo? Las campanas esperaban el cadáver de un joven como él, que había dado su vida por la fe cristiana en oriente y para el que habían aderezado cierta iglesia y organizado una imponente procesión.

Temió asomarse y descubrir a la comitiva religiosa de carruajes laqueados esperando al mártir o reconocer a los dos ancianos que hablaban su idioma o al diácono impaciente de pies hinchados, esperando atentos el desembarco, como si Huá Tuó fuera el personaje que esperaban, aquel a quien harían las glorias.

Si sus ojos alcanzaban a ver por las ventanas las murallas ocultando los arrozales inundados y la Fortaleza do Monte arriba, en la montaña, lo sabría todo. Esa era su última memoria clara, la enorme escalinata, el incienso aromando a su diosa, vestida como el mar azul, el cielo índigo rodeando el alto muro.

Subió despacio los tres escalones que separaban el camarote de los capitanes de la cubierta, temiendo todo. Estaban en mar abierto, no había nada más alrededor, ni una línea que pudiera orientarlo, ni una estrella para hacer un cálculo. La confusión bañó su rostro en lágrimas y sólo atinó a recargar su pena en el barandal.

—¡Nǐ hǎo!, saludó en su idioma el grumete que arrastraba gruesas cuerdas.

—¡Nǐ hǎo!, respondió él sin pensarlo.

El grumete batallaba con las cuerdas que tensaban las velas, enojado porque esta sería su única faena en el largo viaje; tres meses y el grumete ya se estaba arrepintiendo de haberse embarcado para alcanzar el Septentrión, lleno de monstruos y peligros. El marino relataba en su monólogo de insultos cómo la curvatura absurda de los mares enviaría a la flota hacia el norte, para buscar el azul oscuro de la corriente marítima de Kuro Shio, que fluye hacia el noreste y continúa llevando a las embarcaciones en esta especie de camino de agua oceánico, hasta alcanzar el Pacífico. Una vez montada en ella, la Flota dejaría atrás todos los riesgos de asalto. Tocando el Pacífico, alcanzarían las Californias y el cabo Mendocino para reabastecerse de agua dulce para continuar después al sur, costeando el continente hasta encontrar el Puerto de Acapulco.

Ninguno de los destinos le pareció familiar a Huá Tuó, cada vez más confuso, ensimismado en el horizonte y secando las lágrimas con el dorso, el rostro vuelto hacia las velas, que besaban las nubes de agua de mar.

Los capitanes terminaron sus trabajos contables en las bodegas y por fin se dirigieron a sus habitaciones. Alcanzaron a ver desde el otro extremo de la cubierta la túnica de lino del cirujano, ondeando, y desde aquel extremo bromearon en castellano:

-¡Eah, barbero, rumbo al norte vamos ahora, hacia allá, a donde están tus tierras! ¿No querráis dar un salto y desafiar a las olas para llegar a nado a ellas? Aunque, ¿quién sabe?, podéis hacer lo que os plazca, pues ¡eres libre!

El joven volteó, reconociendo las voces, aun sin comprender. Las velas replicaban el blanco de sus ropas y, sonriendo, con la brisa en el rostro, saludó:

-¡Nǐ hǎo!

Ni habiendo encontrado una isla que resultase ser un lomo de ballena habrían desplegado los capitanes mayor sorpresa. ¡El médico hablaba!, y su sonrisa iluminaba todo, como una aureola.

Se abrazaron hasta la asfixia y ¡qué ironía!, nadie podía hablar. Nebra manejaba el idioma pobremente; jamás habría podido negociar su reja, pero este momento de ventura no necesitaban de palabras. Y precisamente subiendo hacia el noroeste, las costas del Celeste Imperio, el lugar de nacimiento de Huá Tuó, se encontrarían, en paralelo a su marcha. No serían visibles de este punto, pero él las llevaría por siempre en su corazón, que ahora miraba hacia el este, al futuro que aguardaba.

Los capitanes debieron esperar hasta encontrar ayuda entre la tripulación para emprender el ansiado ataque de preguntas. ¿Era natural de Fujian, de oficio cirujano? Sí ¿Flebotomista? Sí. ¿Barbero? ¡Por supuesto! Con un afán de recorrer el mundo, de la mano de un porcelanista, a quien habían salvado de una amputación.

Luego, escucharon con atención todo el detalle de aquel funesto ataque a Macao, los fieles huyendo y ocultándose en los templos, del terror, la muerte y la destrucción. Huá Tuó no comprendía todavía el tamaño del mar que atravesaban, ni las distancias por venir. Ni siquiera los detalles del reino al que se dirigían. Llevaba, sí, porque así lo habían investido los españoles, una daga y espada al cinto y la túnica blanca de los curadores, que lo hacía diferente al resto.

Los capitanes sabían que, en estas tierras, todo habitante que se preciara de dominar su mente y su cuerpo era diestro con la espada y en el pozo de silencio, las manos del cirujano jamás olvidaron ninguna de sus pericias; la demostración magistral que había hecho antes de zarpar le había ganado el respeto de quienes lo admiraron.

Tras horas de conversación, la realidad de enfrentarse a lo desconocido comenzó a invadir su corazón. Las confidencias que tienen que ver con el miedo se ahogaron esa noche en el destilado de caña filipino que los capitanes llevaban en cantidad. La planta del azúcar se habría adaptado magníficamente al clima de las siete mil islas y la Isla de Negros, una de las miles que conformaban el archipiélago, cosechaba en suficiencia para elaborar buenos alcoholes de bajo precio que acompañarían cualquier travesía.

La noche terminó agradeciendo a los piadosos cielos del Celeste Imperio la existencia del médico, sus habilidades y su voz recobrada. Huá Tuó sintió la garganta desecha en tragos y palabras olvidadas, que llevaban aguardando meses en su mente para desgranarse como un racimo.

La corriente de zafiro de Kuro Shio se anunció por los desechos de embarcaciones que por doquier comenzaron a formar pequeñas islas flotantes en dirección al este. Ellos harían lo mismo. Si los vientos contrarios o las tormentas extendían un par de semanas la travesía, al avistar las Californias arrojarían el lastre, algunos cañones, los más viejos, y sus afustes, para viajar ligeros y ganar tiempo.

Conservarían la artillería de bronce, pues todavía habrían de enfrentarse a los posibles ataques de monstruos, que arrojan poderosos chorros de agua por sus orificios, o a las serpientes marinas de cuello erguido, que todos temían, pero que nadie había visto. Sin ese peso sortearían mejor los vientos hasta alcanzar el puerto de Acapulco.

Cuando avistaron el Cabo, las barbas y el pelo de toda la tripulación ya habían pasado por la navaja del barbero, que cortaba con precisión, sin derramar una sola gota de sangre, a pesar del vaivén. Ciento noventa y cinco marineros, filipinos, chinos, españoles del reino de Castilla y aún negros e indios, eran el grueso de la tripulación. Con sus servicios, Huá Tuó aumentaba el peso en oro de su taleguilla, y eso le daba certeza ante lo que habría de enfrentar al llegar a tierra firme.

Tiempo claro y sereno aguardaba a los navíos en las Californias; ni monstruos, ni asaltos habían enturbiado su camino y el aprovisionamiento de agua fresca se hizo con calma, cuidando solamente la vista de los indios, que en estas comarcas eran todavía muy aguerridos y, tan brutos, que se alimentaban del fruto de las conchas por cientos, ahumándolas para abrirlas y arrojando luego al agua quintales de perlería cocinada y manchada por el fuego.

Una lluvia de flechas inesperada podía herirlos de muerte en cualquier segundo y el miedo pudo más que la perlería y la codicia, que espabilaron a toda la tripulación.

Reabastecidos, los monstruos de la Ensenada de Ballenas acompañaron la marcha de las naves sin atacar, como amenazaba el islario. La precaución los hizo navegar lo antes posible el trecho y enfilaron hacia el sur, prometiendo no parar hasta alcanzar el Fuerte de San Diego, en Acapulco.

La construcción que el holandés Adrián Boot estaba estrenando resultó muy efectiva para repeler las últimas incursiones piratas, que también asolaban esta parte del reino, aunque en menor medida que en la mar del Golfo y el Caribe. Sus cinco baluartes formando una estrella resguardaban con celo al puerto más importante de toda la América para el comercio con Oriente.

Un pentágono perfecto, de piedra, rodeado por un foso, vigilaba en todas direcciones. Fuera del Fuerte, el puerto era sólo un caserío reducido, que se esparcía en torno a la humilde parroquia y una pequeña plaza. Decenas de familias españolas controlaban la descarga y el traslado con cientos de esclavos a su servicio.

Enfilándose para atracar, toda la marinería comenzó a inquietarse. Sólo el médico parecía llegar sin un interés, ni contrabando al puerto. Las naves deberían rendir informes de las 2,500 piezas de carga, valoradas en 315,000 pesos, registradas en Cavite, allá en Manila. Pero los más de doscientos tripulantes llevaban mercancía no declarada y todos temían su decomiso: 208 medios cajones, 89 sacos de cuero, 122 tinajas y 40 fardos de paños fueron decomisados y llevados por los negros hasta los Almacenes Reales, estableciéndose una averiguación por intento de fraude a la Real Hacienda.

Huá Tuó observaba todos los movimientos con detalle y guardaba para sí sus reflexiones. Había cruzado la mitad del mundo y su joven corazón no encontraba aún los meses perdidos de silencio, allá en Macao. Ahora llegaba el momento de elegir y se sentía perdido.

El agradecimiento sincero del Capitán le había dejado claro que era libre y en cuanto los oficiales de la Aduana Real permitieron la salida de la tripulación, el mar brillante le trajo el canto del poeta que memorizó en la fuente de su infancia: "Al fin puedo avanzar por la ignorada senda, hacia la luz, hacia el lugar secreto, donde duermen las horas y un aire astuto me arranca sollozos de alegría. Por fin he llegado, libre de los caminos que me retuvieron. Aquí contemplaré la luz del día, libre del silencio, libre la memoria, ardiendo frente al sol, cuando amanezca."

Los versos que le visitaron el alma eran el ancla que en ese momento necesitaba su corazón.

• • •

El mar de Holanda, los ríos de la Germania, las cosas de la inundación y del naufragio. En todos y cada uno de los momentos de la Historia está el agua; su poder y majestad, omnipresentes.

Artífices de renombre habían presentado sus proyectos: el cosmógrafo del Virrey decidió llevar todo el líquido de los cinco lagos centrales hasta el Pánuco, en un recorrido de quinientos kilómetros, para arrojarme luego hasta la mar del Golfo; un crimen en sí mismo.

> **En todos y cada uno de los momentos de la Historia está el agua; su poder y majestad, omnipresentes.**

Diez mil vecinos, todos indios, suspiraban, sufragando la obra, que llamaron Desagüe, con el tributo de sus manos. Debían cortar también todo ingreso de agua al Valle, pues ya tenían suficiente con el derrame anual de los cientos de ríos y manantiales que escurrían por las colinas; llevaban años cavando un canal para desviar todo el contenido del Río Cuautitlan, que originalmente llevaba su cauce hasta la Laguna de México. Lo estaban alejando dieciséis kilómetros de su curso milenario, deshaciéndose de él, y sus aguas llegarían por primera vez en la historia del mundo a abrazar las del río Tepotzotlan.

Estaban reuniendo también todo el contenido de las lagunas de Texcoco, San Cristóbal, Xaltocan y Zumpango, encauzándolas hacia un canal en línea recta a cielo abierto que penetraría después por un túnel a la altura de Huehuetoca, horadando el corazón de las montañas; una herida de trece kilómetros de largo que terminaría en Nochistongo para conectar con el río Tula, luego el Pánuco, para finalmente vaciarse en la mar del Golfo.

Ni el peor cataclismo habría logrado lo que había planeado hacer la mano humana.

La costosísima obra seguía inconclusa: el Cuautitlan se había desviado y en Huehuetoca la boca del túnel, un socavón de sólo tres metros de diámetro, debía mantenerse limpia y desazolvada para dar paso libre a la crecida del agua, sobre todo en temporada de lluvias, y siempre con el trabajo de los indios.

Hacía una década se había rechazado el sueño de convivencia, de canales y molinos, que había propuesto Boot, el ingeniero de Holanda, de aquellos Países Bajos de los Habsburgo, que seguían combatiendo a las Provincias Unidas del norte.

Para algunos, el agua era el Dios Supremo, adorado en todas sus formas por multitudes. Aquí era una peste, que todo lo penetra y lo corrompe y había que deshacerse de ella.

Cuando llegué, como una tromba, aquel año de 1629, el cosmógrafo, alarmado por la violencia de la tormenta, temía que las aguas de la desviación inconclusa regresaran en camino inverso hacia las lagunas centrales, desbordando y destruyendo las obras, así que ordenó cerrar la entrada al canal de desagüe, para evitar que el torrente inesperado dañase la construcción.

En el nombre de San Mateo, eso fue exactamente lo que pasó.

Destruí todas las bocas, recuperé todos los cauces, rebasé todas las proyecciones. La oscuridad mustia y el peligro fangoso se adueñaron del corazón de la Nueva España.

El cosmógrafo fue procesado judicialmente, culpable de negligencia por la mortandad que se desató, pero la compasión —y el desespero— del Virrey le otorgaron el perdón, pues la inundación demandaba urgentemente sus conocimientos.

Los indios, antes en paz conmigo, debían laborar sin paga en la obra del desagüe, labrar las tierras y santificar las fiestas, de ahí la lentitud y la fragilidad de los trabajos. La corrosión, las filtraciones y los derrumbes mostraron también sus caprichos, demorados y certeros.

En el pasado, cuando iniciaron los trabajos, todo había sido una fiesta. El cosmógrafo era respetado, presidía Consejos, cortaba listones de inauguración y se escuchaba su nombre. Sólo la docena de indios, que llevó en andas al virrey para la ceremonia inicial, calló sus lenguas cuando se hundió la primera pala en el corazón de la tierra. Era el proyecto más ambicioso de su tiempo, ¡en todo el mundo! Drenar y desecar cinco lagos, que llenaban una superficie mayor a cualquier principado.

Cada herida en la tierra dolía a los indígenas como a nadie, aunque todos los trabajos se ofrecían para honor y gloria de nuestro Señor. Miles de mulas de carga irían desgarrando el suelo, hasta alcanzar una profundidad de cincuenta metros. El tajo correría por pastizales y solares y perforaría montañas hasta alcanzar el mar; un desvarío de enormes proporciones.

Fray Andrés de San Miguel, de la Orden Carmelita, carpintero de lo blanco, que era como decir arquitecto, en esos tiempos, alzaba su voz potente cada vez que alguien mencionaba los cálculos y los niveles que se estaban levantando para llevar a cabo la gran obra del desagüe. Reprimía una sarta de maldiciones, que tan bien había aprendido en sus días de marino, cuando se hablaba de números y decisiones, y de lo absurdamente costoso de la obra.

Mandó decir por carta que estaría presente en la inauguración de las obras, en 1607 y fue testigo de cómo la fina mano del virrey lanzó al agua un puñado de paja para probar que la corriente se deslizaba con fluidez a donde deseaban conducirme. Pero no quería opinar sobre el diseño de los planos. Después de todo, le había sido arrebatada la conducción y titularidad de la obra, él consideraba, arteramente.

> El tajo correría por pastizales y solares, por montes y valles, hasta alcanzar el mar; un desvarío de enormes proporciones.

Al deshacerse de mí, los palacios estarían seguros. Sólo los indios sabían que, como la deidad que para ellos era y que seguían adorando en los montes, yo revelaría tarde o temprano mi descontento.

El verano de 1629 había sido pródigo para los empeños de Fray Andrés de San Miguel. Sabía que la obra del desagüe rebasaba los conocimientos del cosmógrafo y la fuerza del mar le había enseñado que tras la bruma iridiscente que se eleva en las mañanas, se esconde mi naturaleza, veleidosa y violenta, si me tientan.

Sacar al cosmógrafo de su imprenta y sus lunarios y meterlo a ingeniero hidráulico había sido un error. De eso estaba completamente seguro. Unas cuantas operaciones matemáticas habían deslumbrado la ignorancia de la Corte y Fray Andrés, en cambio, sabía cuán cuidadosos debían ser los cálculos en los declives y las pendientes. Su precisión regaba sus amadas huertas del Carmen, en Chimalistac, con las aguas de Ameyalco, que llegaban de los alrededores del Convento del Santo Desierto a través de un acueducto diseñado y construido por él.

El agua le inspiraba respeto y reverencia; había sido un marinero de Medina Sidonia, sobreviviente del naufragio que volcó la hermosa "Santa María de la Merced", en la Florida y, agradeciendo a los cielos por una nueva oportunidad, había ingresado a la Orden para dedicarse a diseñar las obras que harían convivir con el agua pacíficamente.

Son suyos extensos tratados sobre bóvedas, mecánica, bombas y acueductos, y cuando agotó su interés por la hidráulica y la arquitectura de tres Conventos, se dedicó a los vitrales, a la jardinería y a la fina obra de elaborar un tratado sobre artesonados mudéjares, único.

Carpintero de lo blanco, se desató las sandalias para lavar sus pies del polvo de madera que labraba. Al hermoso lavabo de azulejo del Convento del Carmen, de agua corriente, un lujo por entonces, lo coronaba un ángel de alas extendidas que ocupaba toda la bóveda de sus habitaciones. El ángel parecía adivinar sus pensamientos. Las aguas llenaban con exactitud el sistema de pozos y esclusas que alimentaban su acueducto y las huertas habían producido como nunca, pero ¿qué estaría pasando con las obras del desagüe? No entendía cómo al agua bienhechora, que en sus obras tan bien se aprovechaba, se le estaba combatiendo ahora como a un enemigo.

Aquí en El Carmen, tierra firme en la orilla de la laguna dulce, las aguas transportaban a ricos patrocinadores que desde la traza venían en canoas a ofrecer enormes cantidades a los frailes, a cambio de misas cantadas y plegarias. Sus sufragios habían pagado estos jardines, que superaban a los bíblicos viñedos del Profeta Elías, en el Monte Karmel, de donde la Orden tomaba su nombre. Tres mil árboles frutales brindaban rentas beneficiosas a los carmelitas y hasta donde la vista alcanzaba puentes, canales y estanques irrigaban con su música los huertos, dejando apenas paso en los andadores para los negros e indígenas que recolectaban los frutos.

El ensueño de rodearse de tierra seca parecía ser una ambición sólo del centro. Mirando con azoro el fragor de la lluvia a través de la ventana, Fray Andrés de San Miguel pensó que quizá debía posponer su tratado, olvidar las tintas, los barnices, los polígonos y las molduras y volver a la carga contra el cosmógrafo.

Le preocupaban tanto las mediciones que, si se lo hubieran pedido, hubiera declinado hasta sus votos en la Orden con tal de dedicarse a elaborar el estudio acucioso que una obra como el Desagüe merecía. Pero el Virrey había ignorado sus primeros avances. El esbozo de su proyecto fue descartado por la Junta del Cabildo Eclesiástico y Secular y, deslumbrados por la solución del cosmógrafo extranjero, lo habían preferido a él para llevar a cabo las obras, trabajando intermitentemente con Boot, otro extranjero. Fray Andrés, herido, exasperado, humano, al fin y al cabo, cobró la más mala voluntad contra Heinrich Martin, Enrico Martínez, de la ilustrada Germania.

Por exigencia del cosmógrafo y por la naturaleza de las obras, el tajo vio por años vigas atravesadas sobre el río caudaloso de donde pendían los indios, atados por la cintura, trabajando sobre el canal, a veces encima de la corriente, cavando, ensanchando y sacando piedra los infelices. A veces mi caudal se los llevaba también a ellos. Yo era el agua de jade, el agua celeste para ellos, la que después de mil medidas y trazas se desechó por un túnel revestido.

Tan insigne maravilla arquitectónica, rodeada de vapores y arcoíris, fue puesta a prueba un día de septiembre de 1629.

Ellos, no tuvieron miramientos. Yo, no tuve consideraciones.

PARTE III
LA TRANQUILIDAD

CAPÍTULO 8
SER AGUA DEL KWARA, DEL TAJO Y DE ACALAN
1634

Meditación de Sekondi del Kwara

Soy de agua, hijo mío, soy del río. Soy de aquellos que han venido desde el norte, por cuatro generaciones, dejando atrás las aldeas quemadas por los yoruba, que terminaron con nuestro reino, en Sokoto. Y soy, por esa huida, también del sur, del Río de Ríos, al que ellos llaman Oya y nosotros nombramos Kwara y los portugueses Níger. Soy del agua de muchos nombres, que se pierden y se enredan en el cauce de todas las playas que tocan.

Soy de Kaduna, a donde llegaron los míos, los hausa, huyendo de los yoruba que todo lo arrasan, que llegan de noche a la aldea y sigilosos esperan la luz del día, cuando las mujeres recogen el agua al alba y la llevan desde el río, erguidas, dignas, caminando lento por el peso del líquido. Soy de ahí, de donde llevamos a los niños de la mano camino al pozo, contando los árboles, señalando a los monos o saludando a quienes vienen por el camino de polvo:

-"¿Ves? Ahí viene el hijo de Langule y el hijo de Oba Oke. ¡Allá va la hija de Alaafin y de Sadaka! Saluda, hijo mío. *Annu. Yaya kake ba.*"

Allá alrededor del pozo ríen, cuentan historias, saludan y alisan la tela estampada de sus adire-eleko, teñidos en azul índigo como el mar, que enreda sus cuerpos como un abrazo de agua. Charlan y, no lo saben, pero en los arbustos los yoruba acechan para cazarlos, para llevarse a sus hijos, sobre todo a los que se están haciendo hombres, sobre todo a las que pueden ser madres pronto.

No hay saeta que hiera más profundo sus corazones que llevarse a sus hijos; llevárselos a todos.

Soy de ese río que escucha cuando las mujeres corren y gritan, se desesperan y regresan a la aldea anunciando la captura y, llorando, acuden al sacerdote de Ifa y le piden les revele el sendero por donde han de ir para buscarlos.

Soy de las aguas en donde los hombres construyen chozas que dejan inconclusas, porque también fueron capturados, o abandonan la caza del animal que están siguiendo para volver a donde están reunidos todos, para escuchar cómo fue y tratar de hacer algo.

Van y consultan con esperanza al sabio, preguntando qué rumbo tomar y no tienen respuesta. Salen y buscan al ermitaño que está afuera de la aldea, le llevan comida, le llevan regalos y le preguntan si acaso él sabe el camino que tomaron. Preguntan rascándose los ojos, espantando la pena y las moscas, conteniendo las lágrimas.

-"¿Sabes tú dónde está mi hijo? ¿Sabes tú dónde está mi hija?".

De todos lados vuelven; regresan sin respuestas. El sacerdote no puede contestarles. El ermitaño tampoco sabe. Se juntan y discuten entre ellos si deben echarse al camino, salir a buscar, gritar sus nombres, sacar la pena del pueblo entero, de adentro de sus corazones, para transformarla en llamado que clame, que busque, que encuentre.

Locos de dolor, padres y madres echan a andar por los senderos de polvo, van por la ribera, se adentran en la selva y le dicen a la acacia:

—¿Sabes en dónde?

Y le dicen al río:

—¿Sabes en dónde?

Pasa la luna y a veces desisten. O vuelven a intentarlo. Nunca olvidan a los que se fueron, a los desaparecidos. Montan altares en las chozas y una flor es una niña y una punta de lanza es un niño que se han ido.

También se llevan a los mayores y entonces el altar crece en ofrendas de agua y flores. Se llevan lo mejor. Dejan un hueco del que tardaremos mucho en reponernos. Pero, un niño es quien más le duele a la aldea.

Soy de aquel reino hausa, hijo mío, al que atacan, sigilosos como hace el cocodrilo. Nos capturan en redes y nos amarran como animales. Están enojados con nosotros y siempre nos han hecho la guerra. Están enojados, porque saben de aquel esplendor de Sokoto, de aquella gloria nuestra del reino hausa y la quieren para ellos.

Pero también están los otros. Del mismo color que la sombra, que vienen de lejos a buscarnos. Caminan con otros cautivos, los traen sujetos por los cuellos, con un cepo de madera que escuece, que corta, que pesa, que frota. Los traen así por días, sin probar siquiera sopa de sorgo. Caminan por días y sólo pueden agacharse cuando lo hacen todos, cuando les ordenan tomar un poco de agua de las charcas del camino.

Llenan las balsas con ellos y remontan el río, consultan los caracoles y les piden buen camino. Clavan en la tierra palitos de osoro y dibujan la senda que falta por recorrer y piden a los espíritus llegar con bien. Van a donde los portugueses. Las mujeres y niños les sirven en las noches, y los usan porque con ellos pueden pasar como forasteros para acercarse a los pueblos y decir:

—¿Sabes el camino? Estoy perdida y tengo a mi hijo. Tenemos hambre. Ten caridad para nosotros.

Y así averiguan, saben cuántos hay en la aldea, cuánto peligro, de qué cuidarse o si es mejor seguir de largo por el camino. Se mueven del norte al sur, y cuando se detienen, escuchan el canto del pájaro òdèrè allá en los árboles y hacen su sonido:

-"Kah ha, kah ha, kah ha".

Y todos ríen, están de buen talante, porque llevan a vender a muchos. Porque tendrán fortuna, pues llevan doncellas, por las que pagan más, y mozos fuertes y hermosos.

Son igual que nosotros, prenden la hoguera, atizan el fuego, traen el agua del río y se portan indiferentes con los que tienen atados. Los hombres cubren con sus cuerpos a las cautivas y cumplen sus antojos, y ya no cortan el zacate para hacer esteras. Ahora consiguen suaves alfombras a cambio de los cautivos, tapetes pesados para cargar, pero más cómodos para dormir.

Todo esto y más cambian con ellos, con los portugueses, consiguen con ellos lo que más aprecian, hacen trueque y reciben armas que escupen fuego, armas con las que regresarán de nuevo a hacernos la guerra y a conseguir más cautivos.

Soy, hijo mío, una de aquellos a quienes los muros tragaron, prisioneros que nadie vuelve a ver, de los que nadie sabe ya su paradero. No somos, como allá en la aldea creen, ofrendas al espíritu de las aguas, a Lawoyin, Onikoko o Awoyale y otros mil que no deben pronunciarse.

Nos traen a estas tierras para reescribir una historia de mil batallas. Algunos vencimos el largo camino o nos liberamos del abrazo del mar violeta, el que devora naves y hombres de toda bandera. Otros derrotamos a la enfermedad con los remedios de aquí: asclepia, izote, cañamón y burladora, y todos así sobrevivimos, prevalecemos.

Tú entiendes ahora, hijo mío, estas historias que te cuento, pues escuchas mi canto desde niño, escuchas mi voz y mi lengua y la entiendes. Sabes que tu madre pasó pruebas de agua y mar profundo que la hicieron guerrera, para transitar en esta nueva vida, para remar en estas aguas.

Tú eres de aquí y tu color ya no es el mío, pero eres también del agua y del río. Llevas la guerra adentro, y mi historia, que es la tuya, y mi lengua, que hablamos en murmullos. Debes ser cuidadoso con la lengua de los hausa, ocultarla y dejar de hablarla. Tratarás de olvidar toda esta historia, pero no debes dejar de tenerla en estima, aunque en estas tierras eres hijo de Rosario, que en la Fortaleza de Elmina fue bautizada con ese nombre, y se unió a Pablo Paxbolón de Acalan Tixchel.

Pero fue Sekondi, hijo mío, la que te trajo al mundo. Sekondi de Afri, que quiere decir "sabiduría con experiencia". Mi nombre encierra en sus siete letras toda esta historia que hoy te cuento y que nada, ni nadie puede cambiar.

Llevo ahora al espíritu de las aguas dentro y por más que sea negra la noche, no le temo. Porque he medido mis fuerzas con él y he triunfado. La paz reina ahora en mi cuerpo y no importa cuán difícil sea la siguiente pelea, estoy aquí y no temo.

• • •

Página del diario de Viaje del Capitán Moisés Cohen Henríquez 1629

Más que los brazos fuertes del Tajo, que vienen del corazón del reino de España, más que los sueños de océano, de triunfo, fortuna y cítaras, más que las llaves de puertas humildes, a las que ya no hay regreso, lo que me mueve son treinta mil ducados. Más de cien kilos de oro fue el costo total de la pérdida, cuatrocientos esclavos hundidos en el naufragio por culpa de los españoles.

Mi anhelo de fortuna se alimentó de venganza y cobró fuerza. Impulsó mi espíritu y toda nueva incursión en altamar. Las aguas del Golfo de México habían sido testigos del hundimiento de mi amado "Escudo de Abraham", en dominios de la Nueva España. El necesario escape estratégico que improvisamos había herido mi orgullo y pasarían años antes de recuperar la fe y el crédito de los inversionistas, implacables.

Juré que no habría jamás otra injuria perpetrada a mi hacienda y así el deseo de revancha corrió por mis venas, líquida. Tiempo más tarde, esa misma sed juntó mi destino con el de aquel prisionero holandés, de Rotterdam, que los españoles mantuvieron cautivo durante cuatro años.

Yo era el judío de Lisboa, Moisés Cohen Henríques, de ancestros expulsados por el Edicto y por sus creencias. ¿Él? Piet Pieterszoon Hein, almirante y corsario de la República Holandesa, que en nombre de las Provincias Unidas combatió a los Habsburgo de España, buscando para los suyos su independencia.

Él había recibido el siglo preso en La Habana por cuatro años. En cuanto fue intercambiado por rehenes españoles, regresó a sus tierras, a donde fue nombrado capitán de la "Compañía Holandesa de las Indias Occidentales".

Hein hallaría un tesoro en el detalle de mis cartas marítimas y, desprendiéndolas de mi pecho, diseñamos juntos la estrategia para vengar la furia que hacía rechinar nuestros dientes.

España gobernaba nuestros mundos y la detestábamos en la misma proporción.

La Flota de la Plata se hallaba atracada en la Bahía de Matanzas, en la Capitanía de Cuba, y un nuevo "Escudo de Abraham", con patente de corso otorgada por la corona holandesa, se unió a su flota espléndida, comandada por los mejores hombres del mar de Holanda.

Matanzas haría honor a su nombre. Interceptamos a dieciséis barcos españoles; un galeón ya había sido tomado por sorpresa durante la noche y nueve mercantes se rindieron ante nuestro cerco, que atacó despiadadamente. Sobra decir que fuimos superiores, en habilidad y número. La lucha cuerpo a cuerpo fue sangrienta, pero breve y los cobardes españoles lograron escudriñar en mis ojos el brillo del odio que los hizo rendirse prontamente.

Todo un convoy de galeones españoles quedó consumido por las llamas, en la hermosura de la bahía azul, las brasas y cenizas flotando como un paño de seda. Y, ¿nuestro botín? ¡Fabuloso!

Doce millones de florines en oro, plata, índigo y cochinilla llenaron los barcos, mientras escupíamos la cara de cada muerto, maldiciendo a su descendencia en su propio idioma. Dominábamos el español, ambos. El holandés había nacido durante la guerra de independencia que peleaban contra España, de más de ochenta años, y había sido encarcelado por mala fortuna en una pocilga española en La Habana, en donde aprendió el idioma de Castilla.

Así quedó vengado el hundimiento que provocaron los guardacostas unos años antes, en aguas novohispanas y la pérdida de mis esclavos de Elmina, fortuna fugaz que todavía me duele en el cuerpo. Cuatrocientas toneladas de especias y negros, mercancía que se hundió para siempre en el mar de tinta.

Sé que salvaron la vida los guardacostas, que volvieron a Veracruz y fueron en romería a agradecer al Cristo del Buen Viaje que no hubo pérdidas en sus filas. Sé que mandaron bordar un cendal en perlas y hasta besaron el manto de su Virgen de los Cautivos. Pero jamás, ni sus oraciones, ni sus estampas, imaginarían el golpe que habríamos de infligir a su Flota, en respuesta.

Llevamos el botín a Leyden, que mira a las aguas del Báltico, y una multitud reunida en los muelles y astilleros nos esperaba. Los prestamistas de la Liga Hanseática recibieron lo suyo y nuestros nombres se cubrieron de gloria.

Pude haber terminado aquella vez con las correrías, pero el mar siempre llama de vuelta y aquí estoy de nuevo, con las velas al viento, repartiendo carne salada y cerveza entre mi gente, para encontrarle el rostro nuevamente a la victoria.

Hemos dado una fuerte virazón hacia el sur, sesenta millas, que son quince leguas con rumbo a sudoeste, en el camino hacia las Canarias. Nos espera la isla de portuguesa de Madeira, con su luna rubia, mientras confío en que el dios de Abraham y de Jacob, que llevo dentro, guíe nuestro rumbo hasta encontrar de nuevo el sol.

∙ ∙ ∙

Meditación de Pablo Paxbolon de Acalan Tixchel

Venimos de los caminos de agua de Acalan Tixchel a poblar la inmensidad. Soy el último de los comerciantes de un reino que hizo al sol franquear el vano de cada puerta, en templos ocultos que ha desaparecido la selva. Su luz ilumina las estelas que llevan inscritas los nombres de todos los nuestros, los que por caminos de agua bajaron hasta Nic-Anahuac, Nicaragua, para comerciar.

Somos de aquellos emisarios sin lanzas, ni rodelas, que logran lo suyo tan sólo con el poder de la palabra. De nuestra investidura sólo quedan nuestras cabelleras, largas como el cauce del río, que comprueban así que somos de esa estirpe, somos de agua, de agua nos hicieron.

El papel de Europa que llevo conmigo confirma mi nombre, Pablo Paxbolon, el que ayudó a los conquistadores y capturaba a los nuestros para su servicio; el que ganó control y favores, a cambio de vigilar la paz en estas tierras. La probanza confirma que soy ése, pero no fui yo el que masacró a los nuestros. Hartos de vejaciones se unieron allá en la ensenada a un ciento de gente del color del hollín para alzarse en su contra. Asaltaron su casa, lo arrastraron al pantano, saquearon sus archivos y los arrojaron al camino blanco, antes de incendiarlo todo.

Como el sol que ilumina los arcos y las estelas de nuestros templos, esa noche de luceros se alinearon las posiciones y aquella mano sublime, de esclava, de señora, de mujer del color de la sombra, me entregó las probanzas que había arrebatado a Don Pablo y supe por sus ojos que debía hacer con ellas provecho.

Nadie, que no fuera uno de los nuestros, podía hacerse pasar por él. Nadie que no tuviera este rostro. Desde entonces las llevo conmigo, cuidándolas como a una azucena, en cada huida, en cada escape, en cada intento de repartimiento. A esas manos femeninas, a esos papeles, les debemos, hijo, que seas tú un Paxbolón también.

Cuando la huida se olvidó y quedamos a salvo, escondidos, un canto de suspiros en mi pecho añoró volver a ver aquel rostro oscuro que desapareció en la noche. Y fue cumplido ese anhelo de alguna forma al encontrar escondida en la jungla a mi salvación, que cobró forma en el cuerpo y el espíritu de Rosario.

Eres de agua, hijo mío. Está en ti la sed de memorizar todas las sendas que pueden navegarse en la tierra. En el agua está cifrado tu presente, aunque es el Tollan tu herencia, el marco de tu pensamiento y son tuyas las lenguas, el chontal, el maya y el nahua de los ancestros.

Con todo ello has de seguir surcando este lago nuevo, el del centro, y será tu deber prender el incensario y hacer llegar el humo y las oraciones al cielo, donde el agua reside, en agradecimiento.

Bajando a los lagos desbordados, por el camino de Puebla, mucho nos preguntamos nosotros ¿hacia dónde iremos? ¿Cuál será el destino de nuestro hijo que viene en camino; cuál nuestra morada? Remando sin rumbo por todas las islas, debimos regresar sobre nuestros pasos y atracar en las marismas, por la calzada que lleva a Coyoacán y a Mexicalzingo, buscando la protección de los altos, la única tierra firme.

Por meses, la ciudad que había sido nuestra expectación y certidumbre, sólo nos dio el aullido de perros hambrientos que llegaba con el viento, de día y de noche, en un griterío, mientras revolvían el basural de la orilla. Lloraban como los hombres y buscaban a sus dueños, que vaciaron la traza y dejaron todo atrás, casas, talleres y tiendas, para venir aquí, a tierra seca. En Coyoacán, en San Juan Bautista, rezábamos fuerte para no escuchar sus quejidos y tras unos meses se volvieron locos, feroces, como eran en su estado primitivo.

El instinto los reunió en jauría y dicen que deambulaban por Santa Teresa La Antigua, rodeando la Catedral, que apenas era muros y sacristía, y arrastraban a un becerro inflado, tratando de arrancarle jirones de carne podrida o se echaban al agua y ahí quedaban, gimiendo, enredados en los escombros.

Acá por el rumbo de las ladrilleras, estuvimos a salvo. La gran enfermedad que se había desatado estaba matando más naturales que los aperreamientos con alanos y lebreles.

Nosotros conseguimos emplearnos en el obraje de telas, mientras las aguas bajaban, hasta el día feliz en que la viga que tapiaba la entrada de la calzada volvió a elevarse. El agua de cinco años había cedido y la ciudad volvió a levantarse, como hace desde siempre, tras la guerra o el desastre.

Tú habrás ahora de seguir los pasos de tu padre. Recorrerás canales y acequias y quiera el Padre de Luz, que con tu comercio conquistes a la reina de Anáhuac, la gran señora de Tenochtitlan, la hermosa Ciudad de México.

Entonces volveremos a chocar las manos contra las piernas, al ritmo de la piel ocre del tambor. Haremos sartales de flores y ofrendas de miel para que la fortuna, hijo mío, no abandone jamás tu senda.

CAPÍTULO 9
SER AGUA DEL NÍGER Y DEL GUADALQUIVIR
1634

Descubrimiento de Lucía, de las Aguas del Níger

Soy de agua. Tres veces, soy de agua. Una, porque en la bruma que enreda mis recuerdos de infancia, hay siempre un grupo sediento que corre y grita en hausa, ocultándose en el río sin nombre. Allí, las madres sumergen a sus hijos pequeños hasta el ahogo para esconderlos de las persecuciones, hasta sentir la cabeza estallar, esperando a que pase el peligro.

Soy también de la corriente que desemboca en el Golfo, de las aguas de Atasta y Términos, que me devolvieron la vida. En ellas ahogué palabras lejanas, a cambio de voces nuevas, pronunciadas por la bemba grande y rosada de un negro fuerte que me inició en ellas.

Y soy también, ahora, de esta orilla que riega el río Magdalena, que surte la Hacienda del Apantle, en la Villa de Coyoacán, tierra seca de Don Luis de Dueñas, poblada de gente que huía de la ciudad española inundada, para hacer crecer aquí sus obrajes, sus batanes, caballerías y cultivos.

Aquel diluvio hizo estragos y cuando la mortandad comenzó, se llevó al ama de llaves canaria, en Domingo de Pascua. Desde entonces quedé a cargo de la casa, mientras Don Luis rechazaba dos alianzas matrimoniales y purgaba con el flagelo de la disciplina quién sabe qué pecados en la soledad de sus habitaciones.

Soy Lucía, la que escucha las notas del clavicordio, en caoba y marfil de Filipinas, que pule, cuando el amo no está tocando o escribiendo coplas religiosas; la que aprendió a leer y a escribir en el atrio de San Juan Bautista, robando tiempo a las faenas, mientras la inundación cedía.

Soy la que, al morir la tarde, el amo en penitencia, atendía la lección impartida a los hijos del Conde. La que, sonriéndole al ángel del dintel, hurtaba un tomo de la biblioteca y leía hasta que el trozo de vela no daba más luz. Soy la que ocultaba de pronto las hojas del silabario, cuando el amo acudía a mí alguna noche, y recitaba ejercicios en la oscuridad mientras él procuraba vaciarse en la tierra.

Soy la que no comprendía por qué él redoblaba la mortificación y el ayuno, levantándose antes del amanecer y del frenesí de ordenar los asuntos de la hacienda.

La que entre lección, lectura y trabajo, buscaba el instante y la quemadura de verte, Diego, esperando tu vuelta. La que añoraba el roce de tu capa al final de la misa y trataba de caminar al lado tuyo; la que contaba tus pasos en la procesión, fingiendo devoción, como la que muestran los indios. La que inclinaba la frente para decir tu nombre mientras tocaban las campanillas, recibiendo el atardecer ardiendo, como tea de pino que alumbra el empedrado, sin ninguna ocasión más para verte; tu rostro, indiferente; tus ojos, esquivos, ¡siempre!

Soy del agua en la que se evapora la esperanza con cada uno de tus rechazos; la que junta el valor de burlar todos los candados y el polvo del establo para espiar por la celdilla de cal y canto en la que duermes. La que se atreve a escribirte en las noches, contando en letras cómo tu recuerdo empapa afuera los botones de la rosa y la higuera.

La que espera de rodillas como el ángel tu visita, tu encuentro, para hacer sonar el clarín, el pecho en alto, las alas ciñéndose a la curvatura del arco, queriendo volar, anunciando nuevas.

Soy la que cierra las ventanas, para que la brisa no se lleve los pétalos del jarrón y las hojas escritas con aleluyas, salves y hosannas que el amo canta, bajito. La que por fin una tarde comprendió, al dispersar la arenilla que secaba las letras del amo en tinta y sintió el alma dar un vuelco.

La que, ordenando las partituras, tuvo que apoyarse en el marfil y la madera del clavicordio de tapas pintadas con el fragor de una batalla de barcos en aguas agitadas. La que cubrió con las manos su boca, deshaciendo su corazón en espuma, roto en la cresta de una ola.

"Negro se te vuelva el día, negro por sus negras horas y negros trabajos pases, pues de negros, Lucía, te enamoras".

"Háblente, Lucía, los tristes rasgos de ésta, mi triste pluma. Nunca con más justa causa, el agua va borrando con lágrimas negras lo que va dictando el fuego."

El amo había escrito decenas de líneas, con su letra de rizos y ornamentos, y yo, sin saber bien a bien lo que había descubierto, salí a trancos del salón hasta que todo fue campo y cielo. Hasta que el espíritu de las aguas me fue formando adentro la única respuesta:

—"No quiero, Diego, más que seas tú quien abra el cortejo, dirija la ceremonia y cargue en sus hombros el crucifijo de caña, hueca, ligera y perfecta. Diego, oficial de la Cofradía de Negros, mírame, aunque sea tan sólo un momento. Gira hacia mí tu espalda desnuda, refulgiendo en aceite, que canta en la procesión aquel villancico guineo, al son de un calabazo. Haz inclinar mi estandarte, cuando cruces el arco de juncia que adorna la entrada del templo. Mírame, que ya no sé siquiera lo que me digo."

Mi nombre en las partituras.

Si no estuvieras en mí, Diego, quizá yo habría comprendido antes el ayuno y la penitencia del amo. Soy sólo una humilde esclava y él es, y no es, mi dueño.

No me miras, Diego, y el espíritu que flota sobre las aguas de la tarde, tiñe de ocre los campos. Bien sabe mi piel que pronto habré de inclinarme como un junco de las islas para aceptar el destino que tendrá para mí el amo.

¡Mírame, estrella de la mañana, causa de mi alegría, Diego!

• • •

Confesión de Diego de la Laguna de México

¿Acaso los discursos que dicta la mente pueden atraparse por completo en aquellos diminutos trazos que dibujas, Lucía, como hojas de enredadera? ¿Es verdad que la tinta, que secas con cuidado con tus dedos finos de arenilla puede decirlo todo?

Yo aún no lo creo.

Pero pasas las tardes, Lucía, entregada a eso que llamas letras y yo desde lejos no vuelvo mi vista a tus ojos, ni mis manos te tocan. Porque llevas contigo la escritura, como el amo, porque sabes leer el libro de cuentas. Mientras que, a mí, los dedos de estas manos torpes y secas, grandes y encallecidas, apenas me alcanzan para contar los atados de paños, restar las arrobas de la siembra y acumular los pesos de la molienda.

No vuelvo mi vista, Lucía, porque eres del amo, aunque tú aún ni siquiera te des cuenta.

Porque los que hemos sido esclavos siempre, sabemos también a quién pertenecemos, cuál es la voz que manda, cuáles las órdenes que nos hacen voltear y bajar la vista. Soy el mozo de obraje de los brazos desnudos, el que sigue mandatos a ciegas, el que aprendió a ahogar la esperanza una mañana azul, de baldosas empapadas por el rocío de siempre.

Soy Diego, el que buscaba noticias de la conjura. El que creció en el taller, aceptando los azotes y las torturas, las mordazas y los castigos. El que arrastró su tristeza de vuelta, por las calles desiertas de la Villa, de cara a las avenidas de agua, que sólo trajo noticias de escarmientos allá en la traza, de cabezas en lanzas y nubes de insectos chocando en la orilla.

Soy el niño de bruma y de canto de aves que jamás escuchó la noticia que todos esperábamos. Queríamos oír que éramos libres, que la conjura había funcionado y que mandábamos ya sobre los amos. Soy Diego, el de la esperanza que se esfumó como gasa, flotando sobre las aguas.

¿Puede todo esto contarse en los trazos que escribes, Lucía? ¿Pueden tus letras decir qué se siente estar preso en la bodega de lana, atado de un pie junto a un mulatillo, para no volver a intentar el escape, mientras se ven pasar los meses, cardando?

¿Puede la tinta rescatar lo que dijimos al Oidor, cuando escuchó al pardo Antón relatar su denuncia, cuando pensamos que por fin cerrarían aquella prisión clandestina en la que se había convertido el obraje, cuando gritamos los golpes del hijo, mucho más cruel que el amo, y los de sus cinco negros sirvientes? ¿Pueden tus letras contar las horas colgando en las vigas?

Eres del amo y con él estoy en deuda por siempre, porque desde su llegada me aceptó, me empleó, me consideró y me puso a cargo de esta tierra donde he crecido. Y sé que es tu perfume la causa de que él se ajuste el cilicio, aumente la limosna en el templo y pague con misas cantadas por su alma. Eres del amo y no puedo mirarte, pues yo soy su esclavo. El que cuida su hacienda y su ingreso.

No te miro. No aspiro siquiera a escuchar el crujir de tu falda, pues sé que las notas que escapan por la ventana, esa música triste de marfil y cuerdas, busca en tí a un destinatario.

No miro, no insistas. Apaga este incendio y no vuelvas, que por todas partes la liturgia reza que, en fiesta de luces, toda de purezas, no es bien se permita que haya cosa negra.

• • •

Paleografía del libro de cuentas de Don Luis de Dueñas, propietario de la Hacienda del Apantle, en Coyoacán, México

El Wad al-Kabir, el río del gran torrente, el único navegable en mi Patria, y que nace en la Sierra Morena, condujo las naves españolas que me trajeron a estas tierras. Desde ahí las embarcaciones van descendiendo y cada embalse riega las fértiles tierras de Andalucía hasta que el río se ensancha en su desembocadura con el Atlántico, como un grito del corazón.

Ha contemplado por siglos las magnas murallas romanas y, quienes nos hemos bañado en sus aguas, no deseamos más que recrear los vergeles de aquella campiña de nuestra infancia, cuando emigramos a tierras lejanas, al Nuevo Mundo.

Elegí Coyoacán, la tierra del Marqués y, mediante carta sancionada por la Real Audiencia de México, me convertí en el nuevo propietario de estas tierras, que llevan el nombre con el que los indios llaman a sus acueductos.

Paréceme que por más que yo haya dedicado esta hacienda al venerable San Benito de Palermo, los naturales insisten en seguir llamándole "Del Apantle" y a mil pasos contados desde la puerta de San Juan Bautista, se encuentra la mojonera que marca el inicio de estas propiedades. En largo de trescientos cordeles hacia el viento del sur, las tierras atraviesan el río de Santa María Magdalena, que no tiene el caudal, ni la grandeza del Guadalquivir de mi infancia, pero que la laguna de México compensa.

Tiene la Hacienda por estas fechas ganado vacuno y ovejuno, tierras de labor y el trabajo de los indios que viven en los alrededores. Su manejo se realiza con la mano fuerte de un capataz, nacido en esta comarca, que cuida de estas propiedades como suyas, desde el dueño anterior, más doce piezas de esclavos aclimatados a estas tierras, traídos del mineral de Sultepec, que trabajan la vaquería, las cosechas y un batán menor de lana.

La Hacienda mira a los juncos de la ribera y está distante dos leguas de la calzada. Sus rendimientos en cargas de trigo han ido creciendo, aunque son insuficientes para cubrir la demanda de los mercados del centro, que por fin se han visto vacíos del miasma de la crecida, gracias a ciertos trabajos de desagüe. Por el desastre se han postergado la siembra de olivo y otros planes que había para las sementeras.

La casa se rige por la administración de una esclava, adquirida en estas tierras [mancha de tinta que hace el resto de la página ilegible].

La fragata, que nos trajo desde Sanlúcar, viajó con permiso de Su Majestad, trayendo consigo diecisiete baúles de bastimentos, enseres de casa y un ama de llaves de las Canarias, que murió dos años después aquí en la Villa, víctima de las fiebres humorales.

Viajó también con nosotros Marina, esclava de Triana, sujeta a servidumbre y adquirida por mí en Sevilla. De veinticinco años, de mediana estatura y color amembrillado, con escritura de propiedad…" [mancha de humedad que impide leer el resto de la página, de contenido ilegible. Las fojas siguientes parecen haber sido arrancadas…].

• • •

Marina de Dueñas. Marina del mar y de las olas, iba a dejar en la travesía su pasado esclavo, estigma e impedimento, para lograr nuestra unión en aquel reino. Tomada de mi mano, por fin se había rendido al amor que le confesé tantas veces y decidimos venir a esta Nueva España, lejos de las habladurías y la condena de la gente, para empezar de nuevo.

Aún en el barco, lleno de colonos y personas de iglesia, tuvimos que frenar nuestros impulsos, mas teníamos la esperanza de que sólo en estas posesiones de la Corona, de costumbres más relajadas, sería posible llevar a cabo lo nuestro.

La había encontrado cuidando a un anciano, que se negaba a abordar la violencia de las pasarelas del puente de barcas de Triana.

El viejo me había escuchado atento relatar cómo más arriba, en las tierras de mi infancia, era realmente seguro cruzar por un vado y qué mejor sería para ambos intentar por ahí. Sus pies morenos, descalzos, apenas pisaban, flotando en la arena. Como bailarina, esbelta, de ojos brillantes y sonrisa clara, su cuello en sartales, bajaba la vista.

-"¿Importa tanto esta apariencia de hidalgo mía, para que usted también responda a mi conversación?"- le dije, bromeando.

-¿Puede la simple fragancia de tu perfume hacerme sentir todo esto?- pensé.

Todos los versos del Cantar de los Cantares se desgranaron en seguida.

El viejo contó que Marina sería puesta a la venta en la siguiente almoneda y así, con encaje de Brujas, almidonada y silente, la puja alcanzó un precio que sólo yo pude igualar.

Desde entonces estuvimos juntos, apretando en los brazos atardeceres y esperando el momento de viajar, gran señora, para hacer suya la Hacienda en la que ella sería el ama y yo, su servidor.

Tanta emoción traía consigo el Nuevo Mundo, que olvidamos seguir la cuenta de los días. Abordamos el "María de la Encarnación", con un hijo en su seno, que nacería ya en estas tierras y en cuanto supe las nuevas, me propuse hacer lo imposible para que ese hijo se transportase siempre en palanquín dorado y que ni el menor desdeño empañara su corazón.

En aquel viaje trasatlántico de meses, todo cambió en una noche. El mar bramaba con olas como catedrales y aquella noche de sábanas mojadas fue el peor presagio. En sólo unas horas, sus ojos bien abiertos, el dolor grabado en la comisura de los labios, se fueron llenando del gris de la muerte. El espacio que nuestro hijo había ocupado se fue deshaciendo en pétalos rojos, que ninguna compresa podía guardar.

De rodillas, agotando las gasas y los vestidos para contenerle vida, que se le iba yendo, el ama dispuso del cuerpo hasta el final, rezando las exequias y el monje agustino que, solícito, bendijo las telas con las que envolvimos su cuerpo, jamás supo la calidad de negra que arrojamos por la borda.

Su cementerio fue el mar, de camino al Nuevo Mundo.

Los años que el ama llevaba sobre sus hombros me aconsejaron buscar tan pronto en tierra un sustituto de su cuerpo, mas yo pasé los días restantes en la flota, rayando en la locura.

Ítem: "Puede una sierva casar con hombre libre, pero ha menester que sean cristianos ambos para hacer valer el casamiento y es mandamiento esperar a que el sagrado sacramento de unión por matrimonio sea oficiado por fraile o sacerdote ordenado. Quiere la Iglesia evitar así el pecado de conscupiscencia y dicta que hombres y mujeres se obliguen firmemente para salvación de su alma".

Ése era el castigo que habíamos pagado. Esta fe débil no pudo esperar al sacramento. Maldije, negué, perjuré y en un arranque trastornado, renegué de mi fe y a los poderes de la más negra noche vendí mi alma por solo un instante de su perfume, de su acento y su figura.

El ama de llaves, deshecha al comprobar toda la alegría que se había llevado el mar en aquella mortaja, eligió a la esclava Lucía en una venta del puerto, mientras el cordel de la disciplina, que escuece la espalda, buscaba atemperar mi tormento: flaquear, renegar, abjurar. Me había convertido, yo mismo, en esclavo de aquellos deseos. Tú fuiste como yo, Marina, del mismo río, y en vano mi cuerpo buscó consuelo. En los caminos y en las cocinas comprobé que la negra Lucía jamás tendría tus regalos, tu voz, tu finura y la usé como hacen los amos.

El ama murió con la peste y con el trato de la negra más cerca, sus manos se fueron transformando en las tuyas, su risa tenía tu eco. Su porfía de escribir en la tierra las palabras que su boca iba descubriendo la hacían ajena a mi dolor y ahí en esa casa de abundancia y soledad, rompí mi promesa de abstinencia, visitando su cuarto frecuentemente, buscando al hijo que perdimos en los mares.

Así continuó el ayuno y la tortura. Maldecir, perjurar y negar a la naturaleza me estaban llevando a la misma muerte, otra vez. Una escritura de compra, los veredictos de la iglesia y de la sociedad estaban alterando mi vida entera.

Sabía que ella debía entregarse por su voluntad, como el río se funde en el océano, pero ella ya había puesto sus ojos en otro lugar y contra ello no existe mandamiento que dé remedio.

¡Que me bese ardientemente tu boca! Tu nombre es perfume que se derrama. ¡Que tu izquierda sostenga mi cabeza y con tu derecha me abraces! Yo me levantaré y recorreré las calles y las plazas, buscaré que me quieras, aunque eres un jardín cerrado, una fuente sellada.

Grábame, como lo llevas a él, Lucía, como un sello sobre tu corazón.

CAPÍTULO 10
SER AGUA DEL TAGARETE O DEL RÍO DE CAMARONES
1634

Epístola de Alonso del Arroyo del Tagarete

"Mariana, Mariana:

Allá afuera, danzantes y tañedores dan inicio a la celebración que los padres les han permitido. Aquí adentro, media luna de plata refulge en el muro y de rodillas busco la luz que ilumine estas líneas que debo escribirte. Sé que el sol inundará tu capilla allá en Sevilla y que cuando recibas ésta, cubrirá tu belleza en oro.

Afuera, humilde y pequeño, escucharás el torrente del Tagarete, extramuros, nutriendo al Guadalquivir, hasta que el mar reciba sus aguas, como me recibió a mí algún día.

En oración y lleno de arrepentimiento, recorro en mi mente las escenas de despedida apresuradas, las promesas incumplidas y un profundo pesar inunda mi alma. Cinco años ya, desde que agitaste tu pañuelo en el muelle. Cinco, en los que después de un profundo examen de conciencia, lleno de remordimientos por faltar a mi palabra, empuño hoy la pluma para hacerte mi súplica sincera, Mariana.

La tinta que vierto comienza solicitando el perdón de tus padres, de tu familia toda, y el tuyo, para mí, el más caro e importante. Un perdón que sólo un corazón dulce y paciente puede tener para quien ha postergado por tanto tiempo el cumplimiento de sus deberes.

Ruego tu clemencia por las penas merecidas que hayas deseado a mi persona, por las ofensas que les he infligido a ti y a los tuyos y en el nombre del sufrimiento de Cristo, que murió por nosotros, apelo al inviolable cariño con el que guardo tu recuerdo.

Éste que escribe, Mariana, no es de ninguna manera ya el mismo. Quiso el destino que una sola misiva tuya llegara a mis manos recientemente y, con ella, todos los recuerdos, todos los planes y las esperanzas volvieron de un golpe. La letra del escribano y esa firma tuya, temblorosa como las olas del mar, desataron en mí todos los arrepentimientos.

Me encuentro desde hace unos años en terrenos del Convento Agustino de Culhuacán. Los padres benévolos acogieron mi estancia, junto con la de un fiel amigo y sirviente, y en confesión han sabido lo que me duelen todos mis actos del pasado. Uno de los religiosos, Fray Ángel de Remesal, en viaje desde Salamanca hasta esta Nueva España, fue el mensajero que hace dos semanas trajo consigo la única carta tuya de que he tenido noticia, fechada en un pasado próximo desde el que han ocurrido tantas cosas.

La pluma y tus papeles han vencido la distancia y han hecho que te hagas presente, Mariana, como el primer día. Hallar tu misiva ha constituido todo un acontecimiento, todo un milagro, dicen los hermanos frailes, instrumentos de la Providencia de Dios Nuestro Señor.

Cuando se han cruzado los mares que separan aquella parte del reino donde tú te encuentras, se comprende la tardanza en la recepción ultramarina de cédulas firmadas por el Rey para sus Indias que es la misma para la correspondencia privada y si, en un destino azaroso, queda almacenada en el puerto de Veracruz, las líneas se pierden para siempre en la nada.

¡Tantos impedimentos sufren las epístolas, que muchas veces quedan en manos del Correo Mayor de Indias, sin alcanzar ni las postas, ni los repertorios de caminos! Sólo el obrar de Dios hizo llegar tu carta, plegada en dobleces y cerrada con lacre, que en poco la humedad ha conservado, dirigida a este destinatario, siervo tuyo.

Pero cómo ocurrió el suceso fortuito es lo que pasaré a explicarte. El Padre Remesal, venido de Salamanca, ha debido pasar unas noches en el puerto de la Vera Cruz. Convidado a viandas con el Alguacil Mayor, escuchó de él las más increíbles historias de puerto y registro, de expedientes de pasajeros a Indias y de ajuares de damas, descargados en el muelle, sin dueña que los reclamase, por haber perecido en el largo viaje o de nobles funcionarios llegados a esta Nueva España en harapos, pues olvidando la hidalguía, aceptaron deshacerse de sus pertenencias como lastre para sortear las tormentas, ajuareándose luego en el puerto con el contenido de baúles ajenos que nadie ha reclamado.

Historias de huérfanos, muerta la familia de disentería en el trayecto, o contagiada por el tifo o encuentros felices de castas mujeres prometidas, reunidas por fin para unirse en matrimonio, en fin, de todo escuchó.

Entrada la noche, el fraile y el alguacil pasaron a conversar sobre otros colaterales de viaje: cientos de cartas que duermen en las bodegas y archivos, sin que los registros den buena cuenta del paradero de sus destinatarios, porque se han perdido o porque los colonos cometieron errores o no dieron suficiente detalle de domicilios conocidos. El fraile, que me ha cobrado grande estima, bien recordó mi historia. Yo soy uno de tantos que decidió curarse el cuerpo, de la enfermedad y el alma, aquí con los religiosos, tan alejados del mundo, de sus banalidades y anhelos.

Es así como acudió el buen padre a los archivos del puerto y encontró mi nombre en un fajo, un sobre que desplegaba a mi Señora Mariana como remitente, iluminando la estancia como un rayo fortuito. El camino de Veracruz a estas tierras se le hizo eterno, esperando la reacción de quien soy, Alonso García de Santamaría, ahora componedor y cajista de la imprenta establecida en este santo y venerable Convento para servicio de la obra de Dios. El mismo Alonso, que empeñó su palabra de enviar por tu persona aquella lejana mañana de marzo, envuelta de sal y de bruma.

Ha querido Dios y la Virgen Santísima que, en mi reclusión voluntaria, ocupara las horas instruyéndome en el oficio del papel y la imprenta, acallando intentos de fortunas malogradas, pero jamás olvidé tras estos sus muros la promesa de enviar por ti, como debí hacerlo en cuanto pude.

Quieren mis manos humildes y arrepentidas dedicar a las tuyas mi trabajo en el oficio y de una resma especial, he separado unas hojas, para rogar tu clemencia. Te necesito aquí, ven a reunirte conmigo.

Instrúyeme sobre la manera de hacerte llegar un pequeño caudal, que te conceda determinarte a venir a estos reinos, en cuanto así lo dispusiere tu voluntad. Reparar prontamente lo empeñado será el timón que ahora rija mi vida y mis esfuerzos.

Si acaso lo resolviere así tu cariño, esperaré con ansia los meses del viaje y serán mis oraciones las que acompañen tu navegación ante el peligro. El caudal es suficiente para pactar una embarcación segura, de la que no habrás de temer, ni tener mayor cuidado.

El futuro, bien lo sé, es otro muy distinto al que con tu padre habíamos planeado, pero confío en que la realidad que ahora se impone te ayude a mirarlo como yo, en la esperanza santa que hace a un lado la búsqueda de honras. Solo el recuerdo de tu rostro será mi constante y me alegraré de que al recibo de ésta respondas cuanto antes para iniciar los arreglos.

De corazón arrepentido y suplicante, se despide de ti, rogando a Dios que te guarde, tu esclavo y servidor,

Alonso García de Santamaría."

• • •

Escena a orillas del Tagarete

Las curvas del arroyo extramuros, allá por el rumbo de la que fue la vieja judería, recibieron en su orilla de fina arena los blanquísimos pies de Mariana de Salazar y Miranda.

Una negra que enjuagaba las piernas y el cuello frente al calor sevillano bajó sus faldas apresuradamente a su vista, por temor a ofender a la fina doncella que pisaba el arroyo al que solo venía a regalarse la plebe.

Doña Mariana, indiferente a los que jugueteaban en la corriente, observó por largo rato los derroteros del agua, sus quiebres y saltos, que se perdían con la vista en el horizonte. El aya se sentó en una piedra, nerviosa por los atrevimientos de su ama.

Con media sonrisa en los labios, una multitud de pensamientos discurrían en su alma. ¿Qué hacían aquí, mezclándose con esta gente de baja calidad? ¿A quién acudiría si alguno, Dios no lo quiera, intentaba acercárseles? ¡Debía haber traído el agua de azahares para mojar el pañuelo de encaje y librar al ama del tufillo! Quiera el cielo que este hedor no afecte al niño, pensó.

-"Menos mal que este ángel nacerá cuando este calor de infierno sofoque menos. Será un querubín hermoso y bien hace el Racionero en pasar cada mañana a saludarle con devoción y mimo. ¡Hay que ver cómo besa con fervor el vientre de Doña Mariana!".

-"¡Vamos, señora, entremos de nuevo a los muros, a la Real Sevilla, que no hay nada aquí que usted requiera! En la Puerta del Aceite compraremos un ramito de violetas aromadas, para deshacernos de estas pestes, y en el balcón, el niño que lleva en su seno descansará seguro, meciéndose a la sombra y soñando en su noble futuro.

-"Pero es que... ¿a hacer llegar a la mar esa carta es nomás a lo que hemos venido? ¿Cree Su Merced que este hilillo de agua del arroyo realmente se llevará para siempre su contenido? ¡Habrase visto, que para eso está una, que lo mismo escucha sus cuitas, le prepara tisana, seca su frente en fiebre, abriga sus brazos y acude hasta usted en todo momento!"

-"¡Son hojas de papel de las Indias! Lienzos de rizos y lazos perfectos, bien lo miro, pero ¡incomprensibles para esta pobre ama suya, que sólo sabe de pucheros y ungüentos!"

La carta cayó al agua y se fue alejando por los pequeños saltos del arroyo del Tagarete. Sus promesas y explicaciones se diluyeron entre los cantos de las tersas piedras de río y aunque sus razonamientos probablemente jamás alcanzarían a besar el gran mar, por fin habían cerrado la llaga de una doncella que creyó en una promesa y esperó en vano a que fuera cumplida.

-"Vámonos, pues, Soledad. -dijo Mariana en voz baja. -"Las nubes blancas ya van desapareciendo."

• • •

Alegría de Sebastián del Río de Camarones

Tucu-tucutum, tucu-tucutum. Tumban y retumban los tambores en la fiesta que los indios le ofrecen al Crucificado. Con su sonido, llegan a mis oídos percusiones lejanas y se enredan, se confunden en un rumor profundo. ¿Es acaso esta música que se lleva el viento la de mi aldea? ¿Son estas las coplas que acompañan las cestas repletas de pesquería, en la colonia portuguesa del Rio dos Camarões, aguas de *camerún*, como lo pronunciaban aquéllos, los de los barcos ingleses?

¿O es acaso que el pasado se confunde y no existe aquí más que el sonido de las levas de nuestro batán de papel, que a pesar de la fiesta allá afuera, continúa trabajando, incansable?

El libro estará terminado muy pronto y habremos concluido. Las aguas del manantial se detendrán cuando baje la compuerta, y la corriente detenida de repente salpicará mi rostro, revelando realmente en dónde estoy. Comenzamos al amanecer para solventar la urgencia de la imprenta, pero ni al amo ni a mí nos pesa esta labor que amamos. Fue aquí donde salvamos la vida, ambos. Aquí en Culhuacán, bajo el consuelo de los religiosos agustinos, hace ya cinco años.

Tucu-tucutum, tucu-tucutum.

Los naturales allá afuera tocan y los frailes han salido apresurados, pues deben vigilar la fiesta y el frenesí de las percusiones puede descontrolarse. Bien saben que, para mantener el orden, deben conceder de vez en cuando algunas licencias y en el día de la Exaltación de la Cruz, la procesión se acompaña con el único instrumento que en esta villa tienen permitido.

La música solemne sustituye al escándalo en el que se estaba convirtiendo el paso en otros años, cuando alguien introdujo caracoles y trompetas de fuego y los que nos llaman pardos y los mulatos bailaban a grandes saltos, invitando al desenfreno.

Hacia el atardecer, el atrio se iluminará con nueve libras de cera renovada, las bombas de artificio estallarán en el cielo, llamando la atención del Creador, que volteará su vista a los fieles y yo, sirviente de toda la vida, daré gracias por su misericordia, elevando mis brazos al firmamento y no hacia abajo, como hago con el amo, no abajo, como hago con los frailes, a quienes sirvo y sin que me pese, pues he logrado aquí que la luz de las letras se encienda en mi cabeza, esclavo de Cristo, en quien he encontrado todas las respuestas.

Tucu-tucutum, tucu-tucutum.

El molino de Culhuacán de los frailes fabrica el papel para llevar la cuenta de las ventas, los bienes, las rentas. Las crónicas y las relaciones quedan también ahí registradas, sin que haya que escatimar en el costo de las hojas, como cuando venían de Europa. Los mazos caen con ritmo, moliendo los trapos, reduciéndolos a pulpa, y es su cadencia como la del tambor, como un latido del corazón.

Allá en la aldea, el anciano Omohundro sabía que con los tambores se arreglaban de nuevo los humores, se encontraba de nuevo el equilibrio. Las palmas golpeando la piel curtida de las percusiones era lo que necesitaban los que arrastraban aldeas enteras puestas en barcos extranjeros, sin regreso. Decía que los negreros debían tener el corazón desacompasado, sin cadencia, ni proporción.

Tucu-tucutum, tucu-tucutum.

Terminamos de distribuir la pulpa en las rejillas y ahí se quedarán reposando toda la noche para escurrir el excedente de agua, formando lienzos. Ahora que hemos terminado, el amo Alonso y Sebastián, este negro que soy, podremos unirnos a la fiesta y guardaremos con devoción el Cristo de pasta de caña que los naturales llevaron en andas con baldaquín de damasco aderezado en flores. La fruta que a sus pies sangrantes colmaba el templete se distribuirá en el banquete que los indios han preparado para agradecer a la tierra y no a la cruz.

Mis manos aguardan, el momento de rozar las tuyas, de entrelazarse con tus dedos largos que cosieron el raso del cielo primoroso para el Cristo, azul como tus faldas, azul como el agua, espléndido.

Ya mañana alisaremos los lienzos secos con el bruñidor, los dejaremos tersos, listos para imprimir los ejemplares del Catecismo de Perseverancia que Fray Miguel Cantillana llevará al Convento de Cuitzeo, en la Provincia de San Nicolás de Tolentino de Michoacan.

Los sueños de aceite del amo Alonso se quemaron en las lámparas del convento y cuando nos fuimos haciendo indispensables para los frailes, acompañé por vez primera a la recua de mulas del Padre Cantillana a aquella otra provincia, hasta que el pedregoso camino real puso a la vista un convento magnífico, de hermanos agustinos, a orillas también de un gran lago.

Nos recibió el frontispicio, con su María Magdalena en cantera presidiendo todo el paisaje, sosteniendo su vasija de aceite, siempre el aceite surgiendo por todos lados, con el que ungió el precioso rostro sangrante de Cristo en su Pasión.

Después del fatigoso viaje, llevando el último impreso del Seminario de Lenguas de San Juan Evangelista con el que buscaban instituir la Ciudad de Dios en esas tierras, emprendimos el regreso y ya estábamos ensillando en el portal de peregrinos, cuando apareció ante nosotros una niña, réplica fiel y viva del rostro de la Magdalena.

Tucu-tucutum, tucu-tucutum.

-"Lleve a mi niña, Señor",- suplicaba una anciana al Padre -"Llévela a su servicio, que aquí no queda nada, ni nadie de lo que fuimos".

La llama de la compasión encendió el corazón del fraile después de larga insistencia y su aprobación sólo atinó a decirme, de cara al espejo de la laguna salitral:

-"¿Le cedes la mula, negro?"

Tucu-tucutum, tucu-tucutum.

Después de unos meses, pedí permiso para desposar a la niña, que era el mismísimo rostro de la santa de la vasija de aceite, y juntos recibimos la bendición de Cristo con una unción de óleo perfumado.

¡Tanto océano, tanto puerto, tantas faenas y tantos caminos se precisaron para encontrarme en tus manos, Elisa, cosiendo el dosel del Cristo, desbordando en flores!

Tucu-tucutum, tucu-tucutum.

-¡Amigo! ¿Es que anuncia ese tambor que habrá esponsales?

-¡Es verdad! ¡Boda habrá en la laguna de México, en el muelle de Culhuacán!

La guerra de los hombres se detendrá por ese día y hasta el río de camarones descenderá Olodumare para bendecir nuestra unión. El sacerdote de Ifá hará un poema y Oshún se regocijará pues Elisa y el negro Sebastián tendrán la frente echada al suelo para recibir la aprobación.

San Benito de Palermo se alegrará, porque María Magdalena, transfigurada en Elisa, bajó de los cielos a darle rumbo al negro Sebastián que dejó un día el río de camarones, la tierra de los Fulani, sin mediar su voluntad.

CAPÍTULO 11
SER AGUA DEL LAGO DULCE
1634

Plegaria de Eugenia de Iztacalco, en la Laguna de México

"En la parroquia de San Juan Bautista de la Villa de Coyoacán, a diez días del mes de mayo de este mil seiscientos treinta y dos, recibe el sagrado sacramento del bautismo, imponiéndosele óleo y crisma, Fernando, expósito, hijo de cuyos padres se ignoran, hallado en el atrio de este mismo templo en los últimos días.

Es su padrino en el sacramento, Bartolomé de Toledo, vecino de esta Villa, que contrae parentesco espiritual y obligación de enseñarle los rudimentos de nuestra fe. Es su madrina Eugenia, mexicana, Madre Mayor de la Cofradía de la Purísima Concepción, que funge para el socorro, sustento y cura de enfermedades de los fieles de esta Villa, como así declara y jura lo hará en adelante por la criatura.

Lo ve y lo firma Fray Jacinto de Rivera, Prior del Convento Franciscano de San Juan Bautista, en la jurisdicción de esta Villa de Coyoacán."

Los adulterinos, criaturas engendradas por padres en relaciones de amasiato, los nefarios, producto de relaciones incestuosas, los mánceres, hijos de mujeres públicas y los sacrílegos, retoños de sacerdotes y religiosos, amanecían en los umbrales de las casas, recién nacidos. Con su abandono, las madres salvaban el honor y, al amparo de la feligresía y de la Santa Iglesia, se poblaban orfanatorios y casas de expósitos.

Así sucedía casi en cualquier rincón de este reino de la Nueva España.

Echados por sus padres, desamparados, sin ventura, si sobrevivían a una noche helada o a un festín de perros y ratas, estos hijos naturales, bastardos, recibían el bautismo a más tardar dos días después de ser recogidos y cuando el cupo impedía que fueran recibidos por la beneficencia, a menudo eran criados por vecinos de la comarca, para luego ser cobijados como sirvientes o aprendices sin paga en los gremios.

Algunas niñas eran dotadas por la caridad de algún difunto, que destinaba cierta cantidad para conseguir que la huérfana entrara a un convento a condición de que, en sus días de oración, monja reclusa hasta su muerte, orara por el eterno descanso de su benefactor.

Eran los huérfanos, fruto de esas relaciones que prohibía la Madre Iglesia, los que arrastraban el estigma y el desamparo todos los días de su vida.

La catástrofe que desató la Tromba de San Mateo había producido tal mortandad y movimiento de gentes, arrojados por todas partes, que la Villa creció en número de habitantes y niños abandonados.

Los canteros de la Villa eran la rama principal de aquella familia de la que provenía el que seguía siendo mi esposo, Miguel Mauricio. Aunque jamás desatamos el nudo de nuestros mantos y vestidos, él tenía desde hacía tiempo otra vida y de los pocos míos, los más cercanos, todos estaban desaparecidos. Así que sólo restaba venir aquí, a esta orilla, dejando mis islas de hambre y contagio. Las calzadas habían estado tapiadas durante un largo tiempo; los cercos trataban de impedir que los brotes de enfermedad tocarán tierra firme. No habían cedido las aguas y la viga que impedía el paso de las canoas seguía abajo, la garita abandonada.

En el lugar fértil de los coyotes, la villa de Coyoacan continuó floreciendo, mientras yo rumiaba mi desventura allá por las casas de los altos. Dominando la vista de todo el hermoso Valle es que fui comprendiendo. La bondad de los frailes y la organización en cofradía en la que prestaba servicio también rescataron mi barca del hundimiento.

El agua seguía arruinando y algunos seguíamos orando a los dioses. Nos las habíamos arreglado para subir por el pedregal a la Casa de la Niebla, al fondo negro de obsidiana que los dioses escuchaban, allá donde nacen los manantiales. Quemábamos papeles, llevábamos vasijas preciosas, ofrendas de flores y tierra de la laguna para ganar su misericordia.

Eran también los huesos de todos los huérfanos nuestra ofrenda. Pequeñitos arrojados a la maleza por el pecado, que habían descarnado las fieras, hasta la muerte. Tratábamos sus restos con cuidado; así lo habíamos hecho siempre. Encerraban el alma y el espíritu de quienes habían sido y ésta era la última expresión de su persona. Limpiábamos y pintábamos delicadamente de azul sus huesos diminutos, pulidos y los acomodábamos con reverencia, aderezados con collares, discos de madera y una cuenta de piedra verde dentro del rubí que había sido su boca.

Eran el símbolo del nacimiento y creíamos que con estos ruegos reforzábamos las oraciones que hacíamos en el Convento, allá con los dominicos, a donde teníamos cofradía de españoles y de indios.

Aquí habían venido también los hermanos mixtecos, que sabían trabajar los hilados, y que llegaron a los obrajes que venían desde el centro. Tenían representación aquí y hasta su propio alguacil para la recaudación. Pocos entendían sus lenguas y muchos emprendieron la vuelta hacia sus tierras, lejos de la peste de la ciudad y los trabajos forzados de reconstrucción y desagüe, que mataban a los nuestros.

A los de las islas, nos tocó hacernos lugar en donde fuera. No teníamos otra casa. Y así anduve yo, confundiendo las veintenas, olvidando el eje de estrellas, perdiendo la esperanza y bajando de vez en cuando hasta el embarcadero, para ver si el agua cedía.

Coyoacán de los canteros había tallado un mascarón de jaguar, que buscaba honrar a los dioses y señaló en uno de los palacios de la traza la altura que había alcanzado el agua; tan alto como dos hombres fue la crecida. A partir de que fue colocado el mascarón, los palacios de Condes y Marqueses se apropiaron de nuestras piedras: discos de rumbos preciosos y fauces de serpientes, que incrustaron como amuletos en sus cimientos y muros reconstruidos.

Con tanto trabajo como había en la milpa, mis jornadas en la hacienda solo dejaban el ánimo indispensable para arrastrar los pies hasta el atrio, dedicar unas horas a aderezar los altares o cuidar de la huerta y regar sus patios. ¡Cinco años enjuagando penas en el juego de jade y cristales de la laguna!

Fue con tu vida, pequeño niño huérfano, que Eugenia, mexicana, recobró la suya. Hechizo de plata y de armiño, mi criollito hermoso de cera, lámpara de oriente, envuelto en manta, muriendo de frío, llegó una mañana al umbral del templo, a quedarse conmigo para siempre.

Tus ojos alumbraron mi cielo, mi niño, tus lágrimas empaparon mi rostro y cada mañana limpio tu pecho a besos y tu rostro de ángel. Encontré a tu lado un don divino que no se halla enlistado en ninguna petición de gracia, en ningún altar de piedra. Encontré el perdón y el olvido. Tales son los verdaderos dioses de este mundo, que descienden desde las alturas como una fragancia, que enjuaga el alma y hace de la tierra un cielo.

Con el favor del fraile, pronto tus manos temblorosas habrán aprendido el silabario y tu puño fuerte sujetara una pluma de escritura, como nunca han podido hacerlo las mías. Plasmarás en los libros los nombres de los bautizados, las limosnas del templo y la cofradía.

Bajo su amparo habrás de memorizar la vida de Cristo y repetirás las fechas que yo te iré enseñando para conocer los secretos de la siembra y la cosecha. El tiempo transcurrirá para ti plácidamente, la música del agua acompañará tus pensamientos, y seas príncipe o remero que cruce hasta las islas, serás también descendiente glorioso de nosotros, los nahuas, nosotros, los culhuas, los de la tinta negra y la tinta roja. Será tuya su sabiduría, ante la que palidecen doctrinas, por más que se impriman en cursivas primorosas, en escudos de armas y macizos de hojas y flores.

Irás tan alto como las estrellas que se alinean. Un mundo entero se abrirá ante tus ojos y caerá tu semilla en tierra fértil del río, para dar fruto, como el sarmiento de olivo.

Yo ya no busco llevar al pedregal escarpado más ofrendas, pues han querido los dioses que halle en ti consuelo. Tuyos serán mis consejos: huir del festín, seguir a quien es pauta y señal, libro y pintura. Moderado y austero, te pido que labres y siembres la tierra, pues de ella tendrás vestido y sustento. Tienes a ésta, tu madre, Eugenia, cacica que fue de Iztacalco y Zacatlamanco, noble que en ti regocija su corazón, se enriquece y se complace como ante la vista de flores finas, collar mío, plumaje fino mío, criatura mía, hijo mío.

• • •

Acto de Contrición de Miguel Mauricio de la lagunilla que queda por el Convento de Tlatelolco

La pequeña laguna a espaldas del convento terminó por anegarlo todo. Los lodazales habían cegado las acequias y semanas después de la fiesta de Navidad se agotó lo que había en los almacenes y las huertas. Las noches de vigilia y oración de nada habían servido y el gran mercado era ahora territorio del agua. Las lluvias de los años siguientes empeoraron todo. El nivel seguía siendo tan alto como la estatura de dos frailes y así aprendimos una gran lección.

Somos solo gotas de agua frente al poder de la tormenta.

Abandonamos los talleres y los colores, las tallas policromadas, recubiertas en oro resplandeciente y los muros radiantes de la Caja de Agua. Dejamos a Santiago Apóstol refulgiendo en el retablo de hojas de oro batido, vencedor en la fe, y partimos.

Santiago había peleado en la madera todas mis batallas. Mi camino a la templanza comenzó cuando aquellos lienzos en madera seca, cortada cuando el árbol está corto de savia, estuvieron listos para convertirse en canto liso, por obra de los cinceles, las gubias y las azuelas. Debí deshacerme de todo para formar con mi vida un nuevo relieve.

Sin la resina de sus vetas, tuve que sellar cada hueco, ahí en donde quiso nacer una rama; debí extraer cada nudo y sellarlo con quemaduras.

Cuando dejamos Tlatelolco, las velas se apagaron, el templo quedó solo. Abandonamos los muros de sillares estucados y el Colegio, de piedra magnífica. Roto el acueducto, ya no llegaban aquí los manantiales.

Y por fin comprendí que todo acaba, que surge lo nuevo de entre los escombros antiguos, que asimismo utiliza como cimiento para construir y levantarse otra vez.

La antigua palabra y los coloquios ya no eran más y el agua de los cielos había venido a limpiarlo todo para recomenzar.

Debimos huir del desastre, todos por igual. Los frailes maestros, los naturales, los vecinos de Tlatelolco y los negros de servicio. La lagunilla creció en tamaño, igual que los lagos, y

Miguel Mauricio, quauhtlacuilo, maestro del arte de la madera del Imperial Colegio de la Santa Cruz de Santiago de Tlatelolco, continuó su peregrinación en tierra seca, confiado.

Logré resguardar en la huida el don de la vida que me había sido otorgado. Un hijo que vino a bendecir mi existencia, cuando mi corazón se hallaba contrito, dividiéndose entre aquello que fue y lo que estaba siendo.

Padre Torquemada había elegido a Santiago Apóstol, después de aquella penitencia de noches, antes de consagrar Tlatelolco, y lo había elegido caballero de su propia contienda. Yo hice lo mismo al tallarlo en madera.

El fraile me tenía real afecto y además de la información que pude proporcionarle para completar su obra, habíamos conversado largamente sobre las dudas grandes que tenía sobre nuestro actuar y la aflicción que sentía para explicar adecuadamente a la orden, allá en España, las novedades que se presentaban a diario en su recopilación.

Estaba convencido de que Dios había elegido a la Nueva España para ser la cabeza de la Iglesia en el Nuevo Mundo y de que había aquí más necesidad de letras e instrucción, que en Castilla. Después del episodio en el patio con el artesano y su propia penitencia, se dedicó con devoción a terminar sus veintiún libros eruditos que hablaban sobre todo lo nuestro.

Trató hasta su muerte repentina de conciliar su viejo mundo con éste nuevo que se estaba construyendo, mirando a las fronteras al norte y al sur, para relatarlo todo.

Como él, con ayuno y cilicio purgué también mis culpas.

Después del desastre, nada supe ya de aquella que fue mi esposa y viudo seguramente, recibí por fin el permiso de los frailes para salir de la oscuridad de vivir amancebado y conocer mujer de nuevo, bajo la ley.

Así, el agua se llevó el pasado y trajo paz a mi alma y juré entregar mi vida para apoyar con mi arte de cinceles y buriles la ardua labor de padre Torquemada y los suyos.

Es éste mi corazón contrito el que habla y sólo ahora sé que mi nombre lo llevabas escrito en la palma de tu mano derecha, Señor.

Mi nueva unión había sido bendita y por mi hijo supe que la vida siempre se abre paso. Continuaría mi descendencia y montado en alas de fe, como el apóstol, proclamaría la victoria contra los ídolos.

Lleva mi hijo sangre española, como su madre. Tiene su acento un timbre de música y son ellos ahora toda mi hacienda. En viento y en nada había estado gastando mis fuerzas, cuando siempre mi derecho y mi heredad estuvieron dentro de mí.

Cuando se alejaron las aguas, yo ya era un hombre nuevo. Las calzadas volvieron a sostener multitudes de los nuestros, congregados y fue así que, deshaciéndonos de los escombros, construyendo sobre las ruinas un mundo nuevo, proclamamos nuestra victoria, nuestra restauración, Señor.

CAPÍTULO 12
SER AGUA DE LOS MARES DEL SUR
1634

La arriería movía al mundo en tierra firme. Las recuas bajaban el camino que viene de la costa del Pacífico para entregar en los molinos la materia prima que los batanes exprimirían para escanciar la pulpa que fabricaría el papel en estas tierras.

Fustes de coco, copetes de piña, bagazo de caña y desperdicio de lechuguilla. Borra de algodón, de yuca y de palma se transformarían en blancos lienzos que, escapando al control del Estanco que apenas estaba organizándose, llevarían en sus superficies todas las emociones que hacen escribir a la humanidad.

Pactos, declaraciones de amor y oraciones, catecismos y patentes se imprimirían libremente, hasta que se implementó la alcabala del papel, obligada, que la Real Pragmática dictaminaría un par de años después.

Todo se estaba reorganizando.

Cinco años hacía que la mulería se había llevado a los Capitanes Morales y Nebra a México, remontando el camino de Acapulco. Se habían despedido agradecidos y yo decidí quedarme, esperando recomponerme en el puerto de todos los acontecimientos. Habían pasado meses sin decidirme a emprender el viaje.

No tenía prisa en contemplar por fin el enorme espejo de agua sobre el que se enseñoreaba la corte y el gobierno de la Nueva España ¡Había aquí trabajo suficiente!

Los capitanes habrían de volver un año después a recoger su preciada reja del Coro. Quizá debía esperarlos. No imaginaban que poco después de su partida el agua de la gran inundación había detenido las obras de su amada Catedral, para dejarla hundida en el fango por años, y pasaría todavía mucho tiempo para que eclipsara con su fasto a los fieles.

Mi alma debía serenarse y así fueron transcurriendo meses que se convirtieron en años. Fui testigo de cómo la Flota de Filipinas y sus contenidos excitaban los ánimos de todos; el brillo de Oriente llegaba puntual cada año y el puerto de Acapulco vivía para esos breves meses de jolgorio.

El tornaviaje traía como gotas a los míos, esclavos sujetos o aventureros animados por las leyendas que se tejían en torno al reino. Con el control que se ejercía sobre la llegada de extranjeros, algunos lograban remontar en solitario los bancos de arena y la sierra, para esconderse en alguna población, perdidos en la inmensidad del reino o lograban ingresar y luego se perdían en la confusión de una revuelta o se unían a las fuerzas reales de la milicia, que combatía a los bandidos que asolaban al puerto.

Otros lograban llegar a la ciudad de México y ejercer en alguna tienda itinerante de barbería, sin licencia; "chinos de cortina", que continuamente eran denunciados por quienes sí ejercían legalmente. Sólo unos pocos, resuelta su estancia en el territorio, se preparaban para presentar examen ante el Real Tribunal del Protomedicato, que fiscalizaba el quehacer de médicos, cirujanos, ensalmadores, boticarios y especieros.

Quizá eso era lo que más estaba temiendo. Someterme a una prueba que muy pocos libraban.

Algunos reunían sus caudales para encontrarse con los suyos en las plantaciones de coco, buscando la protección del lejanísimo Consulado de Chinos de Colima. Chinos de todas calidades, legales o de contrabando, llegaban a Manzanillo mezclándose y produciendo botijas de dulce vino de coco, que surtían a algunos barcos que aquí se detenían para surcar el último tramo navegante, antes del arribo final a Acapulco.

Yo había invertido todo este tiempo en el puerto para perder el miedo, para terminar de aprender la lengua, que apoyó el silabario del Capitán, conviviendo con todo género de personajes que iban y venían a esta bahía. Cuando la reja por fin partió majestuosa por el camino de polvo rumbo a la metrópoli, yo aún no tenía el valor de decidirme.

Había olvidado la idea de viajar en solitario, hasta que una tarde candente seguí divertido los pasos de un escriba indígena al que rodeaban algunos, en una esquina de la plaza del puerto. Era un indio falsario, que redactaba por sí mismo títulos primordiales, que hacía pasar por antiguos, en beneficio por igual de españoles e indios. Armado de su pluma y sus colores, su ingenio ambulante había burlado las regulaciones de las escrituras públicas. Conseguía algunas resmas de papel y dibujaba por su cuenta mapas detallados con sus linderos, mojoneras y colindancias, que apoyarían los títulos para desafiar artículos notariales, escrituras, crónicas y derechos de posesión antiguos.

Las campanas de la catedral habían roto en anuncios sobre la cercanía de la Flota de Oriente; la nao de China llegaba y todo era multitudes y alboroto. ¿Qué me hacía falta a mí para continuar? ¿Qué me estaba deteniendo?

Me dije que quizá ésta sería mi última oportunidad. El indio con su gracia transgredía las leyes a diario, fingiendo recitar algunas octavas, poniéndose una barba falsa para entretener y tocando el tamboril para llamar la atención de posibles clientes. Luego concertaba alguna reproducción que dibujaría en papel clandestino de su propio puño, cobrando un dinerillo.

Quizá debía yo, después de todo, aprender el arte de pasar desapercibido.

Si el indio artífice aceptaba mostrarme el camino y acompañarlo al menos hasta Taxco o Cuernavaca, en la Provincia de la Plata, recibiría una paga magnífica por reproducir un documento que complementaría aquel nombramiento que el Capitán Nebra y Enciso me había extendido de tan buena fe.

El indio desconfió naturalmente de la propuesta. ¿Un chino intruso, que se decía Caballero, pagando por un documento, llevándolo junto, como una sombra, durante meses?

Jamás sabré si supo leer en mis ojos que su compañía sería la última forma de superar mi cobardía. Yo le acompañaría en sus andanzas, sin queja, ni estorbo.

Tras varios días siguiendo sus rutinas en las esquinas, los mirones riendo, reconoció las ventajas de ocultar conmigo su verdadero negocio de falsificador. Un caballero podría ir por los caminos acompañado de un sirviente, aunque éste delinquiera en cada plaza y era el mejor para hacer caretas y contar bromas, que siempre ocultaron sus verdaderos negocios.

Emprendimos el camino deteniéndonos por semanas en aquellos parajes que podría pagar su precio hasta que alcanzamos el Real Minero de Taxco después de unos meses. Era un maestro para pactar en voz baja en los arcos de cualquier portal, mientras yo observaba a lo lejos el efecto de sus artes. En cada parada cerraba un negocio exigiendo el pago completo y antes de emprender la huida al amanecer entregaba trabajos de los que nadie dudaría de su autenticidad.

Mezclaba en las fojas relatos antiguos que daban veracidad a sus dichos, sucesos extemporáneos, detallando glorias premiadas con mercedes por batallas libradas en la Armada, peleando por el Reino, para continuar plasmando sondeos de tierra y mapas catastrales, genealogías, títulos y otorgamientos que decidían los derechos sobre el destino de una parcela comunitaria, una familia o un pueblo.

El camino a su lado tenía cada día nuevas sorpresas, muchas en las que habríamos de correr para huir del mosquete del alguacil, mientras él dejaba atrás constancia de un reparto de ganado, hilvanado en su lengua nativa y reforzando el dicho en castellano; una memoria confusa de datos y acontecimientos, que él había compuesto al son del tambor.

Jamás me había sentido más vivo.

El hacedor de títulos recorría pueblos y estancias mientras yo observaba por horas los mil modos de decorarse el cuerpo en cada región. Los rastros de pigmento en brazos y piernas, la cara empolvada o las pelucas de coleta a la espalda. Los modos de ajustarse la casaca, como lo hacen los Ba y los Yue, y no como nosotros, los de Fujian.

Yo cortaba melenas y barbas, dejándolas cortas o libres, hasta el pecho, atusándolas con aceite o torciéndolas en las puntas para lograr un rizo, mientras la gente decidía llevar el tricornio virado o no llevar nada, mostrar el cráneo sin un cabello o exhibir la sagrada tonsura. Capas, sombreros y gorras forradas en lana de oveja, cuando alcanzábamos alguna cumbre, o prendas que ajustan, como los de Chang Shan y los nómadas de Hu, al norte, o sueltas en las zonas tórridas de los cañaverales, como las que portan los Qin y los Han, del oeste.

Una variedad inmensa de costumbres que las multitudes exhibían, sonriendo en hileras de dientes negros, destruidos por las caries y la falta de higiene; de abscesos e infecciones que yo sabía atender, ganando su confianza. Heridas de riñas cruzando las mejillas, mentones escarificados y orejas horadadas, supurando, dolencias todas que mis manos diestras sabían manejar.

En todas nuestras andanzas, a menudo mis ojos descubrían la trampa de imitaciones de porcelana de la China. Pocos como yo conocían la música de campanas que tiene el sílice, que solo se encuentra en la montaña sagrada de Kao-Ling, al norte de Fujian, mi puerto.

El ejercicio de vender esta loza falsa, tan excedida en azul, que hacían los locales, era el mismo timo que el indio falsario operaba en las plazas; platos y fuentes de tan mala factura que ni un ciego se atrevería a beber en ellas. Vi también, en cambio, en las villas más ricas, verdadera porcelana del Celeste Imperio, jarras y espadas de bronce, contenedores de gres vidriada, peinetas de marfil y paños de seda que incorporé en mi práctica, para usarlas calientes en los afeites, aromatizadas con el eucalipto de estas tierras, la nota final de perfume que siempre traía a mi memoria la sonrisa benevolente con la que cerraba mi padre sus lecciones.

Hua Tuó, de la provincia de Fujian, se iba haciendo a los usos de estas tierras con cada paso. Eso era cierto. Mis rasgos denunciarían por siempre mi origen. Convertido por el capitán y por el indio en Rodrigo de la Cruz, por la magia de un documento, seguía dominando la espada, pero jamás hasta llegar al espectáculo.

Sabía que estas manos finas estaban destinadas a trabajos más delicados, de toda precisión y cirugía. Sanar el cuerpo y devolverle su equilibrio era una labor divina y mis manos eran la herramienta.

Así se lo había prometido a mi padre.

Cumplir el mandato del cielo para mí estribaría en conseguir el permiso del Virrey para establecer barbería y ejercer como Cirujano y Flebotomista en la noble Nueva España, pero dentro de mí siempre seguiría siendo Huá Tuó, "el que percibe los lamentos", como mis antepasados de los reinos de Dzin.

Chino de barbería y cirujano de sangrías, ¡qué más daba de dónde! Chinos éramos todos los de Filipinas, Camboya, Ceilán, China, India, Papúa o Siam, ¡lugares que ni el Rey, ni el Virrey jamás habían visto! Ahora tenía el valor de andar los caminos, para buscar un sitio en el Portal de Mercaderes o en las inmediaciones del convento de Santo Domingo.

De preferencia fijo, Señor Virrey, para no andar ejerciendo el ambulantaje, llevando de un lado a otro mi hermoso cajón de instrumentos. De preferencia autorizado por el Real Tribunal del Protomedicato, Señor, para no andar disputando a golpes y mazazos un rincón en el mercado.

Al cabo de unos meses, cuando arribamos al Valle de Cuauhnáhuac, Cuernavaca en castellano de España, en la tierra caliente del mediodía, acordé con el indio dividir nuestros caminos. Habíamos sobrevivido y yo era más fuerte. Estaba listo.

Él continuaría por su cuenta con sus escritos apócrifos y yo bien había entendido cómo sus quehaceres en realidad aliviaban esa orfandad de memoria de la que sufrían los suyos desde que otros habían ocupado sus tierras; era el único artilugio con el que podían hacer valer sus derechos.

Gracias al indio había reunido el valor suficiente para acercarme a la Corte y examinar mi pericia para practicar la medicina legalmente. Después de oír misa, nuestras jornadas irían por distintos rumbos.

Los muros interiores de la catedral franciscana de Cuernavaca, deshaciéndose en colores, del piso hasta arriba en lo alto, abundaban en figuras de caballos enjaezados en docenas de posiciones y una multitud de hombres en camisas de Castilla y frailes de tonsura bregando entre barcas y juncos. Era un lugar sagrado, a fin de cuentas, y habíamos entrado a encomendar ahí nuestro siguiente destino.

De rodillas, sin más templo que los altares de mi corazón, descubrí con asombro que aquellos bajeles pintados en los muros estaban tripulados por fieles que tenían mi mismo rostro. ¡Éramos iguales! Llevaban la espada de los míos, las ropas de mis tierras y más allá, en otra escena, verdugos de ojos rasgados alanceaban por el costado a una fila de presos; las puntas afiladas traspasaban sus hombros. Algunos más, crucificados, veintiséis de ellos, sufrían con sus extremidades sujetas a las cruces con aros de hierro.

Las pinturas insinuaban que los europeos que antes remaban confiados por esos mares habían tenido un mal fin. Los de rostro de Castilla y hábito habían tratado de convertir a gente como la mía en la ley de los cristianos y cada muro daba cuenta de los trabajos que pasaron los mártires de esta escena, llena de verdes, amarillos y azules, en esta iglesia adjunta al Convento de la Asunción.

El mar bordeaba en cobalto toda esta escena de Oriente. Hombres como yo, conversos al cristianismo español o predicadores, habían sufrido el mismo destino que el poeta del laúd de nuestras historias, de orejas cercenadas, y habían sido exhibidos en carretas, para escarmiento de aquellos otros como yo, que osaran pensar en convertirse.

La misa terminó y mi corazón daba tumbos. Los míos, crucificados, yacían colgados, clavados en esa misma cruz que ahora formaba parte de mi nombre. Cuando hube recorrido cada muro, debí postrarme para ordenar mis pensamientos. Pocos había en estas tierras con mis rasgos y Rodrigo de la Cruz, el que soy ahora, libre de un destino así, ingresaría en esta Corte para ser examinado.

Un trozo de codiciado papel, desechado por un accidente de tinta, había sido dibujado por el indio con carbón, perfilando mi rostro. Rodrigo de la Cruz, inmortalizado en sus trazos, debía comenzar a olvidar su nombre y sus creencias, pero nunca su pasado.

Amada Kwan Yin, Dueña y Señora de los Cielos, tu hijo Hua Tuó invoca la misericordia de tu corazón de loto. ¡Dame tu compasión en esta hora! Redime mis faltas, suaviza mi sendero y envía tu puro amor violeta y llévate la tristeza, la inseguridad, el desaliento y la nostalgia. ¡Transforma, oh Señora, toda sombra en luz y dame tu esencia para purificar mi corazón redimido!

De rodillas aquí, en la primorosa iglesia franciscana de nuestra Señora de la Asunción, en la ciudad de Cuauhnáhuac, Rodrigo de la Cruz, tu hijo, ¡a ti te pido!

EPÍLOGO
1634-1636

Inmerso en su biblioteca de doce mil volúmenes, Fray Andrés de San Miguel contemplaba por la ventana los macizos que florecían en los jardines del paraíso que había diseñado para el Convento de San Ángel, su orgullo y su sosiego. Había escrito de cuanta materia había despertado su curiosidad y hoy tenía ante sí, uno de sus últimos retos.

Maduro e inteligente, autoritario y áspero, acostumbrado a desafiar hasta a sus superiores, Fray Andrés componía una lista mental de los desatinos que habían provocado la catástrofe de la gran inundación. Reflexionaba en que aquel túnel del canal del desagüe, jamás se cimentó. Los cálculos de sus declives habían sido erróneos desde un principio y los pastos de raíces largas que usaban los indios para reforzar el armado de las tierras de chinampa se habían desprendido con la corriente, formando marañas y azolvándolo todo. El tajo era mantenido con sus manos y algunos recibían paga, pero la mayoría estaban obligados a prestar servicio gratuito. Los diques fueron conteniendo los escombros de la naturaleza lentamente y ninguna ordenanza había conseguido limpiarlos.

Tras la ventana, el fraile observaba, meditando. El convento del Carmen recibía en ese momento a un anciano traído en silla de manos por sus sirvientes negros. Llevado en andas, venía a negociar con los Padres qué parte de sus caudales se destinarían a la obra de los Carmelitas a su muerte. El fraile sonrió ante la escena, sabiendo que toda obra necesita fondos ininterrumpidamente para continuar y siempre habría almas en falta que pagarían por las oraciones que darían alivio y descanso a su alma.

Volvió a sus pensamientos, recapitulando. Llevaba semanas pensando redactar un informe sobre las obras de Huehuetoca y Nochistongo, subrayaría cómo se habían desoído los consejos de los indios con respecto a la construcción y al comportamiento de los cauces y los suyos propios, una serie de cálculos matemáticos precisos que había sido ignorados, causando la debacle. Lo habían llamado en emergencias, cuando el desvío del Río Cuautitlan exigió una doble compuerta para controlar las aguas o como cuando hubo de realizarse una zanja en San Gregorio.

Ahora que habían bajado las aguas, entregaría nuevamente al Prelado, su superior, su informe corregido, la "Relación del Sitio y Estado de la Ciudad de México y de su Remedio", que había escrito en pleno desastre, dirigiéndolo al Padre General de la Orden. Esperaba que esta vez sí llegara a manos de Su Majestad, el mismísimo Felipe IV, Rey de España, de la Casa de Habsburgo. Por fin se entendería que no era el cosmógrafo extranjero, un simple hacedor de mapas, el experto que la Corte había deseado creer, aunque el ensueño de tierra seca de los propietarios de tantos palacios había preferido a ese remedo de arquitecto de tantos yerros, que se había convertido en el azote con el que Dios había castigado a la ciudad.

Los oficiales coloniales también tenían una gran culpa. Rechazaron desde el inicio cualquier esquema de convivencia con el agua. Sólo deseaban liberarse de ella. ¡Tenían tanto que aprender! Los indios hacían vergeles en la tierra, donde antes no había nada, igual que lo hacía él. Habían inventado las chinampas y las calzadas de agua por las que transitaban y en cuanto a él, la marinería bien le había enseñado en el naufragio a tratar el agua con reverencia. Por eso la aprovechaba en fuentes y acueductos, como ellos, haciendo de San Ángel un paraíso en la tierra.

Solo despojándose de los guantes de encajes blancos y mojando las manos en su frescura, moldeando el lodo y sintiéndolo en los pies, excavando zanjas, se llega a conocer sus alcances y sus bondades. ¿No era así acaso en la Serenísima República de Venecia, que había extendido desde sus canales sus brazos mercantes por el Adriático? ¿No había sido así también en la provincia de Flandes, que España estaba a punto de perder?

Drenar las aguas había supuesto dar marcha atrás en la obra de Dios en este valle sin salida. El atrevimiento se había castigado con el diluvio. Él había escrito verdaderos tratados de ingeniería e hidráulica y hasta había inventado una bomba que ahora utilizaban para expulsar las aguas de los laberintos mineros bajo tierra. ¡Él sabía de lo que hablaba!

Mojó la pluma en el precioso tintero de porcelana translúcida, sin saber que sus superiores lo estaban considerando: Fray Andrés de San Miguel, su más preciado arquitecto, debía construir un puente en Lerma y realizar su última obra, planeando y dirigiendo la construcción del Convento de Salvatierra.

El amor ilimitado que el nuevo Virrey sentía por estas tierras - Lope Díez de Aux y Armendáriz era el primer virrey en nacer en el continente americano- y los resultados fallidos de las obras habían doblegado a la Corte. Un segundo informe, detallando a profundidad cómo se habían equivocado fatalmente en las mediciones, errando en la profundidad y las nivelaciones, fueron la clave del fracaso del cosmógrafo.

-"Su Excelencia, Don Lope Díez de Aux de Armendáriz, Marqués de Cadereyta, primer Virrey criollo de la Nueva España, solicita el auxilio y la asistencia del hermano Fray Andrés de San Miguel de la Orden de Nuestra Señora del Monte Carmelo para asistir a las labores de la obra del Desagüe..."

¡Por fin, el fraile y sus favores eran requeridos!

Sin embargo, las labores que desviaban el torrente del río Cuautitlan y la Laguna de Zumpango, en declive, estaban desecando reservorios sagrados para los naturales. El agua ahora llegaba hasta el Tollan mítico, el lugar del origen para los indios, en el que todavía algunos seguían creyendo. Era éste un gravísimo sacrilegio.

El fraile jamás comprobaría si la lentitud de los trabajos o el derrumbamiento subrepticio de alguno de los diques en los que iban avanzando eran en realidad sabotaje de los indios. Habían solicitado su ayuda y debía apresurarse; la Orden había otorgado el permiso brevemente, alegando otros compromisos, y estas demoras no hacían más que entorpecer sus resultados.

Pero su orgullo se hallaba por fin enaltecido.

Sólo estando a cargo de las obras pudo el fraile liberarse de sus humanos rencores. Los maestros, guardas y sobre estantes se sujetaban ahora a sus corregidas mediciones, ¡hasta diez varas más abajo en algunos tramos del tajo!, tal y como él siempre lo aconsejó a las juntas del Cabildo eclesiástico y secular.

Calado con un sombrero que cubría su piel blanca de los rigores del altiplano mexicano, el fraile recorría la obra a todo lo largo y reportaba a sus superiores el reforzamiento de cada tramo. Trabajaba incansable, con un entusiasmo renovado, y bajo su dirección se habían reconciliado las aguas; su corriente regulada, de suave curso, se aprovechaba para limpiar y desazolvar las zanjas y los canales.

La mañana azul saludó sus pasos, que a lomos de caballo recorrían cada tramo del canal, cada puente provisional de madera que atravesaba el tajo, empapado por el rocío de la noche. La brisa anunciaba la nueva estación de secas y los trabajos de la enorme avenida líquida continuaban ensanchando el tramo.

Un mulato corrió a avisar que allá, a cincuenta varas de distancia, engastado en el tepetate, los barreteros indígenas habían descubierto en las entrañas de la tierra un enorme hueso blanco que, enjuagado con el agua de la corriente, refulgía a la luz del sol. Los negros decían que era igual a aquél que adoraban en sus aldeas, bañándolo en miel y flores, buscando aplacar la furia de los espíritus que habitaban el corazón de la tierra.

Los naturales clamaban que eran restos de los gigantes de otras eras, bestias enormes que se alimentaban de resina y bellotas de encina, y que habían poblado alguna vez esta tierra. Sus leyendas decían que los temblores de tierra habían acabado con ellos y sus huesos habían quedado ahí, regados al azar. Murmuraban que, así como habían perecido los gigantes, algún castigo habrían de tener quienes hoy se atrevían a desafiar al curso natural del agua.

El fraile en cambio calló su asombro. No había respuesta en sus libros sacros para hallazgos de este tipo. Repasando mentalmente sus cálculos y registros, ordenó a la cuadrilla apresurarse a continuar con los trabajos. Debían terminar este trecho para atender la denuncia de cortes y desvíos en el tajo que estaban llevando el agua a algunas sementeras y a un molino aledaño.

Debía viajar a Lerma el mes siguiente y quería avanzar cuanto más pudiera en ésta, su obra más ambicionada.

El fin de siglo sorprendió a la Nueva España, vestida periódicamente en esmeraldas de agua, con las obras inconclusas. Así continuarían dos siglos más, desafiando inundaciones cíclicas en esta tierra de claras lagunas hasta inicios del 1900. Ni los decretos virreinales, ni los tratados de Vitruvio, la pericia de extranjeros, las norias de mano o los cientos de raciones de maíz, chile y sal para los indios peones acasillados pudieron vencer a la naturaleza y completar la voluntad de deshacerse de los lagos, obstinados en continuar habitando esta tierra.

Cercado por las olas, por una multitud de rostros y semblantes, de lenguas y naciones, el Valle de México continuó viendo sus calles de mil acequias causar estragos por dos siglos más.

Los peones, sudorosos con el calor del medio día, habían vuelto a detenerse y el fraile observaba impaciente la escena a la distancia. Un hermoso colmillo de marfil brillaba nuevamente a flor de tierra y, junto con los negros, los indios acabaron decidiendo ocultarle el evento al fraile.

Era mejor cortar el colmillo en trozos y repartirlo.

Amuleto mejor no lo hay cuando el agua amenaza, cuando los tesoros del Poniente y del Oriente se hallan en peligro.

NOTA FINAL

Si lograste percibir las similitudes que nos unen, sin importar el color de tu piel, a través de esta historia, me sentiré totalmente recompensada. Cruzaste el puente y aquí estás, conmigo.

Gracias a mi formación como historiadora, en mis clases de Español procuro siempre incluir cuentos o pasajes de novelas históricas y ¡tengo anécdotas fabulosas al respecto!

En la conferencia "Celebrating Languages", a la que fui invitada por la *BC Association of Teachers of Modern Languages*, sinteticé algunas razones por las cuales la enseñanza de un idioma se enriquece enormemente cuando se utiliza a la novela histórica como herramienta.

La novela histórica conecta al estudiante con una fuente primaria que un autor ha dramatizado. Al tratarse de un hecho real, estimula su curiosidad, pues presenta personajes con emociones y sentimientos que pueden ser analizados desde diferentes enfoques.

El alumno se sitúa en el pasado, aborda una situación compleja y desarrolla su pensamiento crítico al cuestionar el hecho, provocar su análisis y conectarlo emocionalmente con aquellas soluciones que se encontraron en su momento, para extrapolarlas a su presente y transformarlo.

El profesor enriquece a su vez su currículum con hechos reales que ocurrieron (o no) en un tiempo determinado.

Al utilizar la novela histórica como una herramienta, pueden desarrollarse varias habilidades lingüísticas: elaborar listas de vocabulario, identificar metáforas y modismos, tiempos de conjugación o palabras que se consideran "vocabulario más complejo", de acuerdo al nivel que se está enseñando.

En el caso del Español, pueden rescatarse conceptos primordiales, que refinan el dominio del idioma, sobre todo en el estudio del Español Avanzado, reafirmando las lecciones sobre género y número, los pronombres posesivos, el uso del subjuntivo, el sujeto tácito y un sinfín de apoyos.

La Inundación de México de 1629 fue la más grave en la Colonia y sus soluciones provocaron uno de los ecocidios más dramáticos de la Historia. El valle de México es una cuenca cerrada y sus cinco lagos, a distintos niveles, llegaban a unirse, dependiendo de la fuerza de las lluvias y el vaciado de los ríos de las montañas alrededor. El albarradón prehispánico era un enorme muro de dieciséis kilómetros de largo y dieciocho metros de ancho, compuesto por dos filas de pilotes de madera enterrados al fondo del lago, que no era muy hondo -aproximadamente tres metros y medio de profundidad-, rellenas de tierra y piedra.

Su sistema de compuertas en cada trecho, regulaba los niveles de las aguas, previniendo las inundaciones. El fragor de la batalla, el paso de los bergantines y el descuido al no considerar su importancia como regulador y distribuidor del agua destruyó el albarradón en el proceso de Conquista.

Este hecho catastrófico ambientalmente es visto tras la lectura del texto con un enfoque de responsabilidad con respecto a las decisiones del presente, que afectan irremediablemente el entorno del futuro.

Utilizando ese solo ejemplo, el profesor puede asignar actividades para desarrollar en grupo o individualmente, como la elaboración de un Periódico Histórico que relate la noticia (Extra! Extra! Se inunda la Ciudad de México), la entrevista ficticia a uno de los personajes o una carta que exprese su admiración o su crítica con respecto a una decisión determinada.

Después de todo, el hecho ocurrió, fue real; el novelista sólo se esmeró en retratarlo fielmente, dramatizándolo.

La simulación de situaciones (¿Qué hubiera pasado si...?) o el cambio de narrador para contar un pasaje (narrador omnisciente a primera persona del singular) hacen la clase amena y hasta el análisis del libro, como un objeto físico, estimulan al estudiante (¿por qué el autor eligió esta portada? ¿por qué, estos personajes? ¿qué autoridad tiene el escritor para hablar del tema? ¿en qué fuente histórica primaria se basó para ficcionalizar el evento? ¿existen más fuentes que aborden el hecho?).

Todo esto apoya el aprendizaje y construye puentes de entendimiento. El individuo es quien escribe la Historia. Su descubrimiento más grande es la responsabilidad que sus acciones implican.

Luego, al conectarse emocionalmente con el hecho y los personajes, el estudiante desarrolla su empatía, establece un puente con el tiempo, en un juego de roles que identifica no solo a vencedores y vencidos, sino a aquellos personajes secundarios vitales. que muchas veces inciden más que aquellos que detentan el poder y las decisiones.

Mi novela se apoya en un trabajo de investigación de dos años, pero que abarca los archivos históricos que estudié en el 2008 y 2009. Su única licencia ha sido la construcción de la Catedral de México, que efectivamente recibió la reja de su coro ordenada en Macao algunos años más tarde.

Sin embargo, por más exhaustiva que haya sido mi investigación, nadie de nosotros conoceremos la verdad completa de los hechos que narro, pues hacen falta muchos actores más que se quedaron en el anonimato. No hay hasta el momento un recuento escrito de su dicho, y lo emocionante de mi disciplina es esperar fielmente a que surjan más detalles, más historias, que hoy se encuentran durmiendo en la noche de los tiempos.

Honrarlos ha sido parte de este esfuerzo.

Ahora toma un marcador, traza una línea-puente en mi mapa de Los Lugares, entre Tenayuca y el Lugar del Fuego

Nuevo, y une, por donde quiera que tu viaje te lleve, el norte con el sur, los ponientes y las generaciones.

La Autora

SOBRE LA AUTORA

Rosa Elena Rojas nació en la Ciudad de México y Canadá es su hogar desde hace diez años.

Empresaria desde su llegada a ésta, su nueva patria, es co-fundadora de *Mexican Delight Gourmet, Inc.*, una corporación dedicada a la fabricación de alimentos y tortillas de maíz y trigo.

Es columnista en el diario *Sin Fronteras* y en la revista *Spanglish*, dos publicaciones en español muy importantes, que se distribuyen en British Columbia, Alberta y el norte del estado de Washington, en los Estados Unidos. Como instructora de español, estuvo a cargo de un grupo de Conversación Avanzada en la Biblioteca Pública de Maple Ridge, B.C. Ha sido voluntaria en distintas organizaciones no gubernamentales que apoyan a la comunidad latina en el oeste de Canadá, tales como el *Instituto de los Mexicanos en el Exterior* y *Comunidad Mexicana en Vancouver*.

Completó su Maestría en Historia de México con la investigación *La Cofradía de Mulatos, Mestizos y Negros de la Santa Cruz en Coyoacán, México, Siglo XVII*, que presentó en el *LIII Congreso Internacional de Americanistas*, y ha publicado diversos artículos arbitrados en revistas especializadas, como *Nuevo Mundo Mundos Nuevos*.

Rosa Elena trabaja actualmente para el Distrito Escolar 43, *Coquitlam Continuing Education*, en British Columbia.

Conecta en
rosaelenarojas.com
facebook.com/rosaelenarojasauthor

SER DE AGUA

FUE ORGULLOSAMENTE PATROCINADO POR

Sabemos que inmigrar
es traer contigo toda la riqueza de tu cultura.

Orgullosamente fabricamos
las mejores tortillas de British Columbia.

agréganos   me gusta   visítanos

facebook.com/santarosabc   facebook   121-1584 Broadway St.
Port Coquitlam B.C.
V3C 2M7
Canada

www.santarosabc.com | info@santarosabc.com | +1 778-285-9336

www.ingramcontent.com/pod-product-compliance
Lightning Source LLC
LaVergne TN
LVHW041621060526
838200LV00040B/1381